BERND MICHAEL MOHL

TERRENUS

CHRONIKEN DES KRIEGES

BAND 1

novum pro

Dieses Buch ist auch als
e-book
erhältlich.

Bibliografische Information
der Deutschen Nationalbibliothek:

Die Deutsche Nationalbibliothek
verzeichnet diese Publikation in
der Deutschen Nationalbibliografie.
Detaillierte bibliografische Daten
sind im Internet über
http://www.d-nb.de abrufbar.

Gedruckt in der Europäischen Union
auf umweltfreundlichem, chlor- und
säurefrei gebleichtem Papier.

© 2024 novum Verlag

ISBN 978-3-9946-923-0
Lektorat: Birgit Himmüller
Umschlagfoto:
Grecu Mihail Alin | Dreamstime.com
Umschlaggestaltung, Layout & Satz:
novum Verlag

www.novumverlag.com

Druckprodukt mit finanziellem
Klimabeitrag
ClimatePartner.com/16547-2311-1001

STRAHLEND hell blitzte die Sonne durch die Kronen der Baumreihe, als ein großer Zweispänner durch eine lange Allee brauste.

„In Kürze sind wir da eure Majestät.", „Wie oft habe ich dir schon gesagt, dass du mich nicht so nennen sollst. Ich bin nicht mein Großvater!" „Ihr seid jedoch sein Erbe und ...", „Und was?!" „... Und der zweihundertfünfzigste Jahrestag der Wiedergeburt rückt näher. Jeder rechnet damit, dass der Kaiser euch zu dies ...", „Was?! Dass er abdankt und mich inthronisiert? Was oder wer sagt euch, dass ich dies überhaupt anstrebe, geschweige denn annehmen würde? Und jetzt Schluss damit! Schon genug, dass jeder an der Akademie weiß, wer ich bin. Da muss ich nicht auch noch ständig von euch daran erinnert werden, Marius!", „Verstanden, ... junger Herr." „Einfach Max. Marius, einfach nur Max."

„250 Jahre ist es nun her, dass sich die Terraner wieder aus ihren Höhlen wagten. Warum sich unsere Ahnen unter der Erde verbarrikadierten, weiß heute keiner mehr. Auch sonst sind unsere Informationen aus der alten Welt mehr als bescheiden. Was es noch an Informationen gibt, wird unseren Heranwachsenden an der *Akademie* eingetrich ..., unterrichtet. So jedenfalls in unserem Land *Terrenus*. Unsere Ahnen stiegen vor 250 Jahren zeitgleich aus drei Höhlen wieder empor. Terrenus, Zitadelle und einer dritten Höhle mit unbekanntem Namen. Wie wir, siedelten auch die Zitadeller auf einem eigenen Erdteil und benannten ihr Land nach ihrer Höhle. Sie nennen ihre Höhle ‚Bunker‘, warum auch immer. Der Kontakt zwischen beiden Völkern ist recht gering, aber zumindest friedlich. Schwerer hatten es da die wenigen Terraner aus der dritten Höhle. Es kamen vor 250 Jahren nur eine Hand voll wieder an die Oberfläche und sie sprachen in einer völlig unverständlichen Sprache. Als sie meinen Ahnen erstmals begegneten, konnten sie sich kaum miteinander verständigen. Sie wurden aber in Terrenus aufgenommen und gliederten sich mehr oder weniger in die Gesellschaft ein. Heute bilden deren Nachfahren jedoch immer noch nur eine kleine Randgesellschaft, ohne wirkliche Aufstiegsmöglichkeiten, sie verrichten niedere Arbeiten.

Erst kürzlich fanden Historiker beider Länder heraus, dass es wohl einige mehr unterirdische Zufluchtsstätten überall auf Terra gab. Warum nur unsere drei die Jahre überstanden, ist nach wie vor ein Rätsel.

Ich bin Maximus Claudius, Sohn des Virus. Nach dem Tod meines Vaters, Thronfolger auf den Thron der Terraner in Terrenus. Es war mein Ahnherr Markus Augustus, der die Terraner vor 250 Jahren wieder an die Oberfläche führte. Den Überlieferungen zufolge war es auch mein Geschlecht, das unser Volk in der Höhle über die Jahrhunderte hinweg regierte. In der Akademie wird seither gelehrt, dass es mein Ahnherr Julius Claudius Invictus war, als strahlender, glorreicher, siegreicher Feldherr, der unser Volk vor über 700 Jahren in die Höhle führte. Wie siegreich mein Ahnherr tatsächlich war, nachdem er sein Volk schließlich unter die Erde führen musste, wurde jedoch nirgends festgehalten. Auch wie die Welt vor dem Untergang aussah, ist nicht mehr bekannt. Nur wenige schriftliche Zeugnisse haben die Jahre überlebt. In der Zitadelle wohl noch um einiges mehr als bei uns. Zumindest zeigen die Zitadeller oft ein weit fortgeschritteneres Verständnis für Technik und Wissenschaft. Was aber leider auch dem Misstrauen zwischen den Völkern zuträglich ist. Je mehr die Jahrzehnte ins Land ziehen, desto mehr zeigen sich die Unterschiede in der Entwicklung unserer Länder. Werden in Terrenus vor allem Erhalt und bestehendes Wissen gefördert, strebt die Zitadelle nach immer mehr Wissen und, so wird ihnen von unserer Seite oft unterstellt, nach mehr Macht und Einfluss.

Warum diese Unterschiede in den letzten 250 Jahren nie eskalierten und zu Auseinandersetzungen geführt haben? Darüber lässt sich streiten. Ich nehme an, dass es jedem Terraner sehr wohl bewusst ist, warum wir Jahrhunderte unter der Erde verbrachten, es nur niemand laut aussprechen will. –Krieg!

Warum? Worum? Weshalb? Keine Ahnung. Historiker der Zitadelle sichteten nur zaghaft Quellen, wonach ein Konflikt verschiedener Systeme, der sich über Jahrhunderte hinzog, schließlich in einem ultimativen Feuersturm endete. Die Historiker fanden in verwitterten vorzeitlichen Manuskripten nur Hinweise auf zwei große Feldherren namens Allah und Jesus, die ihre Heerscharen aufeinander hetzten.

Wie auch immer, wird seither versucht, die Vergangenheit hinter uns zu lassen und den Frieden in unserer Zeit zu sichern."

Verdrossen und gelangweilt starrte Maximus aus dem Kutschenfenster durch die hohen Lindenbäume der Allee in die Ferne. Hinter den Bäumen ein weites offenes Grasland, der feuchte Morgentau glitzert in der warmen Morgensonne, Schmetterlinge und Libellen spielen im sanften Wind, Vögel trällern ihr Lied. Und aus der Kutsche ertönt ein sehnsüchtiges Seufzen.

Maximus, 20 Jahre alt, 1,80 Meter, schlank, braune, leicht zerzauste Haare. Gekleidet in einer modernen enganliegenden Schuluniform. Hemd und Anzug, die Krawatte nicht unbedingt wie vorgesehen zu locker um den Hals gebunden. Neben ihm, Maximus' Kammerdiener Marius. Ein etwa 65 Jahre alter, ebenfalls lang und schlank gewachsener Mann. Gekleidet in akkurat angelegtem Dienstlivree, sauber und adrett. Marius, Maximus zur Linken sitzend, kümmerte sich bereits seit dessen Geburt um die Anliegen. Seiner korrekten, stellungsbewussten Art geschuldet, konnte sich Marius nie mit dem von Maximus oft gewünschten und auch befohlenen gleichgestellten Umgang untereinander anfreunden. Nicht nur steif in der Körperhaltung richtet Marius stets förmlich korrekt das Wort an seinen Herrn.

„Wir sind da – Herr Maximus. Ich wünsche euch einen schönen und erfolgreichen Tag."

Kaum ausgesprochen, weitete sich die Allee in einen großen Platz. Im Zentrum ein großer, prunkvoller Springbrunnen, den die Kutsche sogleich zur Hälfte umrundete. Dann hielt sie vor einem riesigen mehrgeschossigen Bachsteinhaus mit großen, im Sonnenlicht blitzenden Fenstern.

„Danke, Marius. Wird heute sicher länger dauern, werde selbst nach Hause finden", sagte Maximus Augen rollend und sprang aus der Kutsche. „Sehr wohl, eure Majestät!"

Maximus schenkte Marius noch einen kurzen Blick auf die abfahrende Kutsche, da ertönte es von weitem: „Max! Maaax!"

Ein junger, blonder, etwas feister Mann kommt auf Maximus zugelaufen. „Alex! Nicht so eilig, du überschlägst dich noch", lächelte ihm Maximus entgegen. „Gut auf die Abschlussprüfungen heute vorbereitet?", „Denke ja, wird schon. Du?", „Machst du Witze? Schon vergessen, dass vom Ergebnis der Prüfungen die Aufnahme ins Wächterprogramm abhängig ist?", „Hab' ich gehört. Und weiter?", grinste Maximus süffisant. Alex wusste sehr wohl, dass Maximus aufgrund seiner Stellung ohnehin am Programm teilnehmen würde. Ohne zu wissen, dass Maximus nie ohne seinen besten Freund, der sich nichts sehnlicher wünschte als die Teilnahme am Wächterprogramm, teilnehmen würde.

Hypernervös textete Alex Maximus über den Prüfungsstoff zu, während sich die beiden ihren Weg durch die langen, gut besuchten Gänge der Akademie in Richtung ihres Vortragssaales bahnten. Je näher die beiden dem Saal kamen, umso unruhiger wurde Alex. Vor dem großen Doppelflügel-Eingang war Alex kurz vorm Kollaps, als Maximus abrupt stoppte und Alex an den Armen packte, ihm tief in die Augen schaute und ihn beschwor: „Jetzt hör mal genau zu. Ganz ruhig! Tief durchatmen! Nur Mut! Alter, du bist top vorbereitet. Du machst das schon!" Alex blickte ihn an und nickte dankbar, unfähig, noch ein Wort zu sagen. Zugleich zog ihn Maximus am Arm in den Saal, ohne zu merken, dass hinter den beiden eine junge Dame an ihnen vorbeihuschen wollte. Kollision unausweichlich.

„Hey, was soll das, hast du keine Augen im Kopf, Mann!",
„Hoppla, tut leid. Mein Fehler", entschuldigte sich Maximus devot. Die junge Dame blickte leicht entnervt, sichtlich auch angespannt aufgrund der Prüfungen, an Maximus vorbei zum kreidebleichen Alex: „Geht's dem gut? Glaube, der macht's nimmer lang." „Aber ja, dem geht's gut. Hallo, ich bi …" „Seh' ich so aus, als ob mich das interessiert? Seht lieber zu, dass ihr da reinkommt und geht mir nicht auf die Nerven!", fauchte die junge Dame Maximus an und stürmte in den Saal hinein, zielstrebig auf ihren Platz zu. Maximus war sichtlich fasziniert und sah ihr musternd nach. Eine wunderschöne zierliche Gestalt, ca. 1,65 Meter groß, eine lange, glatte, blonde Mähne, die wie ein Strom aus purem Gold ihren Rücken hinablief. Maximus fasziniert zu Alex: „Wer war das, kennst du die?" „Was? Wer?" Alexander war definitiv nicht mehr Herr der Lage und nur noch auf die Prüfung fokussiert.

Schnell füllte sich der große Saal, bis zum letzten Platz. Kaum saß der Letzte, betrat ein dicker, grauhaariger, recht alter Mann mit einem Stapel Papierbögen im Arm den Saal und stellte sich in die Mitte ans Rednerpult: „Guten Morgen, sehr geehrte Damen und Herren. Ich hoffe, Sie haben sich alle gut auf die heutigen Prüfungen vorbereitet. Wie Sie bereits wissen, erhalten nur die zehn Besten unter Ihnen die Chance auf einen der begehrten Plätze im Wächterprogramm. Ich wünsche Ihnen allen viel Glück!"

Die Stunden verstrichen, Maximus und Alexander schlossen ihre Prüfungen nacheinander ab und trafen sich vor dem Saal im Gang. Alexander war sichtlich erleichtert, jedoch weiterhin extrem aufgekratzt, und textete Maximus von der Seite zu. Dieser vernahm kein Wort von Alexanders Tirade, sein Blick schweifte an Alexander vorbei, als die junge Dame von vorhin aus dem Saal kam und mit anderen Damen den Gang runterging. Wie von einer unsichtbaren Hand gezogen, ließ Maximus Alexander links liegen und stürmte auf die junge Dame zu: „Hey, na wie waren die Prüfungen? Ich heiße übrigens Maximus! Und du bist?!", flog Maximus die Dame an. „Hallo. Danke, ganz gut! Interessiert mich nicht!

Geht dich nichts an! Auf Wiedersehen!", wies die Dame Maximus kurz und knapp zurück, wendete sich ab und ging weiter. „Hey, jetzt warte doch mal!", stolperte Maximus ihr nach: „Darf ich nicht mal deinen Namen erfahren?" „Wozu willst du wissen, wie ich heiße?" „Vielleicht einfach nur, um zu wissen, wer mich zu einfach in der Gegend stehen lässt." „Na von mir aus –, Luzilla! OK, war's das jetzt?", antwortete sie entnervt. „Lu, wo bleibst du, komm schon!", ertönte es von Weitem. Maximus mit gehässigem Grinsen im Gesicht: „Also dann bis später Lu, wir sehen uns, Lu!" „Für dich Luzilla! Und NEIN!", rief Lu abweisend und lief von dannen.

„Na, das war wohl nix!", grinste Alexander Maximus ins Genick. „Ahh, lass gut sein. Komm schon, hauen wir ab von hier!", Maximus geknickt.

Es war ein langer, schwerer Tag für die beiden, den sie in einem kleinen Café auf dem Akademiegelände ausklingen ließen. Und für Alexander gab es weiterhin nur ein Thema: „Also, was hast du bei Frage drei geschrieben? Ich war mir nicht sicher, wie ich die Frage verstehen ... hey, alles OK mit dir? Hallooo, hörst du mir überhaupt zu?" „Hmm was? Oh, sorry, ja klar. Was ist?" „Denkst du immer noch an diese, wie hieß sie?" „Luzilla", erwiderte Maximus verträumt. „Vergiss sie, Max! Sollten wir wirklich ins Wächterprogramm aufgenommen werden, ..." „Entspann dich, Ende der Woche sind wir bereits unterwegs."

Ungläubig, ohne ein weiteres Wort zu sagen, schüttelte Alexander den Kopf. Vom ersten Tag an der Akademie an waren die beiden Freunde und unzertrennlich. So wusste Alexander natürlich auch, woran er mit Maximus war, ließ ihn dies aber nie spüren, was Maximus ihm sehr hoch anrechnete. Maximus wunderte sich anfangs noch über den einfachen und ungezwungenen Umgang, den er von Anfang an mit Alexander pflegen konnte, erkannte aber schnell Alexanders empathisches Talent.

Zwei Tage vergingen, zwei ereignislose Tage des Wartens auf die Prüfungsergebnisse: „Max! Maaax! Sie sind da! Die Ergebnisse sind da!" „Na, hast du's geschafft?", erwiderte Maximus seelenruhig. „Weiß noch nicht, sie werden gerade ausgehängt. Komm schon!", stieß Alexander aus und zerrte Maximus den Gang entlang zu einer großen Pinnwand, vor der sich eine Menschenmeute um eine streng dreinblickende, etwas ältere Dame tummelte, die gerade einen großen Zettel anbrachte und sich danach wortlos ihren Weg durch die Menge bahnte. Einige Minuten dauerte es, doch dann: „Ich bin dabei! Max, Max! Ich hab's geschafft!" „Na siehst du, hab' ich dir ja gesagt." „Aber was ist mit dir?" „Was soll mit mir sein?" „Na ja, deinen Namen hab' ich nicht auf der Liste gesehen." Maximus erwiderte nichts weiter, wartete, bis sich die Meute lichtete, trat dann an die Wand und ging die Namen durch. Nichts. „Was jetzt, Max?", fragte Alexander besorgt.

Maximus verlor kein weiteres Wort. Mit steinerner Miene zog er von dannen, sichtlich mit der Situation überfordert. Für ihn ein völlig neues Gefühl, mit dem er offenbar nicht umgehen konnte. Besorgt blickte Alexander ihm nach, wusste aber, dass er ihm nun nicht helfen konnte und Maximus alleine seine Gedanken ordnen musste. Maximus nahm nichts von seiner Umgebung mehr wahr, als er durch den langen Gang in Richtung Haupttor streifte. Die Gedanken rasten durch seinen Kopf: „Ist die Liste falsch? Hatte ich mich so sehr getäuscht und hätte ich mich doch mehr bei der Prüfung anstrengen müssen? Wo liegt der Fehler? Was habe ich nicht bedacht, ...?" Vor der Akademie angelangt blieb Maximus stehen, hob den Kopf und blickte in den Himmel: „Nein, mein Ergebnis bei der Prüfung war ausreichend! Ich weiß, was ich kann, wer ich bin, wozu ich bestimmt bin!", schrie er sich innerlich selbst zu, ballte erzürnt die Fäuste und lief los. Er lief nicht die Allee entlang, er sah sein Ziel genau vor Augen und stürmte geradewegs darauf zu. Mit einem beherzten Satz über die Hecke sprang er auf die saftig grüne Wiese und lief in Richtung Stadt. 15 Kilometer alleine bis zur Stadtgrenze, er dachte nicht dran. Wie aufgezogen huschte er von der Wiese an den ersten Häusern am Stadtrand vorbei und näherte sich der Hauptstraße, die direkt zu seinem Ziel führte: der Palast.

Es dämmerte bereits, als Maximus ungebremst auf das Haupttor des Komplexes zu hastete. „Halt, im Namen des Kaisers!", brüllte ein Wachsoldat Maximus entgegen. Dieser setzte seinen Lauf ungebremst fort. Die beiden Wachsoldaten am Tor stellten sich vor eben dieses und hielten ihre Waffen im Anschlag: „Das ist meine letzte Warnung! Halt! Stehenbleiben!" Maximus hastete weiter, lenkte im letzten Moment dann aber doch ein und stoppte abrupt, gut 20 Zentimeter vor den Gewehrmündungen der Wachen. Sein Blick war gesenkt, die Atmung schwer. „Wer sind ..." Maximus hob langsam den Kopf. Und blickte die Wachsoldaten mit einem Blick an, der mehr als tausend Worte sagte. Ein durchdringender, scharfer Blick, der jedem das Blut in den Adern gefrieren lässt. „Eu ... Eure Maj ... Majestät?! Es tut mir leid, wir haben euch nicht sofort erkannt", entschuldigte sich der Wachsoldat eingeschüchtert und trat gleichzeitig mit seinem Kollegen zur Seite. Ohne eine weitere Sekunde an die beiden zu verschwenden, raste Maximus weiter zum Palast. Die beiden Wachsoldaten schauten Maximus verdutzt nach, der eine zum anderen: „Na, da drin wird's wohl gleich richtig laut werden."

Am Hauptportal des Palastes angekommen: „Wo ist er?!!", fiel Maximus eine der Palastbediensteten an. „Eure Majestät?" „Mein Großvater. Wo ist der verdammte Kaiser?!!" „Der Kaiser waltet in seinem Amtszimmer, eure Majestät." Maximus setzte seinen Lauf ohne ein, wie für ihn normalerweise selbstverständlich, Wort des Dankes fort. Die Palastbedienstete rief ihm noch nach: „Aber er darf nicht gestört werden, eure Majestät!" Unklar, ob Maximus dies noch hörte oder es ihm schlicht egal war. Er hastete den imposanten Treppenaufgang hinauf. Das Amtszimmer des Kaisers lag im ersten Stock des Palastes, am Ende eines langen Ganges. Auf der einen Seite des Ganges hingen große Porträts seiner Ahnen der letzten 250 Jahre, auf der anderen Seite, immer gegenüber der Gemälde, befanden sich große, gut 2,50 Meter hohe Fenster, mit Blick über die gesamte Stadt bis hinunter zum Hafen. Doch Maximus' Blick streifte weder nach links noch rechts ab. Zielstrebig lief er auf eine große zweiflüglige weiße Tür mit goldenen Schnallen zu. An der

Tür angelangt riss er beide Flügel ohne zu zögern weit auf und stürmte ins Amtszimmer. Wobei „Zimmer" leicht untertrieben ist. Maximus fand sich in einem weiten, Licht durchfluteten Saal wieder. Der Boden mit Samtteppich ausgelegt, die Wände mit Fresken verziert. Ein großer, massiver, aber auch prunkvoller Tisch mit zwölf Samt gepolsterten Stühlen füllte den Saal. Am linken Ende stand ein großer Schreibtisch mit Marmorplatte. Darauf übliche, aber erstklassige, vergoldete Schreibutensilien. Gerade am Tisch in Unterlagen vertieft, ein betagter, alter Mann. Gekleidet in einer ordentlich zurechtgemachten Offiziersuniform, mit allen möglichen Medaillen und Rangabzeichen versehen. Der alte Mann trug einen akkurat getrimmten Schnurrbart und ein, mit einer goldenen Kette an der Uniform befestigtes, Monokel im rechten Auge, das er zusammenkniff, damit dieses nicht herunterfiel. Als Maximus hereinstürmte, blickte der alte Mann auf in dessen Richtung: „Maximus, mein Junge. Was ist los? Du weißt doch, ich habe zu arbeiten." Maximus, bereits im Saal, schritt vor zum Schreibtisch des Kaisers und blieb circa einen Meter davor stehen: „Was, ... was soll das?" „Was soll was?" Da wurde Maximus bewusst, dass er sich vor lauter Rage noch nicht ein Wort zurechtgelegt hatte, das er dem Kaiser ins Gesicht schmettern wollte. „Ich, ... heute war, ..." „Na was? Jetzt sprich schon, mein Junge! Was bedrückt dich?", fragte der Kaiser fürsorglich. „Wieso stehe ich nicht auf der Liste für die heurigen Anwärter auf das Wächterprogramm?!", fragte Maximus verzweifelt. Der Kaiser erkannte sofort, worum es Maximus ging, ließ sich in die Lehne seines Stuhls zurückfallen und antwortete: „Ahh. – Wie kommst du bitte auf die Idee, ich würde es einfach so zulassen, dass mein Enkel, der Thronerbe unseres Landes, Dienst als Fluglotse oder Mechaniker beim Militär verrichtet? Oder hast du erwartet, du würdest dich einfach so, weil du mein Enkel bist, in eines dieser Höllengeräte setzen?" „Wo und wie ich meinen Dienst versehe, ist meine Sache, nicht deine, Großvater! Ich käme auch locker mit meinen Leistungen in eines dieser ‚Höllengeräte'! Ich brauche weder deinen Namen, noch deine Erlaubnis! Eure Majestät!", konterte Maximus zutiefst erbost. „Und genau da irrst du, mein Junge. Noch bin ich der Kaiser und ich sage dir, wie du dich zu verhalten und welche Laufbahn du zu verfolgen hast! Es mag dir nicht gefallen, das erwarte ich auch nicht von dir. Doch du wirst, wie auch ich auf meinen Vater gehört habe und dessen Befehle befolgt habe, auch auf mich hören!" „Ich bin nicht dein Sklave! Wie kommst du auf die Idee, mir mein Schicksal zu diktieren!" „Ach Junge, du hast doch noch nicht im Geringsten eine Vorstellung von deinem Schicksal." Es folgte Stille. Die beiden blickten einander tief in die Augen. Auch wenn Maximus es nicht wahrhaben wollte, war ihm, wie bei jeder Diskussion mit seinem Großvater, bewusst, dass dieser ihm mit seiner Art der Gesprächsführung, seinem Talent, seine Stimme im richtigen Moment zu heben und zu senken, haushoch überlegen war. Maximus stand regungslos da, verzweifelt sein Hirn nach den richtigen Worten durchstöbernd, für einige Sekunden, ihm kamen sie wie Stunden vor. „Maximus, du musst verstehen, für dich ist ein weit bedeutenderer Weg im Leben vorgesehen, auf den du dich vorbereiten musst. Ich werde nicht ewig da sein. Es wird künftig dir obliegen, unser Volk zu lenken und zu leiten." „Wozu hast du mich dann überhaupt auf die Akademie geschickt? Warum hast du mir dann den Umgang mit anderen Terranern gewährt? Und hast zugelassen, dass ich mich mit anderen anfreunde? Mit meinen zukünftigen Untertanen. Was hatte mein bisheriges Leben dann überhaupt für einen Sinn?" Maximus war den Tränen nahe.

Der Kaiser senkte seinen Blick seufzend: „Mein Junge. Es tut mir leid. Ich weiß, es war nie leicht für dich, mit dieser Last zu leben, und ich werde dir auch nicht versprechen,, dass es jemals leichter werden könnte." Der Kaiser erhob sich, schritt zu einem der großen Fenster und blickte hinaus auf die weite Stadt. „Also gut, ich werde mir etwas überlegen." „Danke, Großvater." „Sei nicht zu vorschnell mit deiner Euphorie! Ich sagte nur, dass ich mir etwas überlegen werden. Doch sei dir gewiss, egal wie wir beide verbleiben, es werden grundlegende Veränderungen auf dich und dein weiteres Leben zukommen. Nun geh, ich habe noch zu tun! Wir treffen uns später im großen Salon."

„Eure Majestät", verneigte sich Maximus anerkennend, verließ ruhigen Schrittes den Raum und schloss die Türen. Gedankenverloren schlenderte Maximus den Gang hinunter. Den ganzen Nachmittag beschäftigte ihn das Gespräch mit seinem Großvater. Was hätte dieser sich überlegt? Was würde er planen? Die Nervosität in Maximus steigerte sich kontinuierlich.

Der Tag verging. Maximus versuchte vergebens, sich durch Lesen und Studium abzulenken. Es dämmerte, als sich Maximus im Salon des Palastes einfand. Der Salon war ganz in Samt ausgekleidet, durch zwei große Fenster leuchtete das feuerrote Dämmerlicht, begleitet vom Flackern des Kaminfeuers, das in der Mitte des Raums aus einem opulenten Kamin loderte. Vor dem Kamin standen zwei große, bequeme, sich schräg zugewandte Ledersessel.

Maximus näherte sich dem Kamin und blickte andächtig ins Feuer, als sich die Tür hinter ihm öffnete. Der Kaiser trat ruhigen Schrittes ein, blickte ihn kurz an und nahm auf dem rechten Ledersessel Platz. Der Kaiser ließ sich gemütlich in die Lehne zurückfallen und atmete entspannt durch, als er Maximus ansah: „Na gut, also los, setz dich bitte. Entspann dich! Weißt du was …". Der Kaiser sprang wieder auf und wandte sich einem kleinen Tischchen rechts neben dem Kamin zu, auf dem einige unterschiedlich gefüllte Karaffen und Gläser standen. Er griff nach einer Karaffe und schenkte zwei Gläser großzügig ein. Danach drehte er sich mit den beiden Gläsern in der Hand wieder den Sesseln zu und ging auf Maximus zu. „Na, … nimm schon!", lächelte der Kaiser seinen Enkel an, der leicht irritiert ein Glas annahm und zaghaft daran nippte. Wohl eher, um vor seinem Großvater den Schein zu wahren, er hätte noch nie Alkohol gekostet. Der Kaiser ließ sich wieder auf seinen Sessel nieder und startete: „Na schön, ich habe dir versprochen ich würde über unsere, oder besser gesagt deine Zukunft nachdenken, und mir etwas überlegen. Ich verstehe, dass du in den letzten Jahren eigene Ziele gefasst und dir über deine Rolle als Thronfolger nicht allzu viele Gedanken gemacht hast. Nun, damit ist nun Schluss."
Maximus schluckte ängstlich und hörte dem Kaiser weiter an-

dächtig zu. „Du sollst deinen Weg gehen, wie du es für richtig hältst und deine weiteren Schritte selbst wählen und beschreiten. Du bist alt genug." Maximus' Augen wurden größer. „Aber, du bist auch alt genug die volle Wahrheit und alle Details über die Welt, in der wir leben und die wir in unserem Fall auch regieren, zu erfahren. Dies ist unumgänglich für dein weiteres Leben und deine Zeit als Regent. Ich erwarte mir, dass du, wenn ich dich über alles informiert habe, deine weiteren Schritte begründest und deine Wünsche für die nächsten Jahre offenlegst. Einverstanden?", schloss der Kaiser bestimmend ab.

Nachdenklich blickte der Kaiser auf den Inhalt des Glases in seiner Hand. Nach einigen Sekunden richtete er einen kurzen Kontrollblick auf Maximus, dessen ganze Mimik und Anspannung eine Mischung aus Panik, Nervosität und Tatendrang widerspiegelte, und senkte seinen Blick sogleich wieder auf sein Glas. „Also gut. Ich weiß, dass du immer schon gewusst hast, dass die Lehren über die Wiederbesiedlung Terras, wie es in der Akademie unterrichtet wird, nie die volle Wahrheit waren. Ich erinnere mich noch, wie du mich mal als kleiner Junge gefragt hast, wieso es denn keine Ruinen aus der alten Welt gibt. Damals hast du es mir noch einfach geglaubt, dass unsere Ahnen alles brav zusammengeräumt hatten, bevor sie in die Höhlen hinabstiegen", erinnerte sich der Kaiser schmunzelnd. „Nun, wo soll ich anfangen? Warum der Krieg in der Vorzeit ausbrach, können wir wirklich nicht mehr genau sagen. Nur, dass es wohl zwei verfeindete Parteien gab. Die einen waren wir – und die Zitadeller, die alte und traditionelle Werte hochhielten und errungenes bewahren wollten – und die andere war eine radikale Gruppe von Fanatikern, die mit aller Kraft auf Fortschritt und Expansion pochte. Es war eine kleine Minderheit, die unseren Ahnherren aber technologisch weit überlegen war. Die Zitadelle hat alte Manuskripte, die über merkwürdige Flugapparate berichten, mit denen diese Fanatiker in die Sterne aufbrachen, um dort neue Städte im Himmelszelt zu gründen." Maximus lauschte dem Kaiser gespannt: „Städte im Himmel, Großvater? Wie soll das möglich sein?" „Es ist wahr. Wie, kann ich dir auch nicht erklären. Von diesen Städten aus führten sie ihre Angriffe auf die Städte unserer Ahnen. Städte, gegen die unsere heutigen Städte wie kleine Dörfer erscheinen. Diese Fanatiker dominierten den Kriegsverlauf und gewannen eine Schlacht nach der anderen. Unseren Ahnen gelangen nur kleine Siege, in denen sie wohl verschiedene Technologien eroberten, woraus unsere Forscher dann die glorreiche Staffel der Wächter erschufen. Den Überlieferungen zufolge waren es zu Anfang um die zehn Wächter, von denen, wie du weißt, nur noch drei übrig sind. Sie waren der letzte Trumpf unserer Ahnen, mit dem sie den Feind in Schach halten konnten. Bis zuletzt, als unser Ahnherr persönlich mit seinem Wächter die Basis des Feindes auf Luna zerstörte." „Was? Unser Ahnherr hat mit einem Wächter den gesamten Luna zerstört? Wie ist das möglich?", fragte Maximus aufgeregt. Zeitlebens fragte er sich, was mit Luna, dem Trabanten von Terra, geschehen war. Nur ein halber Planetar und ein Streifen leuchtender kleiner Felsen zierten noch den Nachthimmel über Terra. „Ja, den Überlieferungen zufolge befehligte unser Ahnherr den größten aller Wächter. Eine legendäre Waffe mit einem solchen Zerstörungspotenzial, dass er ihn, bevor er unser Volk in die Höhle führte, irgendwo auf Terra versteckte. Wo ist nicht überliefert. Ob er noch existiert: keine Ahnung. Wie dem auch sei, danach kam es dann wohl zum finalen Angriff auf Terra, der jegliches terrestrisches Leben bis auf unseren kläglichen Rest vernichtete." „Und diese Fanatiker? Wo sind sie geblieben?" Der Kaiser seufzte leise, trank sein Glas aus, erhob sich aus seinem Stuhl, ging zu einem Fenster und blickte in die Nacht. „Ich würde dir ja gerne sagen, dass du dir darüber keine Gedanken mehr machen musst, doch ... nun ja, die Wahrheit ist, dass wir immer wieder Meldungen von der Zitadelle über unbekannte Flugobjekte erhalten. Das ist, was die Wächter heute machen. Das Abfangen und der Schutz vor solchen Flugobjekten. Sie sind also noch irgendwo da draußen." „Aber was machen diese Flugobjekte?" „Kannst du dir das nicht denken?" „Sie suchen den legendären Wächter." „Und sonst gibt es keine Anzeichen auf diese Leute? Vielleicht haben die sich auch weiterentwickelt, sind friedlich geworden und wollen die Vergangenheit hinter sich lassen." „Nun, meinst du nicht, wenn dem so wäre, dass sie sich schon längst mal gezeigt hätten? Nein, egal wo die heute ihre Basis haben, Friede ist mit denen nicht zu erwarten!", schmetterte der Kaiser ab. „OK, das ist also das große Geheimnis um unsere Geschichte?", fragte Maximus den Kaiser hinter seinem Rücken. Der Kaiser drehte sich langsam um und sah Maximus an: „Nicht ganz. Komm mal mit!", erwiderte er, ging an Maximus vorbei und öffnete die Tür zum Gang. Maximus folgte dem Kaiser zügig, als dieser den Gang entlang auf sein Amtszimmer zuging. Der Kaiser ging zu seinem Schreibtisch, griff auf die Unterseite der Arbeitsfläche und öffnete ein kleines Geheimfach. Heraus kam ein kleiner Schlüssel. Der Kaiser nahm ihn und ging zur Bücherwand links neben dem Schreibtisch. Sie war bestückt mit diversen Büchern unterschiedlicher Größe, Farbe und Alters. Zielbewusst griff der Kaiser nach einem der Bücher und zog daran. Er nahm es aber nicht aus dem Regal, vielmehr schien das Buch eine Art Hebel zu sein. Denn zugleich schwenkte die Bücherwand auf und gab einen dahinter verborgenen Kasten frei. Hier nun steckte der Kaiser den kleinen Schlüssel ins Schloss der Kastentüre und drehte ihn zweimal. Bei geöffnetem Kasten zeigte sich auf Augenhöhe, auf einem schrägen Regalbrett drapiert, ein übergroßes, aufgeblähtes Buch. Mit einem kräftigen Ruck nahm der Kaiser das Buch in beide Arme, schleppte den schweren Wälzer zu seinem Schreibtisch und schlug den Buchdeckel auf.

„Na, komm! Sieh dir das mal an", befahl der Kaiser Maximus, der immer noch in der Tür stand und die Vorgänge verblüfft beobachtete. Langsam trat Maximus näher und beäugte erstaunt das vor ihm ausgebreitete Buch. Die Seiten waren schon etwas vergilbt und wellten sich leicht. An vielen Stellen zeigten sich Altersflecken. Das Buch musste schon mehrere Jahrzehnte alt sein, dachte sich Maximus. Auf der ersten Seite war ein handschriftlicher Text. Die Tinte zwar schon recht ausgebleicht, jedoch gut leserlich. Wenn auch die Handschrift selbst zu wünschen übrig ließ, wie Maximus feststellte, als er die ersten Zeilen las:

„29. Sept. 2152; Logbuch General Frank S. Eisner, erster Eintrag: Schweren Herzens muss ich zugestehen, der Krieg ist endgültig verl…"

Maximus blickte zum Kaiser auf: „Was soll das sein Großvater?" „Dies sind die Chroniken der Herrscher. Das Buch deiner Ahnen. Jeder Anführer, jeder Kaiser vor mir, zurück bis zu General Frank S. Eisner, der unser Volk in die Höhle führte, hat sein Wirken in diesem Buch niedergeschrieben. Anfangs noch sehr detailliert haben die letzten Generationen nur noch das Wichtigste festgehalten." „… ja, aber dieser Name: Frank S. Eisner! Wies…" „… ja, ich weiß, worauf du hinaus willst!", unterbrach der Kaiser. „Alle deine Fragen klären sich mit diesem Buch. Ich schlage vor, du liest dir die Auszeichnungen genau durch. Dann, wenn du wirklich ALLES über unsere Geschichte weißt, reden wir weiter!" Perplex gaffte Maximus den Kaiser an, ließ dann seinen Blick aber gleich wieder wortlos ins Buch sinken. Maximus las Zeile für Zeile, Seite für Seite, mit allergrößter Sorgfalt und Interesse. Der Kaiser stand noch kurz hinter Maximus und blickte ihm mit zufriedener Miene über die Schulter, ließ ihn dann aber alleine und verließ das Zimmer.

Maximus studierte wie gebannt Seite für Seite des Buches und merkte gar nicht, dass es inzwischen Nacht geworden war. Erst, als er in der Dunkelheit der Nacht kaum mehr einen Buchstaben entziffern konnte, blickte er auf. Er stemmte das Buch hoch und ging schnellen Schrittes zurück in den Salon. Das Kaminfeuer glimmte noch leise vor sich hin. Maximus legte das Buch in einem der großen Ledersessel ab, griff nach einem neben dem Kamin liegenden Holzscheit und legte ihn in die Glut. Kurz darauf fachte das Kaminfeuer wieder an. Maximus legte noch einige Scheite nach und drehte sich dann zurück zu den Ledersesseln. Er ließ sich bequem in den linken Sessel nieder, legte sich das Buch in den Schoß und las weiter.

„Schweren Herzens muss ich zugestehen, der Krieg ist end-gültig verloren. Alle Evakuierungspläne sind gescheitert. Der Präsident wurde schließlich durch einen Bombenanschlag ermordet, der Generalstab zerschlagen. Als letzte Vergel-tungsmaßnahme kommandierte ich persönlich den neuesten Kampfdroiden ‚Alpha-Prime-One', um die Basis des Feindes auf dem Mond auszulöschen. Die Zerstörungsgewalt über-raschte auch mich. Mit einem Schlag zerriss es den Mond in tausende Trümmer. Schockiert von meiner eigenen Tat ver-steckte ich den Wächter in dessen Hangar und versiegelte jeglichen Zugang. Zusätzlich sprengte ich den darüber lie-genden Berg, um jeden Hinweis auf die Lage des Hangars zu verbergen. Niemand soll, darf über so eine Macht ver-fügen. Ich selbst trage die Last meiner Taten mit unter die Erde. Es blieben nur die Familien der Soldaten unter mei-nem Kommando und einige eingesammelte Flüchtlinge üb-rig. Insgesamt 287 Personen jeden Alters, die mit mir am heutigen Tage in den Bunker ‚Terrenus' stiegen. Ein Bunker, der für über 50.000 Menschen geplant war. 287 von hun-derten Millionen Menschen auf unserem Kontinent. Ob es noch woanders auf der Erde Menschen in ihre Bunker ge-schafft haben, weiß ich nicht. Alles in allem hat dieser sinn-lose Krieg 99,9 Prozent der Erdbevölkerung dahingerafft. Über 12,7 Milliarden Tote …"

Maximus las bis tief in die Nacht hinein. Stunden später er-wachte er, das Buch nach wie vor auf seinem Schoss ausge-breitet, im Ledersessel kauernd. Müden, verträumten Blickes schaute er aus dem Fenster in Richtung Schlosshof. Es reg-nete in Strömen. Von Maximus unbemerkt, zogen tief nachts dichte Wolken auf und verhüllten den klaren Sternenhimmel zur Gänze. Maximus war so ins Lesen vertieft gewesen und schließlich in tiefen Schlummer gefallen, ihm war nicht mal heftigstes Donnern aufgefallen und Blitze, die auch morgens noch den düsteren Wolkenhimmel erhellten.

Maximus gähnte laut, klappte das Buch vorsichtig zu und trug es zurück zum Schreibtisch des Kaisers. Als er das große Buch vor sich liegen sah, betrachtete er den Buchdeckel. Altes, stark abgegriffenes, braunes Leder schützte das Buch. Eigentlich recht schlicht und unscheinbar, wenn man den Inhalt bedenkt. So dachte sich Maximus, als ihm die Buchprägung im Leder auffiel. Sie war schon recht ausgedrückt und schwer zu lesen: *Logbuch 2-1-5-2.*

Kaum hatte Maximus das Buch abgelegt und den Buchdeckel begutachtet, ging die Tür zum Gang auf und der Kaiser trat ein. „Guten Morgen, mein Junge! Hast du die ganze Nacht durchgelesen?" „Ja – mehr oder weniger." „Also, was sagst du dazu?", fragte der Kaiser neugierig, als er sich Maximus näherte. Dieser ließ sich alles andere als ausgeschlafen in den Schreibtischsessel des Kaisers fallen und erwiderte: „Es ist einfach unglaublich. Sag, wie hast du reagiert, als dich dein Vater damals eingeweiht hat?" „Nun, bei mir war die Situation eine andere. Ich wurde erst am Totenbett meines Vaters eingeweiht, als Vorbereitung zu meiner Inthronisierung. Aber natürlich mein Junge, auch ich war überwältigt und wusste nicht recht, wie ich damit umgehen sollte. Aber ich hatte eben keine Wahl, ich hatte ein Volk zu regieren und beschloss daher, die Vergangenheit so gut es ging, Vergangenheit sein zu lassen, und weiter nach vorne zu sehen." „Aber ich habe die Wahl!?" „Ja, ich hatte zwar auch vor, es so lange wie möglich hinauszuzögern, mir war aber immer klar, dass ich dich schon früher, also zu meinen Lebzeiten, einweihen und vorbereiten müsste. Du wirst einmal der jüngste Kaiser unseres Volkes seit über 150 Jahren werden und sollst bestmöglich darauf vorbereitet sein. Obgleich es vor allem deine jugendliche Neugier und Unbekümmertheit sind, die mir in letzter Zeit Sorge gemacht haben und die mich schließlich zu diesem Schritt bewegten. Ich bin mir deiner Intelligenz und deines guten Herzens sehr wohl bewusst, und bin mir sicher, dass du nun, da du die Wahrheit kennst, mir deine weiteren Pläne erklären kannst und wirst!"

Maximus blickte gedankenverloren zu Boden. Sein Kopf raste, jede auch nur irgendwie erdenkliche Möglichkeit eines weiteren Vorgehens abwägend. Plötzlich ging die Tür zum Gang auf. Eine Palastwache trat hastig ein: „Eure Majestäten, bitte demütigst um Entschuldigung für die Störung! Ein junger Mann steht draußen am Tor. Er möchte zu eurer Majestät, Prinz Maximus." „Wie heißt der Mann?", fragte Maximus. „Bitte um Vergebung, der Name wurde mir nicht mitgeteilt." Maximus stand auf und ging zum Fenster mit Blick auf den Palasthof. Es war Alexander. Im strömenden Regen stand er vor der Torwache und starrte Richtung Palast. Maximus war klar, dass sein Freund um ihn besorgt war, ob der vortägigen abrupten Flucht Maximus' von der Akademie. „Eure Majestät? Soll ich den Herrn entfernen lassen?", fragte die Palastwache. Maximus schwieg nachdenklich. Der Kaiser beobachtete gespannt die Situation. Einige Sekunden der Überlegung später befahl Maximus der Palastwache: „Ja! Bitte teilen Sie dem Herrn mit ... sagen Sie ihm, mir ginge es heute nicht so gut und deshalb werde ich heute der Akademie fernbleiben." „Zu Befehl, eure Majestät!", antwortete die Palastwache sich verbeugend. „Und er soll sich keine Sorgen machen." „Zu Befehl!" Die Palastwache verbeugte sich erneut und schloss die Tür hinter sich.

Schon wenige Sekunden später sah ihn Maximus über den großen Hof in Richtung Haupttor laufen und Alexander das Aufgetragene mitteilen. Von weitem war zu erkennen, dass Alexander mit dieser Antwort nicht einverstanden war. Er diskutierte nicht mit der Wache, blickte nur noch einmal auf den Palast. Es war ihm sicher nicht möglich, Maximus zu sehen, doch hatte Maximus den Eindruck, als würde ihn sein Freund direkt anstarren und mit seinem Blick fragen, was diese lahme Ausrede soll. Enttäuscht wandte sich Alexander nach einigen Sekunden ab und zog von dannen.

Maximus blickte Alexander noch kurz nach, drehte sich dann aber schlagartig zu seinem Großvater um, der sich mittlerweile in seinem Schreibtischsessel niederließ.

„Also schön, ich habe mich entschieden!"

„1. Jan. 2153; Logbuch General Frank S. Eisner, drei Monate
sind seit unserer Flucht unter die Erde vergangen. Der Bunker funktioniert einwandfrei. Die Vorräte, die ja für wesent-
lich mehr Überlebende geplant waren, werden sicher für einige Jahrzehnte ohne strenge Rationierung anhalten. Dennoch
muss ich unter meiner ‚Bevölkerung‘ vermehrt depressive Ten-
denzen verzeichnen. Nicht nur unter den Zivilisten, auch unter
meinen treuen Soldaten macht sich Unmut breit. Obgleich ich
diese Emotionen angesichts unserer Lage sehr wohl verstehe,
kann ich in dieser Situation unter meinen Soldaten ein solch
destruktives Verhalten nicht billigen.
Rekrut Erich Maier wurde deshalb in der Woche vor Weihnachten in einem leeren Raum inhaftiert. Vorwurf: Er hat die ihm
befohlenen Aufgaben nicht erledigt und vermehrt Anweisungen kritisch hinterfragt und verweigert. Um eine Verbreitung
dieser Disziplinlosigkeit in der Truppe zu verhindern, musste
der Rekrut ausgesondert und bestraft werden.
Ziel: Der Rekrut wurde mit der Aussicht, an Weihnachten wieder freigelassen zu werden, inhaftiert. Der Rekrut sollte sich
unter Überwachung wieder beruhigen und fassen.
Leider wählte Rekrut Maier einen leichteren Weg. Er erhängte
sich am Morgen des 23.12.2152 mit seinem Gürtel. Er hinterlässt keine Verwandten oder Bekannten außerhalb der Truppe.
Um den Unmut in der Bevölkerung nicht noch weiter zu fördern, wurde der Leichnam in der Nacht auf den 24.12.2152
im Hochofen der Heizungsanlage des Bunkers entsorgt.
Es war der erste, aber ich fürchte nicht der letzte Fall. Die Fei-
ertage haben etwas die Stimmung gehoben, von langer Dauer
wird das aber sicher nicht sein. Wir sind nur noch 286 Überlebende, weitere Verluste können wir uns schlicht nicht leisten.“

„Du hast recht, ich kann mich meiner Verantwortung nicht
entziehen. Ich muss mich meinem Schicksal beugen und mich
auf meine Zeit als Kaiser von Terrenus vorbereiten. Das Semester an der Akademie ist ohnehin fast vorbei. Ich werde die

restlichen fünf Monate nicht mehr an der Akademie verbringen, sondern möchte dich bitten, mich in vollem Umfang in die Regierungsgeschäfte einzuweisen und einzubinden." „Sehr gut, ich ..." „Ich bin noch nicht fertig!", maßregelte Maximus den Kaiser. „Ich verlange im Gegenzug meinen vorgesehenen Platz im Wächterprogramm!" „Aber ..." „Wenn ich über unser Volk herrschen und es beschützen soll, dann in jeder Hinsicht. Somit muss ich mich mit der Wächtertechnologie ebenso auskennen wie mit den Regierungsgeschäften! Ich weiß, was ich mir damit alles aufbürde und dass ich gezwungen sein werde, meine sozialen Kontakte nach außen drastisch einzuschränken! Mir ist aber auch bewusst, was auf dem Spiel steht! Einverstanden?", schloss Maximus mit entschlossener Miene ab.

Der Kaiser blickte Maximus erstaunt an. Sichtlich von der Entschlossenheit seines Enkels überwältigt, suchte er nach den richtigen Worten. Schließlich pustete er: „Einverstanden."

„17. Mai 2155; Logbuch General Frank S. Eisner, die Monate vergehen; aktueller Bevölkerungsstand: 280; Trotz meiner Bemühungen, unsere Gesellschaft in Recht und Ordnung zu leiten, kam es in den letzten Monaten immer wieder zu Aufständen unter den Zivilisten. Der blutigste Putschversuch wurde von meinen Untergebenen am 7.2. dieses Jahres erfolgreich zerschlagen. Auch wenn ich jegliches Blutvergießen tunlichst vermeiden möchte, war es unumgänglich, ein Exempel an den Anführern der Putschisten zu statuieren.

Am 8.2.2155 sah ich mich gezwungen, die Exekution von sieben Putschisten anzuordnen. Das Urteil wurde unverzüglich mittels Kopfschuss in der Bunkerhaupthalle vollstreckt. Auch wenn ich diesen Schritt bedaure, zeigte er Wirkung und stellte wieder ein friedliches Miteinander her.

Ein freudiges Ereignis kann für den heutigen Tag vermerkt werden. Am heutigen 17.5.2155 kam der erste Nachwuchs in der Bevölkerung zur Welt. Die Schwangerschaft wurde mittels künstlicher Befruchtung herbeigeführt. Die nächste Ge-

burt ist für den 25.5.2155 geplant. Die anfängliche Gegen-
wehr gegen die Pflichtbefruchtungen unter der weiblichen
Bevölkerung wurde schnell aus der Welt geschafft. Da die
Bevölkerung zurzeit viel zu gering ist und eine Verdünnung
des Erbgutes verhindert werden muss, ist eine verpflichten-
de künstliche Befruchtung unumgänglich.
Jeder und jede hat einen Beitrag zu unserer funktionierenden
Gesellschaft zu leisten, koste es, was es wolle!"

Bereits am nächsten Tag begann der Kaiser mit der Ausbildung
seines Enkels in allen Bereichen der Staatsführung. Diplomatie, Gesetzeslehre, politisches Vorgehen, Konfliktschlichtung
und -bewältigung etc. Nicht gerade Themen, die Maximus in
der Vergangenheit auch nur im Geringsten interessiert hatten, doch gemäß Vereinbarung gab er sich dem Programm des
Kaisers widerspruchslos hin und lernte eifrig jedes Detail, das
ihm aufgetragen wurde.

Die Tage vergingen. Tage wurden zu Wochen, Wochen zu
Monaten. Maximus steigerte sich mit voller Hingabe in seine
Aufgabe und verlor dabei jegliches Zeitgefühl. Noch nie hatte er
so viel Zeit auf einmal mit seinem Großvater verbracht, und so
hatte die harte Arbeit auch ihr Gutes, für beide. Vor allem dem
Kaiser war es zweifellos anzusehen, wie sehr er es genoss, zu
sehen, wie sein Enkel in seinen Aufgaben aufging und wie gut
die beiden in den vergangenen Wochen harmonierten.

Für Maximus verschwommen langsam die Tage ineinander. Ein schier endloser Alltagstrott: Aufstehen, theoretischer
Unterricht in Staatsverwaltung und Politik, Unterstützung
des Kaisers bei den täglichen Schreibtischarbeiten, Mittag,
Besuch diverser staatlicher Einrichtungen an der Seite des
Kaisers, weiter Studium in Diplomatie und diverser anderer
staatlicher Themen, Bettruhe um 24:00 Uhr und wieder von
vorne. In Maximus' Kopf drehte sich nur noch alles um seine
neuen Aufgaben, alles andere – Schulthemen der Akademie,
Hobbys, Luzilla, seinen Freund Alex –verdrängte er vollstän-

dig. Vor allem Letzterer konnte das Verhalten von Maximus überhaupt nicht verstehen. Alexander kam in den ersten Wochen immer wieder zum Palast, mit der Bitte, zu Maximus vorgelassen zu werden – ohne Erfolg. Die Palastwache kam noch dreimal zu Maximus und berichtete ihm von Alexanders Bitte, vorgelassen zu werden, doch Maximus wies ihn immer wieder zurück. Zuletzt mit nur allzu klaren Worten, die die Palastwache weitergeben sollte: „Sagen Sie ihm, dass er nicht wieder herkommen solle! Ich wäre anderweitig beschäftigt und würde mich bei ihm melden, sobald ich Zeit fände!"

Normalerweise hätte Maximus solch eine Aussage umgehend bereut und die Palastwache sofort zurückgepfiffen. Doch nunmehr hatte er die Szene zugleich wieder aus seinem Gedächtnis gestrichen und wandte sich wieder seinen Aufgaben zu. Kurz nur, spätabends vor dem Einschlafen, ging es ihm wieder durch den Kopf. Aber kaum vor Augen geführt, löschte der Schlaf jegliche Erinnerung an den Tag aus. Keine Gewissensbisse, keine Gefühlsregung mehr, völlig untypisch für Maximus, zumindest bisher.

Alexander hingegen nahm die Mitteilung der Palastwache nicht so emotionslos hin. Zutiefst gekränkt und aufs Schärfste verärgert, ging Alexander seiner Wege. „... so er Zeit fände! So er Zeit fände! Was um alles in der Welt soll der Sch...?! Soll er doch machen, was er will!!", schrie er zu sich selbst. Es war das letzte Mal, dass sich Alexander nach seinem alten Freund erkundigte. Doch so verärgert er auch war, fiel es ihm nicht so leicht, Maximus einfach aus dem Gedächtnis zu streichen. Tagelang beschäftigten Alexander die Worte der Palastwache. Egal, womit er versuchte sich abzulenken, spukte es ihm immer wieder durch den Kopf. Zwangsläufig flimmerten Erinnerungen an die Zeit mit Maximus an der Akademie durch seinen Kopf. Ihr Kennenlernen, als Maximus ihm seine Herkunft beichtete, obwohl Alexander dies doch längst wusste, ihre erste gemeinsame gestohlene Flasche Bier, heimlich im Alter von 14 Jahren, und die daraus resultierenden Nachwirkungen.

Es brauchte einige Tage, doch langsam verflog der Zorn auf Maximus in Alexander, er fand sich mit der neuen Situation ab und lebte sein Leben weiter. Sein Semester an der Akademie ging langsam dem Ende zu, und auch wenn Alexander die Aufnahmeprüfung für das Wächterprogramm erfolgreich abgelegt hatte, lagen noch etliche Semesterprüfungen vor ihm. Dennoch, die Vorfreude darauf, was ihn nach seiner Zeit an der Akademie erwarten würde, ließ ihn jeglichen Prüfungsstress vergessen.

Wie auch immer, jedes Mal, wenn Alexander die langen Gänge der Akademie entlang schlenderte, wurde es ihm wehmütig ums Herz. Er glitt mit den Fingerspitzen die Wände entlang, über die großen Pinnwände, die Spinde und großen Fenster mit Sicht auf die weiten Wiesen rund um das Anwesen. Die anderen Schüler kümmerten Alexander wenig. Er nahm kaum Kenntnis von ihren Blicken und gut gemeinten Grußbekundungen. Es war in der vorletzten Schulwoche, als er wieder einen der Gänge abging und an einem Fenster Halt machte, um nach draußen zu sehen, als zufällig Luzilla auf ihn zukam. Sie sah ihn, konnte sein Gesicht zunächst aber nicht zuordnen. Erst zwei, drei Schritte später fiel ihr ihre letzte Begegnung wieder ein. Eigentlich hatte sie gar nicht vor, stehenzubleiben und das Wort an Alexander zu richten, doch just in dem Moment ging eine Saaltür auf und Ströme von Schülern drängten heraus in den engen Gang. Luzilla wurde zwangsläufig zu Alexander ans Fenster gedrängt. Sie blieb wenige Zentimeter vor ihm stehen. Alexanders Blick hob sich. Sie blicken sich beiden beklommen in die Augen: „Hey! Du bist Alex, nicht wahr? Wo ist dein aufdringlicher Freund, ihr wart doch immer zu zweit unterwegs, oder?", startete Luzilla, um die Situation zu lockern. „Ja das bin ich, aber nein, Max ist nicht mehr hier. Keine Ahnung, was mit dem ist. Kümmert mich auch nicht länger!", antwortete Alexander mit enttäuschtem Blick. Luzilla merkte sofort, dass ihm dieses Thema zuwider war: „Verstehe. Ich hab' gesehen, du bist auch für das Wächterprogramm zugelassen?" „Ja, stimmt. Zum Glück. Du auch, oder?" „Ja, genau! Na, dann werden wir uns in Zukunft ja öfter mal sehen", lächelte Luzilla Alexander aufmunternd an und ging langsam weiter. Alexander blickte ihr sichtlich dankbar nach. Dies eine Mal schien ihn seine untrügliche Menschenkenntnis im Stich gelassen zu haben. Vom ersten Augenblick an hielt er Luzilla eigentlich für ein typisches Teenager-Mädel, hochnäsig, nur sich selbst am nächsten etc. Offenbar steckte doch einiges mehr in ihr, dachte sich Alexander und schöpfte neuen Mut für die Zukunft.

„27.10.2157, Logbuch General Frank S. Eisner, langsam aber sicher sind in der Bevölkerung einzelne Gruppenbildungen zu beobachten. Freundschaften werden geschlossen, Interessen geteilt. Was einerseits gut für die allgemeine Moral ist, kann viel zu leicht auch zu Problemen führen. Immer häufiger kommt es zu Annäherungen zwischen den Zivilisten und meinen Truppen. Trotz des ausgesprochenen Fraternisierungsverbotes mussten meine direkten Untergebenen und ich in letzter Zeit immer häufiger eingreifen. Die Disziplin in der Truppe muss gewahrt bleiben!"

Und dann war es so weit, der letzte Schultag an der Akademie war da. Alexander hatte seinen Spind bereits in den letzten Tagen geleert und war bereit für die Zeugnisvergabe. Doch der Tag war noch lang. Alexander erhielt sein Abschlusszeugnis in der allerletzten Schulstunde. Der Lektor stand am Rednerpult, sinnierte noch ewig über das vergangene Semester und zögerte das Unvermeidliche für alle unerträglich hinaus. Endlich begann er aber, die einzelnen Schüler namentlich aufzurufen, um vorzutreten und sich ihr Zeugnis abzuholen. Da schoss es Alexander wieder in den Kopf: „Was ist mit Maximus? Er ist nicht hier. Wer würde sein Zeugnis in Empfang nehmen? Was, wenn ich es für ihn mitnehmen sollte?" Die Nervosität in Alexander stieg ins Unermessliche. Er hatte nicht ansatzweise Lust, wieder zum Palast zu kriechen und wie ein unterwürfiges Botenäffchen Maximus sein Zeugnis zu bringen. Es war so weit, der

Lektor rief Alexander auf. Langsam erhob er sich und ging nach vorne. Nichts, nur sein eigenes Zeugnis, ein kurzer Händedruck und ein freundliches „Glückwunsch!", das war alles. Erleichtert ging Alexander zurück und setzte sich wieder. Allerdings, … „M" kommt nach „A". Die Nervosität stieg wieder. – Lukass … Markus … Neptunia … Olympia … – nichts, erleichtert schnaufte Alexander durch. Warum Maximus gar nicht erst aufgerufen wurde, kümmerte ihn nicht im Geringsten. Die Stunde verging, der Lektor bedankte sich bei allen Anwesenden und schloss offiziell das Semester. Ganz hatte es Alexander aber noch nicht überstanden, am Abend erst sollte er im Zuge einer offiziellen Feier sein Diplom und seinen Zulassungsbescheid zum Wächterprogramm erhalten – ein sehr langer Tag!

Alexander wusste um seine Anspannung und wollte seinen Kopf frei bekommen. Dazu wollte er raus an die frische Luft. Er ging in Richtung Akademiegarten, um sich dort unter einem der alten, schattenspendenden Bäume niederzulassen. Die Tür nach draußen vor Augen stieß ihn plötzlich jemand heftig an der Schulter. „Hey, du Streber! Na, wie sieht dein Zeugnis aus?" Es war Luzilla, mit breitem Lächeln im Gesicht und Zeugnis in der Hand: „Was machst du für ein nachdenkliches Gesicht? Hab' schon geglaubt, du kippst da drinnen gleich um, als dir der Alte dein Zeugnis gab!" „Ah, hallo, ja danke, schaut ganz gut aus. Bin zufrieden mit dem Zeugnis. War nur … na ja … Maximus …" „Ach so, der! Vergiss ihn! Was braucht es dich zu kümmern?" „Ja, hast recht!", grinste Alexander Luzilla an. „Was machst du bis zur Feier?" „Wollte mal ein wenig an die Luft, komms…" „Ja klar, gute Idee! Los!"

Die beiden gingen gemeinsam zur Tür hinaus, über den mit Kieselsteinen bestreuten Hof zur Wiese und hockten sich unter einen Baum, die Beine in die Sonne gestreckt. Es war ein wunderschöner, sonniger Tag. Die leichte, angenehme Brise trieb kleine Wölkchen über den Himmel, Vögel, Schmetterlinge und Libellen tanzten in der Luft. Ein direkt kitschiges Bild, doch die beiden genossen den Tag und tratschten ungezwungen über Gott und die Welt.

So vergingen die Stunden. Alexander und Luzilla hatten die Zeit komplett aus den Augen verloren. Sie waren, in die warme Luft gebettet, eng aneinandergepresst unter dem Baum eingenickt. Es dämmerte bereits, als Alexander die Augen wieder öffnete. Er beugte sich hoch und blickte mit zufriedener Miene auf die an seiner Schulter ruhende Luzilla. Mit sanftem Kuss auf die Stirn weckte er sie und wies mit einem Deut auf den Sonnenuntergang hin. Luzilla war die Zufriedenheit ebenso ins Gesicht geschrieben. „Oh, schon so spät?!", stieß sie plötzlich aus und sprang auf. Alexander starrte sie leicht verdutzt an und stand auch auf. Sollte es das jetzt gewesen sein? Läuft sie jetzt einfach so davon? Soll er was sagen? Alexanders Gedanken rasten. Luzilla hingegen warf sich ihre Tasche über die Schulter, sah sich noch mal um und war in Gedanken wohl schon auf dem Heimweg, um sich für die Feier umzuziehen.

Doch dann drehte sich Luzilla ruckartig wieder zu Alexander um, fiel ihm um den Hals und drückte ihm einen liebevollen Kuss auf. „Danke für den schönen Nachmittag. Wir sehen uns dann später bei der Feier. Muss los!" Alexander war völlig überwältigt. Wenn er am heutigen Tage mit viel gerechnet hatte, damit aber sicher nicht. „Eh, ja klar, bis dann", flüsterte er Luzilla etwas benommen hinterher. Sein breites Grinsen bekam er an diesem Tag nicht mehr aus dem Gesicht.

Als er sich Minuten später wieder sammelte, erinnerte sich wieder, dass die Feier bereits in eineinhalb Stunden beginnen würde. Aufgekratzt und top motiviert lief er nach Hause, um sich fertig zu machen. Abendrobe wurde erwartet und natürlich hatte er nun einen weit wichtigeren Grund, adrett zu wirken.

Die Feier fand im Ballsaal der Akademie statt. Ein riesiger, gut 500 Personen fassender Saal im Erdgeschoss der Akademie, mit Zugang zur Hofanlage. Im Hof war ein großes Festzelt aufgebaut, in dem Kellner Getränke für die geladenen Gäste ausgaben. Im Saal selbst waren Stühle für mindestens 200 Zuschauer vor einer großen Bühne aufgestellt. In der Mitte der Bühne stand ein Rednerpult für die Verleihung, dahinter eine Stuhlreihe für die Redner. Die Bühne, sowie der ganze Saal und das Festzelt waren festlich mit weißen Girlanden dekoriert und alles wirkte sehr einladend.

Die Sonne versank langsam hinter dem Horizont, als sich Alexander gemeinsam mit seinen Eltern auf den Weg zur Feier machte. Zuvor natürlich noch von seiner Mutter gemustert, ob alles sitzt, wie es soll, wunderte diese sich nur darüber, warum Alexander gar so grinste. Erst an der Türschwelle der Akademie wurde Alexander klar, dass er wohl gleich gezwungen sein würde, Luzilla seinen Eltern vorzustellen. Wie sollte er vorgehen? Was sollte er sagen? Es schoss ihm durch den Kopf, als ihm plötzlich jemand von hinten auf den Rücken sprang und Alexander einen Satz nach vorne machte. Frauenbeine wickelten sich von hinten um seine Hüften, Arme um seinen Hals und zugleich bekam er einen kräftigen Kuss auf die Wange. Luzilla: „Hallo, ich bin Luzilla! Sie können aber Lu sagen! Sie sind wohl Alex' Eltern, nehme ich an." Alexanders Eltern standen verdutzt da, bevor sein Vater leise startete: „Ja. Ganz recht. Freut mich, Sie kennenzulernen." „Mich auch! Mein Vater kommt auch gleich", erwiderte Luzilla aufgeweckt. „So geht's auch", dachte sich Alexander innerlich jubelnd. Im nächsten Moment ertönte ein drängendes Räuspern hinter Alexander, der sich daraufhin umdrehte. Hinter ihm stand ein älterer, kräftig gebauter Mann mit ernster Miene. „Hey Paps, das sind Alex und seine Eltern", erklärte Luzilla. In dem Moment wurde Alexander schlagartig klar, dass er sie immer noch huckepack trug. Erschrocken ließ er Luzillas Schenkel los und streckte die Hand dem Herrn zum Gruß entgegen: „Sehr erfreut, Sie kennenzulernen." Luzillas Vater musterte Alexander kurz mit strengem Blick, dann erhellte sich seine Miene, er erwiderte den Handschlag und antwortete beruhigend: „Passt schon, Junge. Macht schon, ihr zwei, ihr müsst los, holt euch euer Diplom! Macht uns stolz." Luzilla packte Alexander sogleich am anderen Arm und zog ihn mit sich: „Machen wir! Bis später!".

Die beiden setzten sich händchenhaltend in die erste Reihe vor der Bühne und warteten auf den Beginn der Feier. Egal, was der Abend noch bringen mochte, für Alexander war er bereits perfekt.

Langsam füllte sich der Saal. Unbewusst, aber doch, blickte sich Alexander laufend um. „Er kommt nicht?", maßregelte Luzilla. „Wen meinst du?" „Na, wen wohl? Du schaust dich ständig nach Maximus um." „Aber nein. Mir doch egal, ob der kommt oder nicht", rechtfertigte sich Alexander und drückte Luzillas Hand zärtlich. Luzilla wusste es natürlich besser, ließ Alexander aber gewähren und legte ihren Kopf an seine Schulter.

Dann endlich war es so weit, die Bühne füllte sich. Der Vorstand der Akademie, Lektoren, staatliche Vertreter nahmen auf den Stühlen hinter dem Rednerpult Platz, an dem der Dekan der Akademie Aufstellung nahm. Jetzt begann der mühsame Teil der Feier: die Reden der ganz wichtigen Personen. Über eine Stunde dauerte es, bis alle Herrschaften auf der Bühne ihren Text zum Besten gegeben hatten. Es schien fast so, als versuchten sie, einander zu übertreffen. Aber dann endlich startete die eigentliche Verleihung. Der Dekan begann, die ersten Namen aufzurufen. Alexander zuckte schnell mit der Schulter, um Luzilla wieder aufzuwecken. Dann war er auch gleich an der Reihe. Der Dekan rief ihn auf und Alexander stieg die beiden Stufen zur Bühne hinauf. Stolzen Schrittes trat er vor zum Dekan, der sein Diplom bereits in den Händen hielt, und es Alexander entgegenstreckte. Alexander nahm das Pergament an sich. Lauter Applaus ging durch die Zuschauerreihen. Alexander wollte sich schon umdrehen und von der Bühne treten, als ihn der Dekan zurückhielt. „Haben wir nicht was vergessen, Herr Alexander?", fragte der Dekan lachend. „Herr Dekan?" „Hiermit verleihe ich Ihnen, als Prüfungsbestem, Ihren Beschluss zur Aufnahme am Wächterprogramm des terranischen Volkes! Herzlichen Glückwunsch!" Nun wandelte sich der Applaus in lautes Tosen. Luzilla jubelte Alexander lauthals zu. Auch seine Eltern waren kaum nach auf ihren Stühlen zu halten. Alexander hätte nicht stolzer sein können.

Die Verleihung ging noch 30 Minuten lang weiter. Auch Luzilla erhielt ihr Diplom und ihren Beschluss. Als sie wieder zu ihrem Sitz kam, belohnte sie Alexander mit einem dicken Kuss und einer innigen Umarmung. Außer den beiden wurden noch acht weiteren Kollegen von ihnen Beschlüsse für das Wächterprogramm ausgehändigt. Die Ausgerufenen deckten sich mit dem Aushang in der Akademie Wochen zuvor. Da stand es für Alexander fest: Maximus würde nicht am Programm teilnehmen. Und da er auch bei den Diplomen nicht aufgerufen wurde, würde er ihn auch heute nicht mehr sehen. Als ihm dies durch den Kopf ging, senkte er seinen Kopf und betrachtete nachdenklich das Diplom auf seinem Schoss. Luzilla, die noch ihre restlichen Kollegen beklatschte, bemerkte, wie sich Alexanders Stimmung trübte: „Hey, was ist los? Alles gut? Was hast du?" „Ach, gar nichts weiter. Dachte nur irgendwie, Max würde vielleicht doch noch auftauchen." „Tja dazu fehlte unserem werten Prinzen wohl auch der Mut!", entgegnete Luzilla abwertend. „Mag sein. Mir wurde nur schlagartig bewusst, dass wir ihn wohl nie wieder treffen werden. Also persönlich", antwortete Alexander mit trauriger Stimme. Luzilla blickte ihrem Freund tief in die Augen, hielt ihn an der Wange und küsste ihn tröstend: „Was brauchen wir den? Wir haben einander, das ist alles, was für mich zählt." „Du hast recht!", küsste Alexander Luzilla lächelnd zurück.

Die beiden blieben noch einige Zeit eng umschlungen auf ihren Stühlen sitzen, bis sich der Saal allmählich in Richtung Festzelt leerte. Dann machten sie sich ebenfalls auf den Weg ins Freie und ließen sich von ihren Familien und Freunden feiern. Es war noch ein schönes, fröhliches Fest. Alexander und Luzilla blieben bis in die Morgenstunden und drehten sich langsam auf der Tanzfläche des Festzeltes im Kreis. Alexander musste an die vergangenen Jahre an der Akademie, seine Zukunft bei den Wächtern und vor allem an den bevorstehenden Sommer mit Luzilla denken.

Was sich Alexander zu diesem Zeitpunkt nur ausmalte, sollte sich bald erfüllen. Ihm stand der schönste Sommer seines Lebens bevor.

„29. Sept. 2162, Logbuch General Frank S. Eisner, heute begehen wir den zehnten Jahrestag unserer Flucht in den Bunker. Technisch funktioniert dieser noch einwandfrei. Wir haben

inzwischen Treibhäuser aktiviert und bauen frisches Gemüse an. Die Bevölkerung entwickelt sich und bildet inzwischen eine ganz neue Gesellschaft als noch zu Anfang. Mittlerweile kommen auch die ersten Kinder aus natürlicher Befruchtung zur Welt, sodass vor zwei Monaten unser 325. Bürger zur Welt kam. Die Kinder entwickeln sich großartig. Zum Glück haben wir unter den Zivilisten auch zwei ausgebildete Lehrkräfte, die die Kinder sehr gut betreuen und unterrichten. Lehrbücher sind zwar Mangelware, die beiden Lehrkräfte tun aber ihr Möglichstes. Auch die anderen Bürger arbeiten gut. Dennoch kommt es immer wieder zu Widerständen gegen die Militärführung. Die Rufe nach Wahlen werden immer lauter. Auch wenn ich durchaus Vertrauen in die Führungskompetenzen mancher Bürger habe, kann ich ein so unsicheres System zum gegenwärtigen Zeitpunkt nicht zulassen.
Es wird unter meiner Führung keine Wahlen geben!"

Es war bereits spätnachts, als Maximus wieder einmal im Ledersessel vor dem lodernden Kaminfeuer kauerte und die Chroniken studierte. Es war mittlerweile eine Entspannungsübung vom stressigen Alltag als Thronerbe für ihn geworden. Er flüchtete sich so in die Welt der Höhlen-, also wie er mittlerweile wusste, Bunkerbewohner. Malte sich aus, wie sie ihren Alltag meisterten und von seinen Ahnherren glorreich geführt wurden. Dennoch kamen ihm bei diesem Gedanken auch immer öfter Fragen in den Sinn, wie er sich wohl eines Tages als Regent schlagen würde. Was er alles reformieren würde. Wie er mit seinen Untertanen umgehen würde.Er war ganz in Gedanken, als sich plötzlich die Türe öffnete. Es war Marius. Wie immer in korrekter, steifer Haltung: „Eure Majestät, melde mich wie aufgetragen von der Akademie zurück. Hier euer Diplom."
„Danke, Marius." Marius trat an den Ledersessel heran und übergab Maximus einen Bescheid der Akademie. Maximus las sich das Schriftstück schnell durch: „Für Ihre im ersten Semester erbrachten Leistungen und unter Berücksichtigung Ihres

Standes und Ihrer anderweitigen, außerschulischen Verpflichtungen, wird Ihnen hiermit der rechtsgültige und positive Abschluss Ihrer schulischen Laufbahn an der Akademie des terranischen Volkes bestätigt." Die Formulierung kostete Maximus ein müdes Lächeln. „Na ja, mein Diplom hab' ich mir zwar irgendwie anders vorgestellt, aber was soll's. Wie war die Verleihung?", fragte er Marius und deutete ihm, sich zu setzen. Maximus konnte sehen, wie es in Marius ratterte, ob es sich gezieme, Maximus' Wunsch, sich zu setzen, nachzugeben. „Wär's leichter, wenn ich dir befehle, dich zu setzen?", fragte Maximus belustigt. „Hm ... vielleicht ... nun gut", antwortete Marius und setzte sich in den linken Sessel. „Also, wie war's?" „Nun, es war eine äußerst feierliche Veranstaltung. Der Dekan und alle anwesenden Redner sprachen über ...", Maximus merkte, wie schwer es Marius fiel, einfach ungezwungen mit ihm über den Abend zu reden. Etwas, was ihm überaus fehlte. Auch wenn er es nie aussprach oder sich anmerken ließ. „OK, danke Marius, es war offenbar ein schöner Abend für alle Anwesenden", unterbrach er Marius, der sich erleichtert aus dem Sessel erhob und mit einer tiefen Verbeugung verabschiedete. „Ach, wie ging es eigentlich Alex? Hast du ihn gesehen?", rief Maximus Marius nach. „Sehr wohl, eure Majestät. Herr Alexander wurde als Jahrgangsbester bei der Wächterprüfung ausgezeichnet." „Das freut mich für ihn. Und sonst, schien er glücklich?" „Oh ja, eure Majestät. Er befand sich in charmanter Begleitung. Die beiden schienen äußerst glücklich miteinander." „Alex hat eine Freundin?! Wow, das freut mich sehr für ihn", antwortete Maximus nachdenklich. „Eure Majestät, ist alles ..." „Danke, Marius, das war alles!", würgte er Marius ab und entließ ihn in seinen Feierabend.

Maximus saß noch einige Sekunden gedankenverloren da, bevor er sich erhob und zum Fenster mit Blick in den Hof trottete. Es schien ihm gerade jetzt so richtig klar geworden zu sein. Die ganzen Wochen und Monate war er so beschäftigt mit seinen neuen Aufgaben gewesen, dass er nicht einen Gedanken an seinen alten Freund Alexander verschwendet hatte und daran, dass ja auch sein Leben weiterging. Maximus starrte hinaus in die Nacht, hinunter zum Tor, an dem auch jetzt die Wachsoldaten Stellung hielten, und erinnerte sich, wie er Alexander zuletzt im Regen stehen sah. Ein tiefes Gefühl des Bedauerns und der Sehnsucht überkam ihn, die Zeit zurückdrehen zu können. Erst jetzt tat es ihm leid, wie er Alexander im Regen hatte stehen lassen. Gleichzeitig war ihm klar, dass es nun zu spät war. Alexander hatte neue Bekanntschaften geschlossen, hatte sich verliebt. Wenn sie sich das nächste Mal sehen würden, dann wohl nicht mehr in alter Freundschaft.

Maximus stand noch stundenlang vor dem Fenster und starrte in die Dunkelheit, bis ihn doch die Müdigkeit übermannte und er sich zu Bett zwang.

Die Sonne war schon lange aufgegangen, als Maximus die Augen wieder öffnete. Verschlafen richtete er sich auf und blickte aus dem Fenster. Ein sonniger, frühsommerlicher Tag, kleine Schönwetterwolken zogen über den blauen Himmel. Als Maximus langsam zu sich kam, hörte er laute, schnelle Schritte über den Gang huschen. Er erhob sich aus dem Bett, zog sich an und öffnete die Tür zum Gang, als plötzlich eine der Palastdienerinnen an ihm vorbei die Treppen ins Erdgeschoss hinunterlief.

„Serena! Was ist hier los? Was soll der Aufruhr?", rief Maximus der Dienerin hinterher. Diese blieb abrupt mitten auf dem Treppenaufgang stehen und drehte sich zu Maximus um. „Eure Majestät! Es ist der Kaiser! Es geht ihm nicht gut! Mir wurde aufgetragen, nach seinem Leibarzt zu schicken!" Die Dienerin sah Maximus nur kurz an, wandte sich dann aber gleich wieder ab, um schnellstmöglich ihren Auftrag zu erfüllen.

Auf einmal war Maximus hellwach. Hastig lief er den Gang hinunter zu den Gemächern des Kaisers und trat förmlich die Tür ein. Er sah seinen Großvater regungslos in seinem Bett liegen. Marius kniete am linken Bettrand und fühlte den Puls des Kaisers.

„Marius, was ist hier los?! Was ist mit Großvater?!" „Kann ich leider nicht sagen, tut mir leid, eure Majestät. Ich habe bereits nach Dr. Virus Athanasius geschickt. Nachdem der Kaiser heute Morgen nicht wie jeden Tag zum Frühstückstisch erschienen war, kam ich her, um nach ihm zu sehen, und fand ihn so bewusstlos vor."

Es dauerte einige Minuten, bis der Arzt herbeieilte. Als Dr. Virus Athanasius gemeinsam mit zwei Assistenten in den Gemächern eintraf, kniete Maximus auf der anderen Bettseite und hielt besorgt die rechte Hand des Kaisers. Dr. Virus war schon seine ganze berufliche Laufbahn im Dienste des Herrscherhauses. Er war als Assistenzarzt bereits für Maximus' Urgroßvater tätig und dementsprechend selbst bereits in die Jahre gekommen. Inzwischen hatte er eine gekrümmte Haltung, trug einen weißen, knielangen Kittel und eine dicke Brille auf der Nase. Seine schwere Arzttasche ließ er mittlerweile von einem seiner Assistenten schleppen. Als er ans Bett drängte und sich über den Kaiser beugte, ließ Maximus von ihm ab und trat zurück. Kurz beobachtete er den Doktor bei seiner „Arbeit", wendete sich dann aber ab und verließ den Raum. Maximus fiel es schon schwer, seinen Großvater so liegen zu sehen, aber dann noch diesen altersschwachen Quacksalber bei der Arbeit zu beobachten, war zu viel für ihn. Der Kaiser hatte sein Leben lang Vertrauen zu seinem Leibarzt, und so wollte auch Maximus sich ihm betreffend kein allzu strenges Urteil bilden. Er zwang sich, darauf zu vertrauen, dass die jungen Assistenten des Doktors genug von ihrem Handwerk verstünden, um die Fehler ihres Vorgesetzten auszugleichen. „Dr. Virus, der Name sagt schon ja schon alles", sagte sich Maximus selbst.

Maximus setzte sich auf einen Stuhl auf dem Gang und harrte nervös der Dinge. Es dauerte fast eine Stunde, bis sich die Tür zu den Gemächern öffnete und Dr. Virus mit seinen Assistenten und Marius herauskamen. Noch in der Tür stehend wandte sich Dr. Virus zu Marius um: „Das war knapp, Marius. Wacht die nächsten Tage laufend über den Kaiser. Er braucht viel Ruhe und Flüssigkeit. Gebt ihm täglich dreimal von dieser Arznei. Meine Assistenten werden euch damit versorgen und täglich nach dem Kaiser sehen", wies der Doktor Marius an und gab ihm eine kleine Arzneiampulle. Maximus lief heran und blickte die beiden besorgt an.

„Danke, Herr Dr. Virus Athanasius", antwortete Marius dem Doktor, der nur kurz Maximus zunickte und dann ohne weitere Worte davon hastete.

„Marius, was ist los?! Was ist mit Großvater?! Rede schon!", befahl Maximus angespannt. Marius versuchte mit allen Mitteln, die Form zu wahren, und antwortete mit ruhiger, besonnener Stimme: „Es war nur ein kleiner Schwächeanfall, macht euch keine Sorgen, eure Majestät." „Marius, verkauf mich bitte nicht für blöd! Sag mir bitte die Wahrheit!" Marius schloss die Augen und schnaufte tief durch: „Ich will euch nicht beunruhigen, Maximus. Es war nicht der erste Schwächeanfall eures Großvaters. Ihr wisst ebenso gut wie ich, wie stur er ist. Er ist nun mal nicht mehr der Jüngste und weigert sich vehement, kürzerzutreten. Ein Grund mehr, warum ich euer beider Zusammenarbeit in den letzten Monaten sehr begrüßt habe. Um ehrlich zu sein, Maximus, war ich es, der euren Großvater schon vor gut eineinhalb Jahren dazu drängte, als es mit seinen Schwächeanfällen anfing. Es tut mir leid, dass ich euch nicht schon viel früher darüber aufgeklärt habe. Es war der Wunsch eures Großvaters." Maximus schaute Marius sprachlos an. „Maximus, komm herein", ertönte es mit leiser, zittriger Stimme aus den Gemächern. Maximus wandte sich der Tür zu und ergriff die Türklinke, als er sich noch einmal in Richtung Marius umdrehte: „Danke, Marius. Für alles."

Maximus trat in die Gemächer des Kaisers ein und schloss sachte die Tür hinter sich. Der Kaiser war zwar bei Bewusstsein, aber kreidebleich im Gesicht, und versuchte mit aller Kraft, sich im Bett aufzurichten. „Bleib liegen, Großvater", befahl Maximus mit ruhiger Stimme, wissend, dass der Kaiser ohnehin nicht auf ihn hören würde. „Komm näher, setz dich zu mir ans Bett", befahl der Kaiser wiederum. Maximus gehorchte und setzte sich seiner Linken aufs Bett. Der Kaiser blickte müde zu seinem Enkel auf: „Hör zu, Maximus. Mach dir keine Sorgen um mich. Mir geht es gut ..." „Aber Gr ..." „Hör zu! Ich weiß sehr wohl, dass ich nicht mehr der Jüngste bin und nicht mehr unendlich Zeit auf dieser Welt habe. Doch kann ich ungemein beruhigt sein, in dem Wissen, dass du bestens darauf vorbereitet bist, mich zu ersetzen." „Aber ich ..." „Du bist so weit! Ich bin sehr stolz auf dich, Maximus. Sehr stolz darauf, wie du dein Leben in den letzten Monaten in die Hand genommen hast. Ungeachtet dessen, wie es mit mir weitergeht, habe ich Marius angewiesen, alles Notwendige zu veranlassen, dass der Senat dich mit allen kaiserlichen Rechten und Pflichten ausstattet. Du bist nun der Herr über Terrenus! Ich bin sicher, du wirst dein Bestes geben."

Maximus blickte bestürzt zu Boden: „Großvater, ich will dich natürlich unterstützen, wo ich nur kann, aber ich bin sicher nicht so weit, dich zu ersetzen. Was, wenn ich irg..." „Immer mit der Ruhe, mein Junge. Noch bin ich ja da und stehe dir zur Seite. Mir ist es damals bei meiner Amtsübernahme auch nicht anders gegangen. Das wird schon", lächelte der Kaiser Maximus müde an. „Ruh dich erst mal aus, Großvater, und schau, dass du schnell wieder auf die Beine kommst. Ich kümmere mich um alles", lächelte Maximus mit sorgenvollem Blick zurück.

Maximus deckte den Kaiser liebevoll zu, erhob sich und ging leise zurück zur Tür. Vor dort warf er noch einen fürsorglichen Blick auf seinen Großvater, der gerade die Augen schloss, um einzuschlafen, und schloss dann leise die Tür hinter sich.

„10. Okt. 2177; Logbuch: General Martin Maier; dies ist mein erster und wohl auch letzter Logbucheintrag als Leiter des Bunkers Terrenus. General Eisner ist vor fünf Tagen überraschend von uns gegangen. In seinem letzten Willen ernannte er mich posthum zum General und bestellte mich zu seinem Nachfolger. Doch direkt nach Bekanntwerden seines Ablebens kam es zu umfangreichen Aufständen und Rebellionen gegen die Militärführung. Meine Männer versuchten alles, um die Unruhen einzudämmen und die Rädelsführer zu verhaften, doch ohne Erfolg. Das Militär war zahlenmäßig schlicht unterlegen. Nachdem die Aufständischen einige Soldaten überwältigt hatten, waren sie auch noch bewaffnet und zu allem bereit.

Ich bin mir der Schuld gegenüber General Eisner bewusst und trage schwer daran, sein Erbe nicht weiterführen zu können.

Ich sehe mich zum gegenwärtigen Stand leider nicht in der Lage, eine militärische Führung der Bevölkerung aufrechtzuerhalten.

Nach hastig einberufenen Gesprächen mit Vertretern der aufständischen Gruppen haben wir uns darauf geeinigt, freie Wahlen abzuhalten und in weiterer Folge einen Nationalstaat nach historischem Vorbild auszurufen. Interimsmäßig wurde mir einstimmig der Präsidentenstatus verliehen. Unter der Voraussetzung, die militärische Führung abzugeben. Ich muss gestehen, dass ich mit dieser Lösung nicht besonders unzufrieden bin. Ich sah mich nie in der Rolle eines militärischen Führers und werde auch den Generalposten fürs Erste nicht weiter vergeben. Dies, um die Lage in der Bevölkerung weiter zu entspannen. Ich kann nicht sagen, wie es mit uns weitergeht. Alles, worum es mir im Moment geht, ist es, den Frieden wiederherzustellen und sinnloses Blutvergießen in unserer ohnehin viel zu kleinen Gesellschaft zu verhindern. Ich sehe diese Schritte als Weg des geringeren Übels. Ruht in Frieden, General Eisner."

Benommen und in Gedanken versunken schlenderte Maximus den Gang entlang und die Treppe ins Erdgeschoss hinab. Am Treppenabsatz angelangt, wandte er sich nach links und ging zum großen Bankettsaal. Er öffnete die pompöse Flügeltür und ging schnellen Schrittes durch den circa 25 Meter breiten Saal zu einer der großen, gläsernen Türen auf der anderen Seite. Die Glastüren führten zum Palastgarten – ein weitläufiger Garten, gesäumt mit verschiedensten Hecken, Bäumen und extravaganten Pflanzen. In der Mitte des Gartens lagen zwei gleiche, prunkvolle Springbrunnen. Beide stießen eine gut fünf Meter hohe Fontäne aus und hatten seitlich etliche kleinere Wasserspeier. Maximus trat durch die Tür auf eine kleine Terrasse und atmete tief durch. Es tat ihm sichtlich gut. Mit Sauerstoff durchströmt, trat er daraufhin die zwei Stufen von der Terrasse hinab auf den Kiesweg, der durch den Garten führte, und schlenderte weiter. In Gedanken versunken überlegte er, wann er hier zuletzt gewandert war. Als wäre es sein erstes Mal, sammelte er die Eindrücke. Je näher er den beiden Brunnen kam, spürte er, wie die leichte Brise an jenem Tag das Wasser der Brunnen aufs Angenehmste ins Gesicht blies. Ein seltener Moment der Zufriedenheit, wie er sich selbst eingestehen musste. Er begrüßte ihn an diesem Tag besonders.

Maximus verweilte einige Minuten vor den Brunnen und genoss die Ruhe. Doch kaum machte sich die zufriedene Stimmung in ihm breit, musste er sich, beinahe gezwungen, wieder an die momentane Situation erinnern. Seine Miene trübte sich wieder und er überlegte angestrengt, wie es nun weitergehen solle. Er trat an den rechten Brunnen heran und setzte sich an den Brunnenrand. Er stützte seinen Kopf am Kinn auf seine Arme und ging im Geiste seine Möglichkeiten durch. Er rekapitulierte das Gelernte betreffend Staatsführung, Staatsgeschichte, Politik etc. So zogen die Stunden ins Land. Teilnahmslos beobachtete er Vögel, die sich an den Blüten der Pflanzen im Garten labten, und Schmetterlinge, die in der Luft tanzten. Er verzog keine Miene. Dann endlich, gut vier Stunden waren vergangen, rührte er sich wieder und erhob sich vom Brunnen. Sein Rücken war vom Spritzwasser komplett durchnässt, es kümmerte ihn nicht im Geringsten. Seine Miene war wie ausgewechselt. Ein Blick tiefster Entschlossenheit stand ihm zu Gesicht. Und ebenso schritt er den Weg zurück zum Palast. Dort erwartete ihn bereits Marius am Treppenabsatz stehend: „Eure Majestät. Ich habe dem Befehl des Kaisers entsprochen und den Machtwechsel im Senat angetragen." „Danke, Marius. Ich muss dich gleich wieder losschicken. Der Senat möge eine Sondersitzung zur Lage der Nation einberufen. Ich werde mich den hohen Herren stellen und den Senat über die weitere Vorgangsweise aufklären." „Sehr wohl, eure Majestät", bestätigte Marius.

„Ach, und Marius! Dich will ich bei dieser Sitzung an meiner Seite im Senat haben. Verstanden?", rief er Marius mit leichtem Grinsen nach. „Sehr wohl, eure Majestät", schloss Marius etwas verdutzt.

Maximus ging die Treppen hinauf, er wollte sich in Ruhe noch etwas in sein Studium vertiefen. Auf halbem Weg kam ihm eine Palastdienerin entgegen, mit einem Serviertablett in den Händen und einer vollen Suppenterrine darauf. Maximus nahm an, dass die Suppe für ihn bestimmt war: „Ich gehe in meine Gemächer, habe aber eigentlich keinen Hunger. Aber, danke!" „Oh sehr wohl, eure Majestät. Ich wurde aber beauftragt, die Suppe dem Kaiser zu servieren. Er schläft jedoch. Sollte ich ihn wecken, eure Majestät?" „Ohh, verstehe!", lächelte Maximus die schüchterne, junge Dienerin an: „Nein, nein, das hast du schon vollkommen richtig gemacht. Lassen wir ihn schlafen. Sei so gut und versuche es in drei Stunden erneut. Sollte er dann immer noch schlafen oder sich weigern, etwas zu sich zu nehmen, sag es mir. OK?" „Sehr wohl, eure Majestät. Mache ich", nickte die junge Dienerin Maximus zu und ging schnell mit dem Tablett in der Hand weiter, um der Situation zu entkommen. Maximus blickte ihr nach und dachte belustigt: „Und was ist jetzt mit der Suppe?"

An seiner Tür angelangt schweifte sein Blick in Richtung der kaiserlichen Gemächer. Kurz überlegte er, ob er zu seinem Großvater gehen sollte, sah dann aber doch davon ab. Er wollte ihn einfach nur in Ruhe schlafen lassen. Maximus wollte schon die Tür zu seinem Zimmer öffnen, als er kurz innehielt, von der Klinke abließ und den Gang in die andere Richtung hinunterging. Maximus ging zum Amtszimmer seines Großvaters. Dort angekommen ging er zum Schreibtisch seines Großvaters und ließ sich auf dem Schreibtischsessel nieder. Da er nun für alles verantwortlich war, sei dies dann wohl auch sein Amtszimmer, und er machte sich sogleich daran, sich einzurichten und sich einen Überblick über die Dokumente auf dem Schreibtisch zu verschaffen.Wider alles eigene Erwarten ging Maximus ganz in seiner Arbeit auf. Er studierte diverse Berichte über Güterverkäufe und -ankäufe, Sitzungsprotokolle des Senats, Abstimmungsergebnisse und einiges mehr. Es dauerte nicht lange, bis ihm ein Gesuch des Senats für eine Gesetzesänderung in die Hände fiel, die vom Kaiser zu unterzeichnen war. Es war nichts

Spektakuläres, es ging nur um eine Reglementierung der Fangquoten für die Hochseefischer, aber dennoch, es sollte das erste Dokument sein, das Maximus als Regent unterzeichnete und somit zur Umsetzung freigab. Maximus studierte die Gesetzesänderung äußerst akkurat und gab sich allergrößte Mühe, seine Unterschrift möglichst sauber und korrekt unter das Dokument zu setzen. An diese, seine erste Amtshandlung, sollte er sich sein Leben lang erinnern.

„16. Okt. 2177; 1. Eintrag Präsident Maier: Heute habe ich im Beisein der drei Volksvertreter der einzelnen Lager ein Dokument aufgesetzt und als Präsident unterzeichnet, mit dem ich freie Wahlen mit 16. Okt. 2178 angesetzt habe.
Die drei Lager in der Bevölkerung gliedern sich allmählich zu einzelnen politischen Parteien mit den drei Vertretern als Spitzenkandidaten. Ich habe mit diesen in den letzten fünf Tagen intensive Gespräche darüber geführt, wie es mit unserer Gesellschaft weitergehen soll und wie sie sich die weitere Führung vorstellen. In einem Punkt waren sich die drei einig: Es sollte eine von der Bevölkerung gewählte Regierung eingesetzt werden. Ob jedoch diese Regierung von einem Kanzler und einem Präsidenten als Oberhaupt geführt werden sollte oder nur von einem Präsidenten direkt, konnte noch nicht geklärt werden. Auch wie sich die Regierung zusammensetzen sollte, konnte noch nicht geklärt werden. Wie viele Abgeordnete sollten die Regierung bilden? 100, 200? Bei knapp 5000 Bewohnern wären das wohl etwas viele. Diese Fragen zu klären, sehe ich als meine Aufgabe für das nächste Jahr an. Ich hoffe auf das Beste!"

Einige Stunden später öffnete sich die Tür. Marius kam herein und sah sich im Raum um. Als er Maximus am Schreibtisch sah, hielt er kurz inne und startete dann: „Ah, hier seid ihr. Eure Majestät, Auftrag ausgeführt. Der Senat lädt euch für morgen um

10:00 Uhr zur Sitzung ins Forum." „Danke!", antwortete Maximus knapp, ohne vom Schreibtisch aufzusehen. Marius stand verdutzt da und sah Maximus an. „Das wäre alles Marius, danke", fertigte Maximus ihn ab. Marius wusste nicht wirklich, wie er mit der Situation umgehen sollte, und drehte sich mit seinen üblichen Höflichkeitsbekundungen um zur Türe. „Marius, würdest du bitte noch einen Blick auf Großvater werfen?", rief ihm Maximus nach, wieder ohne auch nur eine Sekunde aufzublicken. „Sehr wohl, eure Majestät", antwortete Marius, ohne zu erwähnen, dass er längst nach dem Kaiser gesehen hatte, noch bevor er sich auf die Suche nach Maximus begeben hatte. Ein höchst seltsames Verhalten seines jungen Herren, dachte sich Marius. Doch war er niemand, der einem ein solches Verhalten, so es nicht zur Gewohnheit würde, übelnimmt. Maximus würde schon seine Gründe haben. Morgen ist ein neuer Tag.

Schlag 9:00 Uhr morgens fuhr die kaiserliche Kutsche am Haupteingang des Palastes vor. Marius begrüßte höflich wie immer den Kutscher, der bereits über seinen heutigen Auftrag instruiert war, und stieg dann in die Kutsche. Er musste keine Minute warten, da kam Maximus bereits schnellen Schrittes, ohne ein Wort zu verlieren, aus dem Palast gestürmt und stieg mit einem Satz in die Kutsche. „Guten Morgen Marius, alles bereit für heute?" Marius sah ihn ebenso verdutzt an wie noch am Abend zuvor, war aber erleichtert, da sich Maximus' Stimmung doch sehr gebessert zu haben schien. „Ja ... klar ... eure Majestät", stammelte er. Die Kutsche setzte sich in Bewegung und fuhr durch das Haupttor auf die Straße in die Innenstadt. Kaum näherte sich die Kutsche den urbanen Stadtbezirken, blieben die Passanten am Straßenrand stehen und bestaunten sie ehrfürchtig. Jeder Terraner kannte die kaiserliche Kutsche. Und auch, wenn heute eben nicht der Kaiser darin saß, zeugten ihr alle mit leichtem Knicks oder Zunicken Respekt.

Die ganze Fahrt über starrte Marius Maximus erstaunt an. Ihm war es schon in den letzten Wochen immer mehr aufgefallen, doch erst jetzt, da Maximus diese Bürde auferlegt wurde, schien er vollends wie ausgewechselt. Marius war verblüfft, wie sich der stets Unruhe stiftende Freigeist in so kurzer Zeit zu einem so korrekten, aufrechten Staatsmann wandelte.

„Ist was?", unterbrach Maximus Marius' starrenden Blick. „Nein, ... verzeiht, eure Majestät." Maximus ließ kurz ab, blickte aus dem Fenster, wandte sich dann aber wieder Marius zu: „Marius, eine Sache noch, wenn wir da gleich reingehen. Ich erwarte mir, dass du mir, egal was ich sage und von mir gebe, zustimmst! Ich verspreche dir, dass ich mich dir danach erkläre, aber das muss sein. OK?" „Wie ihr wünscht, eure Majestät." Jetzt war Marius' Erstaunen über seinen Herrn endgültig auf dem Höhepunkt.

Kurz darauf kam die Kutsche am Forum Terrenus an. Ein riesiger, offener Prunkbau. Geöffnet für jedermann, verfügte das Forum über ein riesiges, offenes Atrium, um sich über politische und gesellschaftliche Themen zu informieren und auszutauschen. Gesäumt von hohen Marmorsäulen führten lange Korridore zu diversen Veranstaltungssälen und Seminarräumen, die von allen genutzt werden konnten. Maximus und Marius hingegen nahmen eine am Anfang des Korridors gelegene, breite Treppe in den ersten Stock, der für das einfache Volk gesperrt war. Zwei schwer bewaffnete Wachsoldaten hielten vor der Treppe Stellung und kontrollierten die Besucher, die in den ersten Stock wollten, und prüften ihre Passierscheine. Maximus und Marius konnten jedoch unbehelligt an den beiden Wachen vorbeischreiten. Im ersten Stock angekommen, gingen sie den Flur rechts hinab. Marius zählte die Türen ab, sie suchten die Nummer 14. Im ersten Stock befanden sich etliche Sitzungssäle und Büroräume der Senatoren und deren Untergebener.

„Nummer 14, hier ist es", deutete Marius zu Maximus und öffnete zugleich die Tür. Es bot sich ein großer Saal mit vielen im Kreis aufgestellten Tischen inklusive Stühlen. Die Senatoren waren bereits anwesend. Zwölf Herren mittleren bis hohen Alters hatten ihre Plätze bereits bezogen. Hinter ihnen, in zweiter Reihe, nahmen die Sekretäre der Senatoren ihre Plätze ein. Maximus und Marius sahen sich kurz im Raum um und gingen dann auf zwei noch freie, nebeneinander stehende Stühle zu. Maximus setzte sich sogleich. Marius hingegen überlegte kurz, ob er seinen Stuhl auch in die zweite Reihe zurück rücken sollte, doch ein Blick von Maximus genügte und Marius wusste Bescheid. Er nahm zu seiner Rechten Platz.

Die Senatoren starrten die beiden, aber vor allem Marius, verwundert an, wussten aber generell nicht genau, wie sie mit der Situation umgehen sollten. Doch bevor auch nur einer den Mund öffnen konnte, erhob sich Maximus und startete: „Sehr geehrte Herren Senatoren, ich bedanke mich für die kurzfristig einberufene Sitzung und Ihr pflichtbewusstes Erscheinen. Sie haben alle von den gesundheitlichen Problemen des Kaisers erfahren und davon, dass er alle seine kaiserlichen Befugnisse, Rechte und Pflichten auf mich übertragen hat. Ich erwarte mir von keinem von Ihnen, dass Sie mich als Kaiser ansehen und anreden, bin mir aber sicher, dass ich mir Ihres höflichen Umgangs und des mir zustehenden Respekts sicher sein kann. Ich bin über alle momentan laufenden politischen und wirtschaftlichen Themen bestens informiert und erwarte, von Ihnen über alles Anstehende umgehend und zielorientiert informiert zu werden. Zu diesem Zweck habe ich hier heute meinen Vertrauten und langjährigen Berater Marius geladen. Er wird mich zukünftig im Senat vertreten, sofern ich nicht zugegen bin. Marius ist äußerst akkurat und weiß über meine Amtsgeschäfte bestens Bescheid. Er genießt mein vollstes Vertrauen und ich vertraue darauf, dass Sie, meine Herren, ihm ebenso viel Vertrauen entgegenbringen wie mir! Soviel erstmal dazu von meiner Seite, wenn die Herren nun mit den Tagesthemen beginnen wollen?" Maximus nahm wieder Platz und blickte seelenruhig in die Runde. Allen standen die Münder weit offen, allen voran Marius. Dann ergriff einer der Senatoren das Wort: „Eure Majestät, das ist mehr als unorthodox. Bei allem Respekt, erwartet ihr ernsthaft, dass wir euren Kammerdiener so mir-nichts-dir-nichts in den Senat aufnehmen?" „Nein, werter Herr Senator Titus. Wollte ich Marius als Senator einsetzen, hätte ich ihn zum Senator ernannt. Eine freie Stelle ist schnell geschaffen! Und wenn euch Marius' gesellschaftliche Stellung so sehr stört, das lässt sich noch einfacher ändern!" Maximus stand auf und drehte sich zu Marius: „Hiermit erhebe ich euch, Marius, in den Stand eines Edelmannes! Nehmt ihr an?!" „Eh ... ja" „Passt!" Und schon setzte sich Maximus wieder. „So einfach geht's", grinste er in die Runde. Darauf begann ein anderer Senator: „Eure Majestät, das könnt ihr nicht machen! Das widerspricht jeder ..." „Ach nein, kann ich nicht? Nur, weil keiner der letzten Regenten von ihren Rechten gebraucht machte, erwartet ihr, dass das ewig so weitergeht? Da muss ich die Herren enttäuschen. Meine angeordneten Maßnahmen stützen sich 1:1 auf das kaiserliche Grundrecht. Kapitel 2, Absatz 3: Dem Kaiser steht es jederzeit zu, jeden seiner Untertanen ungeachtet dessen Herkunft und Stand in den Edelstand zu erheben. Kapitel 5, Absatz 7, Unterabsatz 2: Dem Kaiser steht es jederzeit zu, einen Stellvertreter zu bestimmen, der in seinem Namen an Regierungsgesprächen und Sitzungen jeglicher Art teilnimmt. Teilnimmt, meine Herren. Ich habe nie gesagt, dass Marius eigenwillig Gesetze einbringen oder beschließen wird, geschweige denn, dass er über irgendeine Art Vetorecht verfügt. Marius fungiert lediglich als mein Sprachrohr zu Ihnen, wenn ich anderweitig beschäftigt bin. Ist das jetzt klar?!"

Die Senatoren blickten sich fragend zu, bis Titus mit eingeschlafener Miene einlenkte: „Na gut, eure Majestät. Wie ihr wünscht. Herr Marius wird über alle kommenden Sitzungen direkt informiert und sein Kommen wird freudig erwartet." „Danke. Ihnen allen", schloss Maximus befriedet.

Die Sitzung dauerte noch mehrere Stunden. Es wurden diverse Themen erörtert und über einzelne Entwürfe beraten und abgestimmt.

Es war bereits später Nachmittag, als Maximus und Marius das Forum wieder verließen und in ihre Kutsche stiegen. „Also, wie fühlt man sich so als Edelmann?", grinste Maximus Marius an. „Eure Majestät, ich bin euch unendlich dankbar, aber ..." „Nichts aber! Du hast es verdient. Genauer gesagt, würd's jeder verdienen, aber bitte. UND ein für alle Mal! Nenn' mich, wenn wir unter uns sind, gefälligst beim Namen! Ich kann dieses eure-Majestät-Gejaule nicht mehr hören – immerhin bist du jetzt ein Edelmann." Marius gaffte Maximus an: „Na schön, Max! War es unbedingt nötig, den gesamten versammelten Senat derart zu reizen und zu belehren? Dein Großv..." „Mein Großvater hat seine Amtsgeschäfte an mich übertragen, und wenn ich ihn auch noch so schätze, auch er ist mittlerweile in die Jahre gekommen und hat sämtliche Entscheidungen und Maßnahmen des Senats augenzwinkernd gutgeheißen und gebilligt. Ich habe mich jetzt Wochen lang durch sämtliche Schriftstücke, Aktenordner und Dokumente gewühlt. In der Vergangenheit wurden Gesetze verabschiedet und Maßnahmen gebilligt, die ich nie anerkannt hätte. Kein Wunder, dass sich in unserem Land nie etwas ändert!" „Ja, aber du wirst ja nicht alle Entscheidungen deiner Vorgänger infrage stellen wollen, oder?" „Ich will sie nicht infrage stellen, ich habe aber nicht vor, ihnen alles nachzuäffen, ohne selbst nachzudenken, was das Beste für das Volk ist. Und ich weiß sehr wohl, dass du da ähnlich denkst, Marius, nicht wahr?" „Nun, mag sein, dass einige Entscheidungen des Senats etwas zu konservativ waren in den letzten Jahren, dennoch, wenn du denen immer entgegenarbeitest, ... es ist besser die Stimme des Senats auf seiner Seite zu wissen, als gegen ihn zu arbeiten." So ging die Diskussion der beiden noch die ganze Rückfahrt zum Palast weiter.

„16. Okt. 2178; 2. Eintrag Präsident Maier: Die Wahlen sind geschlagen, der Umbruch vollzogen.
Bis auf ein paar unbedeutende Ausnahmen verliefen die Wahlen ruhig und das Ergebnis wurde von den jeweiligen Kontrahenten akzeptiert. Nur einzelne unzufriedene Rebellen versuchten nach der Wahl einen Aufstand, erfuhren aber zum Glück keinerlei Unterstützung.
In den vergangenen Monaten habe ich mit den einzelnen Vertretern eine neue Verfassung aufgesetzt, die mit dem heutigen Tag in Kraft tritt. Darin haben sich alle darauf verständigt,

dass ich als Präsident von Terrenus und eine Art Überwa-
chungsorgan der neu gewählten Regierung im Amt bleibe.
Aus der heutigen Wahl ging Herr Markus Claudio als Sieger
hervor. Er wird den Rang eines Kanzlers bekleiden. Seine erste
Aufgabe wird es sein, Minister für die unterschiedlichen Gebie-
te zu bestimmen. Im Vorfeld wurde sich darauf geeinigt, dass
es kein Abgeordnetenparlament geben soll, sondern Terrenus
von einer Art Expertensenat geleitet werden soll, der sich aus
verschiedenen Ministern und deren Stäben zusammensetzt.
In guter Hoffnung, dass diese Vorgehensweise funktioniert
und für das Volk die beste Lösung darstellt, habe ich sie nach
bestem Wissen und Gewissen abgesegnet.“

Merklich des langen Diskutierens überdrüssig, gingen sich Maximus und Marius den restlichen Tag gezielt aus dem Weg.

Maximus zog sich zunächst in *sein* Amtszimmer zurück. Schon
ziemlich zur Gewohnheit geworden war das Studium verschiedener Schriftstücke, die sich im Laufe des Tages ansammelten, sowie sein immer noch andauerndes Selbststudium in politischen
und geschichtlichen Themen. Immer mehr kamen in letzter Zeit
geschichtliche Aufzeichnungen, technische Unterlagen, Einsatz-
berichte und Ablaufprotokolle rund um das Wächterprogramm
zu seiner Lektüre hinzu. Maximus war nach wie vor sehr an diesem ganzen Thema interessiert. Er spürte, dass die Wächter noch
eine wichtige Rolle in seinem Leben spielen sollten. Vor allem
jetzt, wo er über die Geschichte der Wächter Bescheid wusste.
Jedoch haderte er schwer damit, wie er zukünftig mit dem Thema, unter Berücksichtigung seiner neuen Aufgaben, umgehen
könnte und sollte.

Maximus musste es sich inzwischen selbst eingestehen, die
Zeiten der naiven Unbekümmertheit waren für ihn endgültig
vorbei. Ob es ihm nun gefiel oder nicht.

Die Dämmerung brach heran und tauchte das Amtszimmer in
einen kräftigen orangen Schein, gleich einem lodernden Kaminfeuer. Als Maximus aufblickte und dies bemerkte, wanderten sei-

ne Gedanken zu seinem Großvater. Er schlug seine Dokumente zusammen und ging zur Tür, um nach dem Kaiser zu sehen. Als er die Tür öffnete und auf den Gang treten wollte, kam ihm Marius aus Richtung der kaiserlichen Gemächer entgegen. Die beiden sahen einander im Vorbeigehen an. Keiner der beiden verlor ein Wort. Nicht, dass sie einander zürnten oder sonst etwas zwischen ihnen läge, doch der Tag war für beide lang, der Worte wurden bereits genug gewechselt.

An der Tür angelangt öffnete Maximus diese sachte und trat leise ein. Der Kaiser lag halbaufrecht im Bett und war wach. Auf dem Nachttisch stand eine halbvolle Suppenterrine. „Maximus! Schön, dich zu sehen. Komm näher!", begrüßte der Kaiser Maximus mit schwacher Stimme. „Hey, wie geht es dir? Brauchst du etwas?", fragte Maximus fürsorglich. Der Kaiser sah Maximus tief in die Augen: „Marius hat mir bereits von eurem heutigen Tag erzählt." „Großvater ich ..." „Ich bin sehr stolz auf dich!", unterbrach ihn der Kaiser: „Du hast vollkommen richtig gehandelt. Marius wird seine Aufgabe ebenso gut meistern wie all seine anderen Aufgaben." „Ja aber er, wie auch die Senatoren sind eben der Meinung, ich würde zu überstürzt handeln und nichts auf die alten Werte und Stände geben." „JA, na und? Wen interessiert's was diese altbackenen Senatoren von deiner Führungsweise halten? Du bist der Kaiser, du musst deinen Weg gehen. Und dass du denen gleich am ersten Tag so ein Programm auf den Tisch knallst, zeigt mir nur, dass ich mich nie in dir getäuscht habe! Du bist der Herrscher, den unser Volk im Moment braucht." Maximus sah seinen Großvater mit weit aufgerissenen Augen an. Stumm lauschte er jeder einzelnen Silbe des Kaisers, innerlich sprang er auf und ab. Zu hören, dass sein Großvater derart große Stücke auf ihn und seine Haltung gab, bedeutete Maximus gerade in diesen Tagen alles.

„Danke Großvater, das bedeutet mir viel", bedankte sich Maximus demütig. „Aber um ehrlich zu sein, habe ich Marius vor allem in diese Position gesetzt, um mehr Zeit für mich und mein Studium zu haben –, auch für das Wächterprogramm." „Ach was, wirklich?", entgegnete der Kaiser hämisch, mit breitem Grinsen im Gesicht. „Denkst du nicht, dass das Marius von Anfang an klar war? Ich dachte, du würdest ihn besser kennen. Schau, Marius ist extrem treu und loyal, er würde niemals gegen dich arbeiten und er wird dich bei allen Entscheidungen unterstützen. Das habe ich auch ihm so gesagt. DU Maximus musst deinen eigenen Weg gehen. Und ich weiß, dass dieser ein steiniger, aber auch umso wichtigerer sein wird! Ich weiß, wonach du suchst, warum du dich so sehr in die Chroniken und alten Aufzeichnungen vertiefst. Ich habe keinen Zweifel daran, dass dich dein Weg an dein Ziel führen wird, und kann nur hoffen, dass du, wenn es so weit ist, weißt, wie du mit der dir gegebenen Macht umgehen sollst." Verblüfft stand Maximus vor dem Bett des Kaisers und sah ihn ratlos an.

„2. Aug. 2180; 3. Eintrag Präsident Maier: Meine Amtszeit neigt sich dem Ende zu. Die neue Regierung hat sich gut etabliert und wird vom Volk positiv angenommen.
In den letzten Monaten wurde eine neue Polizeibehörde gegründet. Besetzt wurden die Posten mit Einheiten des Militärs. Die militärischen Einheiten selbst sind damit so gut wie aufgelöst. Auch wenn ich selbst vom Militär komme, kann ich diesen Schritt durchaus verstehen und habe ihn daher abgesegnet. Dies ist aber auch ein weiterer Grund dafür, dass mein präsidialer Posten nicht nachbesetzt wird. Die Regierung hat einstimmig beschlossen, dass der Posten des Präsidenten in Zukunft nicht mehr nötig ist. Da sich die Regierung bislang nichts zuschulden kommen ließ und auch sonst auf große Akzeptanz in der Bevölkerung stößt, habe ich diesen Schritt ebenfalls wohlwollend abgesegnet und vertraue auf die Weitsicht des Kanzlers."

„Wie schnell war dieser Sommer bloß verflogen?", dachte sich Alexander, als er auf der Terrasse in Luzillas Elternhaus stand und in die Weite blickte. Luzilla lebte mit ihrem Vater und ihren Großeltern auf einem großen Anwesen am Stadtrand. Die Terrasse, auf der

Alexander stand, schaute in Richtung einer weiten, unbebauten Landschaft. Am Horizont erhob sich ein hohes Felsengebirge. Es war dasselbe Gebirge, in dem auch der alte Bunker Terrenus lag und wo sich auch die Kommandobasis der Wächter befand. Die Ungeduld in Alex stieg von Minute zu Minute, während er auf die Berggipfel blickte. Nur noch wenige Stunden, dann ging es endlich los. Das heißt, sofern Luzilla irgendwann fertig würde! „Lu, bist du's bald mal?!", rief Alexander gestresst zur Balkontür herein.

„Bin's ja schon!", antwortete Luzilla aufgestachelt und kam mit zwei großen Koffern in den Armen die Treppe herunter gestolpert. „Also los, Schatz. Sie warten nicht auf uns!", fiel Luzilla Alexander um den Hals und drückte ihm einen dicken Schmatzer auf.

Luzilla wusste mittlerweile genau, wie sie mit ihrem Freund umgehen musste. Ein liebevoller Kuss, schon war er verzaubert. Alexander nahm ihr die Koffer ab und trug sie nach draußen zur Kutsche, während sich Luzilla von ihrer Familie verabschiedete. Keiner der beiden wusste, wann sie wieder Zeit für ihre Familien haben würden.

Einige Umarmungen später waren sie dann endlich unterwegs. Beide hatten in den letzten Tagen einen Brief bekommen mit den wichtigsten Daten für den ersten Tag beim Kommando. Also, wann und wo sie genau gestellt sein sollten.

Eng aneinander gekuschelt saßen die beiden in der Kutsche und sahen aus dem Fenster, wie die Berge langsam immer näherkamen. Verträumt flogen ihnen ihre Gedanken durch den Kopf. Sie erinnerten sich an ihren wunderschönen gemeinsamen Sommer, an ihre Liebes- und Treueschwüre im Schein des Luna-Gürtels, wie sie sich einander geschworen hatten, sich auch im Wächterkommando nie aus den Augen zu verlieren. Aber ihre Gedanken drehten sich auch darum, was alles in den nächsten Tagen, Wochen, Monaten auf sie zukommen möge. Je näher sie den Bergen kamen, desto nervöser wurden die beiden.

„Noch 20 Minuten!", ertönte es vom Kutscher in die Kabine herein. Luzilla wurde zunehmend unruhiger. Alexander sah sie verträumt an, zog sie noch enger heran und drückte sie fest an sich. Woraufhin Luzilla die Augen schloss und sich wohlig der liebevollen Umarmung hingab.

Dann endlich, die Kutsche rollte langsam aus und blieb sodann auf einem kleinen, von Felsen umringten Vorplatz stehen. Alexander voran, stiegen sie aus der Kutsche und sahen sich um. Zur Überraschung beider standen bis auf zwei Soldaten keinerlei Leute auf dem Platz. „Wo sind denn alle? Sind wir die Ersten?", fragte Luzilla. Alexander antwortete ratlos: „Keine Ahnung. Kann eigentlich nicht sein. Fragen wir mal die Soldaten, wohin wir müssen." Alexander nahm die Koffer und sie gingen über den Platz in Richtung der beiden sich unterhaltenden Soldaten. Noch auf halbem Weg sah sie einer der Soldaten und rief ihnen freundlich zu: „Hallo! Einfach hier den Korridor runter, bis ihr beim Höhleneingang ankommt." Dankend deutete Alexander dem Soldaten zu und wendete sich mit Luzilla in Richtung eines schmalen Felsengangs.

Die Felswände ragten gut 20 Meter an beiden Seiten steil in die Höhe. Der Korridor selbst schlängelte sich kurvig durch den Felsen, weshalb Alexander und Luzilla nicht sagen konnten, wie lange sich der beklemmende Korridor hinziehen mochte. Doch zum Glück war bereits nach der dritten Kurve, ungefähr nach 100 Metern, ein Licht am Ende des Korridors zu erkennen. Der Korridor endete wieder auf einem kleinen Vorplatz. Dieser war noch kleiner als der Erste, obwohl er offenbar künstlich geweitet wurde. Und wieder kein einziger Terraner. Aber da war er schließlich, der Eingang zur Höhle Terrenus. Das fünf Meter hohe und drei Meter breite Metalltor war zur Hälfte geöffnet. Alexander und Luzilla traten näher und konnten schon von Weiten eine kleine Gruppe Terraner in der Vorhalle der Höhle stehen sehen. Sie traten ehrfürchtig durch das große Tor und mischten sich unter die Leute. Um mit den anderen ins Gespräch zu finden, geschweige denn sich vorzustellen, war jedoch keine Zeit. Am anderen Ende der Halle öffnete sich ein weiteres großes Tor und zwei hochrangige Uniformierte kamen herein und traten vor die Versammelten. Der Rechte der beiden

Herren ergriff das Wort: „Mein Name lautet General Quintus Julius! Ich bin der Kommandant dieser Einrichtung und Oberbefehlshaber der Wächterstaffel! Herzlich willkommen, meine Damen und Herren, hier im Bunker Terrenus! Sie alle wurden, wie Sie bereits wissen, aus zahlreichen Bewerbern ausgewählt, hierherzukommen. Lassen Sie sich aber eines gleich vorwegsagen! Nur weil Sie nun hier sind, bedeutet dies nicht, dass sie auch hierbleiben werden! Von Ihnen dreißig werden schlussendlich nur fünfzehn tatsächlich eine Stelle im Wächterprogramm hier im Kommando des alten Bunkerkomplexes erhalten. Die anderen werden auf andere militärische Einheiten in Terrenus verteilt. Und, von den auserwählten fünfzehn werden auch nur drei von Ihnen die Chance erhalten, Herr über einen der drei Wächter zu werden. Um herauszufinden, wer von Ihnen das Zeug dazu hat, werden Sie in den kommenden zwölf Wochen von Ihren jeweiligen Ausbildern auf Herz und Nieren geprüft. Sie werden intensiv in militärischer Strategie, Taktik und jeglicher Form militärischen Umgangs geschult. Sie werden körperlich und seelisch an Ihre Grenzen geführt, die Sie nicht nur ausreizen, sondern auch überschreiten werden." Es folgte eine kurze Unterbrechung. Der General blickte in die Runde: „Nun, das ist Ihre letzte Chance: Wer sich dem nicht gewachsen fühlt und Zweifel hat, es ist keine Schande gleich wieder umzukehren und nach Hause zu fahren." Die Anwesenden sahen einander an. Auch Alexander und Luzilla blickten einander in die Augen, doch die Entschlossenheit der beiden war nie größer. Sie hielten sich an den Händen und schenkten einander ein aufmunterndes Lächeln. „Also schön!", unterbrach der General die sich ausbreitende Stille. „Folgen Sie mir!"

General Quintus Julius wendet um 180° und schritt mit dem zweiten uniformierten Herrn, den er noch immer nicht vorgestellt hatte, zur Rechten, wieder durch das große Tor, aus dem sie zuvor gekommen waren. Die Anwesenden folgten den beiden ungeduldig. Hinter ihnen öffnete sich eine weite Halle, die große Haupthalle der Höhle Terrenus. Jeder Terraner kannte diesen Ort. Aus dem Schulunterricht, damit verbundenen Schulexkursionen und gelegentlich war die Höhle in der Vergangenheit auch zur Besichtigung geöffnet worden. Jedoch nicht dieser Tage. Zur Linken der Anwesenden befand ich das riesige, Terrenusweit berühmte Haupttor der Höhle.

Alle bestaunten das imposante Tor und erinnerten sich an ihren Geschichtsunterricht und daran, dass es dieses Tor war, durch das einst ihre Vorfahren wieder an die Oberfläche zurückgekehrt waren.

Der General ließ sich von den Sehenswürdigkeiten der Halle nicht ablenken und setzte seinen Weg unbeirrt fort. Die Halle spaltete sich gegenüber dem Haupttor. Zur Linken begann der Hauptteil der Höhle, mit den Wohnstätten und Verwaltungseinrichtungen der alten Bevölkerung. Zur Rechten führte ein breiter Gang tiefer in die Höhle. Er war nur spärlich beleuchtet, gut 200 Meter lang und endete an einem weiteren großen Metalltor, das verschlossen war. General Quintus Julius nahm vor dem Tor Aufstellung, während sein Kollege zu einer Schalttafel an der rechten Seite des Tors ging und den General abwartend ansah.

„Achtung!", rief der General zur Aufmerksamkeit in die Menge: „Hier sind wir. Was Sie hinter diesem Tor sehen werden, unterliegt der absoluten Schweigepflicht, zu der Sie sich verpflichtet haben!" Der General sah kurz durch die Reihen, wohl um die Spannung zu erhöhen, wie sich alle dachten. „Also dann, willkommen beim Wächterprogramm!", schloss der General und nickte seinem Kollegen zu, der daraufhin einen Knopf auf der Schaltfläche betätigte. Zugleich setzte sich das große Metalltor in Bewegung. Es öffnete sehr langsam, wohl dem Gewicht des Tores geschuldet, in zwei Flügeln nach rechts und links. Zunächst konnte man nicht erkennen, was sich hinter dem Tor befand. Es dürfte sich aber um einen weiten, lichtdurchfluteten Raum handeln. Das Licht schoss sofort durch den sich öffnenden Spalt und blendete die Anwesenden.

Dann sahen sie es: Es war ein weiter Raum. Besser gesagt eine locker 500 Meter lange, 250 Meter breite und 50 Meter hohe Halle. Und darin waren sie nun endlich. Aufgereiht an der linken Wand der Halle warteten die drei gigantischen Wächter.

Allen standen die Münder weit offen. Alexander drückte Luzillas Hand ganz fest und reckte seinen Kopf in die Höhe. Der Anblick war atemberaubend. Luzilla musste sich vor lauter Ehrfurcht eine Träne aus dem Gesicht wischen.

Die Wächter: Die drei Maschinen waren zwischen 15 und 25 Meter groß. Terranern nachempfunden, standen sie auf zwei Füßen, hatten zwei Arme und einen Kopf. Gefertigt aus massivem Stahl erschien es unvorstellbar, wie sich diese gigantischen Gebilde in Bewegung setzen könnten, geschweige denn vom Boden abzuheben vermochten.

Jeder der drei Wächter stand aufrecht in jeweils einer eigenen Wartungsbucht. Jeweils an den Seiten der Buchten waren Lifte angebracht, mit denen die Wartungstechniker bis zu den Köpfen der Wächter gelangen konnten, wo sich auch deren Steuerzentralen befanden. Die Köpfe der Wächter hatten auch Gesichter: Augen, Nase, Mund, samt Mimik, die zwar starr, aber doch vertraut wirkten.

Der erste der drei Wächter, *Fobos*, war mit seinen 17 Metern der kleinste. Er war grün lackiert und circa 2 Meter breiter als die beiden anderen.

Der Mittlere, *Mars*, war mit 25 Metern der größte und blau lackiert.

Der dritte Wächter, *Daimos*, war 23 Meter groß und pink-hellrot lackiert. Dieser war der Einzige, der feminine Züge hatte. Auch wurde er in der Vergangenheit stets von Pilotinnen gesteuert.

In ihren Beinen waren leistungsstarke Triebwerke verbaut, die diese Giganten abheben ließen. Gleichzeitig waren die Wächter in der Lage, jede Bewegung ihrer Piloten 1:1 umzusetzen und sich so auch auf dem Boden bewegen. Durch Hydraulik konnten sie mehrere Tonnen in die Höhe stemmen und transportieren.

Jeder Wächter hatte eine eigens für ihn gebaute Fern- und Nahkampfwaffe, die in deren Armen verbaut waren. Die Fernwaffen stießen einen starken Energiestrahl in der jeweiligen Lackfarbe der Wächter aus. Wie genau diese Waffen funktionierten, konnte sich jedoch kein Terraner mehr genau erklären. Die Nahkampfwaffen waren riesige Schwerter, die den Wächtern bei Bedarf aus ihren rechten Armen austraten und sich dann noch weiter ausklappten. Auch jedes Schwert hatte sein eigenes Design.

Alle Anwesenden standen wie verzaubert da und starrten die Wächter gebannt an. Niemand merkte, wie der General wieder vor ihnen Aufstellung nahm und sie, um Aufmerksamkeit fordernd, anblickte. Niemand reagierte. Doch für den General war das nichts Neues, er wusste, wie er in solchen Situationen weiter zu verfahren hatte: „SO!", stieß er lauthals aus, sodass alle, wie an der Schulter gestoßen, ihre Blicke lösten und ihre Aufmerksamkeit wieder dem General schenkten.

„Sie alle kennen diese drei Relikte aus der alten Welt! Die Wächter *Fobos*, *Mars* und *Daimos*. Sie haben von ihrer Geschichte an der Akademie gelernt und wissen um ihre Aufgabe in unserer Gesellschaft! Ich weiß, es juckt jeden Einzelnen von Ihnen, sich in eine der drei Steuerzentralen zu setzen. Doch dieses Privileg wird nur drei von Ihnen zuteilwerden! Wer diese drei zukünftigen Wächter Terrenus' sein werden, wird sich in den nächsten Wochen entscheiden. In dieser Zeit werden Sie, wie bereits erwähnt, in verschiedensten Bereichen geschult und unterwiesen.

Nun möchte ich Ihnen den technischen Leiter des Wächterprogramms vorstellen." Der General streckte seinen linken Arm zur Seite aus und der zweite uniformierte Mann, der die Gruppe begleitete, trat wieder an die Seite des Generals heran: „Colonel Christian! Er wird Sie in die technischen Details der Wächter unterweisen und in weiterer Folge werden zwölf von Ihnen als Techniker direkt seinem Kommando unterstellt werden! JA, der Colonel ist Angehöriger der Zitadelle – dennoch, ich sage es nur einmal! Der Colonel ist mit den gleichen militärischen Ehren zu behandeln, die ich mir auch selbst von Ihnen erwarte und die Sie auch jedem anderen Vorgesetzten hier entgegenbringen werden! Ist das klar!" „Jawohl, Herr General!", antworteten alle lauthals im Chor.

Der Colonel trat vor und ergriff das Wort: „Danke, Herr General Quintus! Auch ich möchte Sie recht herzlich hier im Hangar der Wächter begrüßen und Sie gleich mal zum Einstieg auf eine kurze Besichtigung der drei Wächter einladen. Ich bitte, mir zu folgen." Der Colonel drehte um 180 Grad und ging in Richtung *Fobos*. Die Gruppe folgte ihm interessiert. Der Colonel erweckte einen weit freundlicheren Eindruck als der General. Am Wartungslift an *Fobos'* rechter Seite angelangt, wendete sich der Colonel wieder der Gruppe zu: „So, bitte in drei Gruppen aufteilen, der Lift fast nur zehn Personen auf einmal."

Alexander und Luzilla standen in erster Reihe und kamen so als erste dran. Schnell bestiegen sie die Liftplattform. Es dauerte keine zwanzig Sekunden, bis sich die ersten Zehn auf der Plattform versammelt hatten.

„Sehr gut", lobte der Colonel und trat ebenfalls auf die Plattform, vor die Steuerung. Bevor er diese betätigte, warf er hastig einen Blick über seine linke Schulter und startete: „Alsooo, mir ist schon klar, mit mir sind wir elf. Also, der Lift fast maximal elf Personen."

Alexander, Luzilla und die anderen acht wussten nicht recht, wie sie jetzt reagieren sollten. Wollte der Colonel lustig sein? Laut zu lachen wäre wohl kontraproduktiv. Jeder verkniff sich eine Reaktion, worauf sich der Colonel gleichgültig wieder der Steuerung zuwandte und mittels Knopfdruck den Lift in Bewegung setzte.

Langsam fuhr der Lift am Bein des Wächters in die Höhe. Alle bestaunten überwältigt die nun so nahe Legende. Der Colonel ergriff wieder das Wort: „Die Panzerung aller drei Wächter besteht aus drei bis fünf Zentimeter dicken Metallplatten, die an den empfindlichsten Stellen der Maschinen angebracht sind. Sie bestehen aus einer speziellen Metalllegierung, die wir noch nicht gänzlich nachempfinden können. Größter Bestandteil ist aber äußerst stark gehärteter Stahl. Aber nicht nur die Panzerung, die gesamten Wächter bestehen aus dieser robusten Legierung. An der Wade können Sie nun einen der Hydraulikkolben sehen, die es dem Wächter ermöglichen, sich zu bewegen. Die großen Hydraulikkolben befinden sich an den Extremitäten, insgesamt verfügt aber jeder der Wächter über mehr als 2500 verschiedener hydraulischer Einrichtungen. Welche genau, werden Sie in den nächsten Wochen lernen. Wenn Sie nun auf die Rückseite des Wächters sehen, erkennen Sie an *Fobos'* Rücken eine dicke Panzerplatte. Hinter dieser befindet sich *Fobos'* Fernwaffe. Die Platte klappt nach hinten und Sie werden die Waffe mit der linken Hand herausnehmen. Wie genau, erfahren nur drei von Ihnen. Die Fernwaffe ist eine Hochenergiewaffe. Sie erzeugt einen Impulsstrahl aus einem, auf circa fünftausend Grad erhitzten Gas. Die Energie der Waffe hält ungefähr dreißig Minuten. In der Rückhalterung der Waffe befindet sich eine Ladestation, über die sie durch den Reaktor des Wächters wieder geladen wird. Die Ladedauer hängt vom momentanen Einsatz des Wächters ab. Die Reaktoren liegen in den Rümpfen, ihre Funktionsweise ist uns jedoch leider gänzlich unbekannt. Irgendwie scheint ein nie versiegender Brennstoff in einer Brennkammer in pure Energie umgewandelt zu werden. Hierüber haben wir allerdings keinerlei Aufzeichnungen oder Informationen gefunden. Im Unterarm des rechten Arms finden Sie, also drei von Ihnen später, ihre Nahkampfwaffe. Eine Klinge aus einer noch härteren Legierung als das der Panzerung. Deren Zusammensetzung konnten wir überhaupt noch nicht klären. Jedenfalls hat jeder der drei Wächter eine individuelle Waffe, die sich erst beim Einsatz gänzlich entfaltet. So erreicht die Klinge von *Fobos* eine Länge von fünf Metern. Die Klingen sind nicht besonders scharf geschliffen, sie entfalten ihre Wirkung vor allem durch die hydraulische Kraft des Wächters."

Auf Schulterhöhe angelangt, kam die Plattform zum Stehen. In dieser Höhe waren die Wächter über ein Gerüst miteinander verbunden.

„Bitte, wenn Sie sich nun in Richtung Steuerzentrale begeben. Ich folge in wenigen Minuten", erklärte Colonel Meyer und fuhr, nachdem alle die Plattform verlassen hatten, wieder hinunter, um die zweite Gruppe abzuholen.

Alexander blickte auf *Fobos'* Kopf, er konnte es noch immer nicht fassen, dass er diesen legendären Maschinen nun so nah war. Langsam ging er, mit Luzilla im Arm, auf *Fobos* zu. Am Hinterkopf des Wächters war eine Einstiegsluke geöffnet. Neugierig beäugten die beiden die Steuerzentrale des Wächters. Sie waren überwältigt. „Wie um alles in der Welt konnten unsere Vorfahren so etwas konstruieren?", fragte Alexander, über alle Maßen erstaunt. Luzilla, ebenso verblüfft, konnte nur mit den Schultern zucken.

Die Steuerzentrale war voll mit blinkenden und flimmernden Bildschirmen. Die Augen des Wächters boten einen Blick nach außen, wobei dies wohl nur sekundär von Bedeutung war. In der Mitte des Raums befand sich ein Kommandostuhl, an dem von oben herab seltsame Steuerelemente zu hängen schienen. Wie diese allerdings zu bedienen seien, konnte sich keiner der zehn vorstellen.

Noch bis die nächste Gruppe auf dem Gerüst eintraf, verharrten alle voller Erstaunen an der Steuerzentrale von *Fobos*. Um auch den anderen einen Blick zu ermöglichen, traten sie dann aber höflich beiseite und gingen auf dem Gerüst weiter in Richtung *Mars*.

Ehrfürchtig blieb Alexander auf halbem Weg stehen und sah zu *Mars'* Kopf hoch. Das wollte er sehen, dafür war er gekommen, dafür all die Mühen. *Mars*, der Inbegriff von Wächter für alle Terraner. Sein ganzes Leben hatte Alexander Berichte, Plakate, Tassen und allen anderen Werbeschrott gesammelt, auf dem *Mars* abgebildet war. Schon am ersten Schultag hatte er sich geschworen, eines Tages säße er in *Mars'* Schaltzentrale und würde mit ihm heldenhaft Terrenus vor allem Unheil beschützen.

Luzilla sah ihren Freund bewundernd an, sie wusste genau, was ihm durch den Kopf ging, und zog ihn sachte weiter. Luzilla war positiv verzaubert von der mitreißenden Begeisterung, die Alexander versprühte.

Da *Mars* nochmal ganze acht Meter größer war als *Fobos*, musste die Gruppe eine stählerne Gerüsttreppe hinauf zur Schulter von *Mars* besteigen.

Es dauerte gut zwanzig Minuten, bis auch die letzte Gruppe auf dem Gerüst angelangt war, vom Colonel zur Steuerzentrale von *Fobos* geführt wurde und sie kurz darauf zu den anderen beiden Gruppen aufschlossen, die bereits wieder die zwei Meter lange Treppe zu *Daimos* herabstiegen und an dessen Schaltzentrale auf die anderen warteten. Der Colonel, zuvor noch so redselig, verlor nicht mehr viele Worte und drängte sich durch die Menge in Richtung Liftplattform an *Daimos'* linker Seite. Die Führung näherte sich ganz offensichtlich dem Ende.

Fünfzehn Minuten später fanden sich alle zu *Daimos'* Füßen wieder. Der Colonel warf einen Blick in die Runde, um sich zu vergewissern, dass alle da waren.

„Gut, bitte nehmen Sie nun geordnet nach den vorhin ausgewählten Gruppen in drei Reihen Aufstellung!", befahl der Colonel mit ruhiger Stimme. In diesem Moment kam auch General Quintus wieder heran und nahm an der Seite des Colonels Aufstellung.

„Herr General, möchten Sie weitermachen?" „Nein, nein – bitte Herr Colonel, fahren Sie fort!", lehnte der General schmunzelnd ab. „Also dann! Ich hoffe, Sie haben alle einen ersten Eindruck davon erhalten, was Sie in den nächsten Wochen erwarten wird. Zur Gruppeneinteilung: Diese erfolgte nicht nur für die Führung. Sie werden speziell mit den Kollegen ihrer jeweiligen Gruppe in den nächsten Wochen zusammenarbeiten, sich austauschen und unterstützen. Ziel ist es, dass sich aus jeder Gruppe ein qualifizierter Pilot und vier ebenso, vor allem technisch qualifizierte, Techniker finden werden. Für alle übrigen Bewerber wird General Quintus Julius, so bin ich sicher, die bestmöglichen Posten finden", erklärte Colonel Meyer und warf einen prüfenden Blick auf General Quintus, der zustimmend nickte.

Der General ergriff das Wort: „Na dann mal los, meine Damen und Herren! Erste Reihe, sie bilden die Gruppe *Alpha*! Zweite Reihe *Beta*, dritte *Gamma*! Durch das Tor zu Ihrer Linken gelangen Sie zu den Unterkünften, die ebenfalls mit Alpha, Beta, Gamma gekennzeichnet sind. In Ihren Unterkünften wurden Ihnen bereits Uniform und erste Unterrichtsutensilien bereitgestellt. Sie haben sechzig Minuten um Ihre Unterkünfte zu beziehen und ihre Uniformen anzulegen. Danach werden Sie von Ihren jeweiligen Gruppenkommandanten abgeholt und weiter instruiert! Alles klar? Dann los! Los! Los!"

Im Laufschritt stürmten alle aus dem Hangar und folgten der klaren Beschilderung. Die Unterkunft Alpha war ein vier mal zehn Meter großer Raum. An der linken Wand fünf Stockbetten, darauf einfaches Bettzeug mit einem Kissen. An der rechten Wand fünf Doppelkästen. Am Ende des Raums stand noch ein Tisch mit acht Stühlen. Dahinter die Tür zum Waschraum. Dieser war weiß gefliest. An der linken Seite fünf Waschbecken samt Spiegeln, auf der rechten Seite fünf Duschkabinen. Kein Luxus, aber zumindest Warmwasser –, militärisch funktionell. Die Toiletten befanden sich am Gang.

Alexander und Luzilla sahen sich kurz im Wohnraum um, warfen dann aber schnell ihr Zeug auf das erste Stockbett, um sich dieses zu sichern. Der Illusion, dass sie ein eigenes Zimmer mit Doppelbett bekämen, hatten sie sich gar nicht erst hingegeben. War ihnen auch ganz gleich. Alexander würde auch im Schlafsack im Freien schlafen, wenn es denn sein müsste. Schnell war entschieden, dass Luzilla das obere Bett nehmen würde. Sie standen an den beiden Bettseiten und schlugen das obere Laken zurück. Da sah Alexander Luzilla tief in die Augen und schlagartig wurde ihm bewusst, was der Colonel vorhin über die einzelnen Gruppen gesagt hatte. Nur ein Pilot pro Gruppe. Nur vier Techniker. Da Alexander und Luzilla in derselben Gruppe waren, würde es nicht möglich sein, dass beide zu Wächterpiloten ernannt werden würden. Noch schlimmer, es gab die 50/50-Chance, überhaupt rauszufliegen und den anderen allein zurücklassen zu müssen. Die zuvor so aufgekratzte Miene von Alexander trübte sich schlagartig. Als Luzilla das sah, war ihr sofort klar, worum es Alexander ging: „Hey Alex, jetzt verzweifle doch nicht gleich! Wir haben doch beide gewusst, dass es nur drei Wächter gibt. Die Chance, dass wir beide einen bekommen würden, war nie besonders hoch. Egal, was sich in den nächsten Wochen ergeben wird, Alex, wir schaffen das! OK?" Alexander nickte ihr dankbar zu, die Bedenken waren ihm aber deutlich ins Gesicht geschrieben.

Die nächste Stunde verbrachten alle damit, schnell ihre Uniform aus dem Kasten zu holen, ihr Zeug zu verstauen und sich umzuziehen. Kaum in das Einheitsgrün gezwängt, erschien auch schon ein etwa 1,80 Meter großer, schlanker Mann, Mitte dreißig, in der Tür: „Achtung!", brüllte er in den Raum. Woraufhin alle sofort vor den Betten Aufstellung nahmen.

„Mein Name lautet Zenturio Grachus Stefanus Nemo! Sie dürfen Zenturio sagen!", schrie er alle gleichzeitig mit süffisantem Grinsen im Gesicht an: „Ich bin Ihr Gruppenführer! Ich werde Sie in allen militärischen Bereichen unterweisen und ausbilden! Sie werden sich mit allen Problemen und Anmerkungen an mich wenden! Keine Angst, haben noch die meisten überlebt!", witzelte er weiter, während er durch den Raum ging und die Gruppe inspizierte. Am Ende des Raums angelangt wendete er und sah wieder in die Runde: „Also! Los geht's! In Ihren Kästen finden Sie alle eine Mappe mit ihren Dienst- und Unterrichtsplänen sowie einem Lageplan, damit sich unsere Kleinsten nicht verlaufen. Ihr Unterricht beginnt sofort mit dem Einführungskurs in Wächterkunde. Wenn Sie keinen Unterricht haben, werden Sie verschiedene Dienste verrichten. Diese reichen von Botengängen bis Toilettendienst. Geben Sie sich nicht der Hoffnung hin, sich vor irgendeiner der Arbeiten drücken zu können! Das haben schon ganz andere versucht! – Sind alle gescheitert. – Achtung!! Ihr Kurs startet in 5 Minuten in Raum 327f! Ich will nicht hoffen, dass auch nur einer meiner Zenturien zu spät erscheint! Das hoffe ich für SIE! Los! Los! Los!"

Gelb, orange, braun rieselten die Blätter im lauen Herbstwind von den Bäumen im Palastgarten, als Marius aus dem Fenster des kaiserlichen Amtszimmers blickte. Für Marius hatte es etwas Beruhigendes in der immer hektischer werdenden

Zeit. Zumindest schien es Marius oftmals so. Eine Senatssitzung nach der anderen, eine Diskussion mit Maximus nach der anderen und die Sorge um den Kaiser, der nach wie vor seine Gemächer kaum verlassen konnte.

„Egal, jeder hat sein Kreuz zu tragen!", sagte er sich selbst und drehte sich wieder zum Schreibtisch des Kaisers um, an dem – wie so oft – Maximus saß und die verschiedensten Unterlagen wälzte. Die beiden hatten in den letzten Tagen so eng wie noch nie zuvor zusammengearbeitet und ihre Zeit miteinander verbracht. Meistens war es Marius, der an den Senatssitzungen teilnahm, doch immer in Absprache mit Maximus, so wie jetzt.

„Also, was ist jetzt mit dem Entwurf von Senator Titus zur Steuerreform?" „Nicht schon wieder!", antwortete Maximus entnervt, mit den Händen vor den Augen: „Wie oft wollen die das Thema noch durchkauen, bis sie endlich zu einer Entscheidung kommen? Woran hakt's jetzt wieder?" „Wie das Ganze finanziert werden soll." „Das hatten wir doch letzte Woche alles schon besprochen!" „Sollte man meinen. Aber offenbar ergaben sich beim letzten Entwurf doch einige Ungereimtheiten. Was soll man machen?", fragte Marius achselzuckend. „Also schön. Her damit!" Maximus griff das vor ihm liegende Pergament und unterschrieb es prompt. „Ähm, gelesen hast du das jetzt aber nicht wirklich", bemerkte Marius erstaunt. „Nö, aber du, oder?" „Ja schon, … irgendwie … aber …" „Na dann, passt schon", schloss Maximus verschlagen grinsend. „Nächstes Thema?" „Denke, das war's fürs Erste." „Reicht auch. Sag, hast du was Neues von den Ärzten gehört?" „Nein, nicht wirklich. So weit geht es ihm gesundheitlich ganz gut." „OK, danke Marius, ich werde dann mal nach ihm sehen."

Marius nickte und verließ den Raum. Maximus blieb in Gedanken versunken noch einige Minuten im Schreibtischsessel sitzen, ehe er, wie zuvor Marius, zum Fenster schlenderte und hinaus in die Herbstlandschaft blickte. Es gelang ihm nicht, seine Sorge um seinen Großvater zu verbergen, er versuchte es, zumindest innerhalb des Palastes, auch nicht länger.

Maximus stand gut eine Stunde vor dem Fenster. Die Gedanken rasten durch seinen Kopf. Gedanken an seine ganze Arbeit, die Entscheidungen, seinen Großvater, Marius ... Alexander, die Akademie, ... Luzilla. „Nein, dieses Leben ist vorbei", sagte er sich selbst und riss sich vom Fenster los. Er drehte sich um und ging zur Tür hinaus in Richtung der kaiserlichen Gemächer. Er öffnete die Tür und hörte Marius mit dem Kaiser in dessen Schlafzimmer reden: „Aber eure Majestät, sollte er es nicht doch erf..." „Das wird er schon Marius, aber nicht jetzt. Nicht jetzt. Er hat schon genug um die Ohren." „Wie Ihr wollt, eure Majestät. Ruht euch jetzt aus."

Neugierig näherte sich Maximus der Schlafzimmertür und griff nach der Klinke, als diese nach innen aufschwang und Marius in der Tür stand. „Oh, wartet. Eure Majestät ru..." „Maximus, mein Junge! Komm herein!", kommandierte der Kaiser vom Bett aus. Marius schnaufte durch, ließ Maximus vorbei und schloss die Tür hinter sich.

„Großvater, wie geht es dir? Du siehst topfit aus! Was soll ich nicht erfahren?!" Der Kaiser lächelte Maximus breit an: „Mir geht's gut! Nichts weiter mein Junge, mach dir keine Gedanken. Hab mit Marius nur über den Tag getratscht." Maximus wusste sofort, dass das nicht mal teilweise der Wahrheit entsprach, ließ seinen Großvater aber gewähren. „Du siehst ganz schön geschafft aus, Junge! Was ist los?" „Ach nichts weiter, mach dir keine Sorgen Großvater."

Der Kaiser sah seinen Enkel skeptisch an: „Ich hab dir's schon gesagt Maximus, du machst das schon. Du darfst dich nur nicht von deinen ganzen Aufgaben fertigmachen lassen und auch deine eigenen Ziele nie aus den Augen verlieren. Verstanden?!"

Maximus lächelte den Kaiser dankend an und nickte sachte. Er verbrachte noch einige Zeit am Bett des Kaisers, bis er eingeschlafen war. Als er in sein Zimmer ging, dachte er an das Gesprochene. Maximus wusste, dass sein Großvater recht hatte und er seine eigenen Ziele nicht vergessen durfte.

Die nächsten Tage vergingen in einem Trott. Maximus musste sich anstrengen, die einzelnen Tage auseinanderzuhalten. Das Wochenende war bereits angebrochen, als er sich auf seinem Bett liegend wiederfand. Vom Alltag genervt, vom Trott ermattet, sah er aus dem Fenster. Vögel zogen ihre Kreise in der Luft, ein herrlicher Tag. Ein ermutigender Anblick. Maximus schöpfte neuen Mut und setzte sich wieder auf, als er lautes Treiben auf dem Gang wahrnahm. Plötzlich machte sich ein Gefühl der Verunsicherung in ihm breit. Schlagartig wurde er an den Tag zurückerinnert, an dem er seinen Großvater ohnmächtig in seinem Zimmer aufgefunden hatte. Mit einem Satz sprang er auf und rannte zur Tür. Kurz nach rechts und links blickend hastete er in Richtung der kaiserlichen Gemächer.

An der Tür angelangt kam ihm Serena mit Tränen in den Augen entgegen. Als sie Maximus sah, schüttelte sie tief betrübt den Kopf und huschte an ihm vorbei. Maximus ging weiter und stieß die Schlafzimmertür auf. Marius und das Ärzteteam standen um das Bett des Kaisers und blickten den friedlich im Bett liegenden Kaiser an.

Marius sah Maximus mit traurigem Blick an: „Maximus, der Kaiser er ..." „Er ist friedlich entschlafen", fiel im Doktor Virus ins Wort.

Maximus trat ans Bett, seinen Großvater entsetzt anstarrend. Unfähig, einen klaren Gedanken zu fassen, lief ihm, ohne dass er es selbst merkte, eine Träne die Wange hinunter. Plötzlich lief ihm ein eisiger Schauer den Rücken hinunter. Maximus zuckte zusammen und stürmte panisch aus dem Raum. „Maximus! ...", rief ihm Marius besorgt hinterher. Doch Maximus reagierte nicht. Er lief zurück in sein Zimmer und versperrte die Tür.

Die Stunden vergingen. Marius wollte Maximus nicht stören, dachte sich, er brauche ein wenig Zeit für sich. Spätabends klopfte er an seine Tür, um zu fragen, ob alles in Ordnung sei. Keine Antwort. Marius ordnete Serena an, Maximus ein Tablett mit Essen vor die Tür zu stellen und nur kurz an die Tür zu klopfen. Das Tablett blieb unberührt. So ging es drei Tage lang weiter. Erst am vierten Tag schien Maximus' Hunger zu groß gewesen zu sein. Als Serena das Tablett wieder holte, war es diesmal leer gegessen. Als Serena Marius das leere Tablett zeig-

te, versuchte dieser erneut sein Glück. Er klopfte an Maximus'
Tür: „Maximus –, Maximus! Mach bitte die Tür auf. Du musst
da auch mal rauskommen. Morgen findet die Trauerfeier deines Großvaters statt. Maximus? Hallo?" Es war zwecklos. Marius zog unverrichteter Dinge wieder von dannen.

Am nächsten Morgen versuchte Marius erneut sein Glück
und trat an Maximus' Tür: „Maximus?! Bist du wach? Mach
bitte die Tür auf! Heute findet die Trauerfeier statt, wir müssen uns fertig machen! Maximus?" Marius lauschte an der Tür.
Kein Laut war zu vernehmen. Zögerlich griff er nach der Klinke und drückte sie langsam nach unten. Die Tür öffnete sich.
Niemand da. Maximus musste kurz vor Marius' Eintreffen das
Zimmer verlassen haben. Aber wo mochte er hingegangen sein?
Die Gemächer des Kaisers versperrte Marius eigenhändig. Nach
kurzer Überlegung ging er schnellen Schrittes zum kaiserlichen
Amtszimmer und öffnete ruckartig die Tür.

Da war er. Maximus stand in gewohnter Pose vor dem großen Fenster und starrte nachdenklich in den Palastgarten. „Maximus! Ist alles OK mit dir?" „Doofe Frage!", antwortete Maximus mit trauriger Stimme. „Ich weiß, aber wir können's nun mal
nicht ändern. Für jeden kommt einmal der Tag. Der Kaiser hatte ein langes erfülltes Leben." „Ja, ein erfülltes Leben, versteckt
hinter dicken Palastmauern. Ein erfülltes Leben, ohne Privat-
leben. Ein erfülltes Leben, für den Staat. Ein ..." „Es stimmt,
er ordnete sein privates Glück stets dem Allgemeinwohl unter.
Doch wenn er so ein unerfülltes Leben hatte, wie erklärst du
dich dann? Er war Ehemann, stolzer Vater und erst recht stolzer Großvater! Und als solchen solltest du ihn in Erinnerung behalten. Und nun mach dich fertig, um ihn gebührend zu verab-
schieden!", befahl Marius. Maximus nickte sachte und ließ sich
von Marius in sein Zimmer zurückführen.

Schnell stellte sich die Ausbildung als hart und unerbittlich heraus. Kamen sich Alexander und Luzilla anfangs noch in die Zeiten der Akademie zurückversetzt vor, wurde ihnen schnell klar,
dass sie nun in der Oberliga spielten. Es vergingen keine zehn

Tage, als bereits die ersten drei Rekruten das Handtuch warfen. Oft erschien es Alexander fast so, als ob es die Ausbilder genau darauf anlegten. Unregelmäßige Tagesabläufe, überraschende Übungen spätnachts, harte militärische Sport-Drills, ließen die Tage ineinander verschwimmen. Alexander und Luzilla fiel es immer schwerer, die Tage auseinanderzuhalten, geschweige denn im Gedächtnis zu behalten, wie lange sie bereits dabei waren. Luzilla versuchte zwar, die Tage mithilfe eines selbst gezeichneten Kalenders abzuzählen und im Auge zu behalten, doch glich auch dieses Unterfangen immer mehr einer reinen Schätzung. Dennoch berichtete sie Alexander laufend, welcher Tag gerade war und wie lange sie bereits im Programm waren. Alexander dachte sich, dass es seiner Freundin in irgendeiner Weise half, sich an diesen Kalender zu klammern, und zeigte sich stets liebevoll interessiert, auch wenn er es selbst nicht immer glauben konnte. Es war eine Schinderei. Einzig, dass sie einander hatten und sich gegenseitig immer wieder Mut zusprachen, ließ sie durchhalten. So konnte Alexander Luzilla bei den theoretischen Ausbildungseinheiten immer wieder unter die Arme greifen und umgekehrt Luzilla Alexander vor allem bei den Sporteinheiten. Schnell wurde es auch ihren anderen Kameraden klar, dass sie es bei den beiden mit einem eingespielten Team zu tun hatten.

Es war zehn Uhr Vormittag, Mitte der Woche. Alexander und Luzilla saßen in einem der Unterrichtssäle. Theoretische Bildung in Wächtermechanik stand auf dem Stundenplan, als plötzlich die Tür aufging und General Quintus Julius eintrat und sich in die Mitte des Raums, vor das Auditorium stellte. Der Vortragende, ein Professor aus der Zitadelle, trat zurück und hielt sich im Hintergrund. Der General schlug seine Hände hinter dem Rücken zusammen und startete: „Meine Damen und Herren, es ist meine traurige Pflicht, Sie über das plötzliche Ableben unseres geliebten Kaisers in Kenntnis zu setzen! Er ist gestern friedlich im Kreise seiner Familie entschlafen. Zu seinen Ehren wird der gesamte Kader inklusive der Wächter in drei Tagen zu den angesetzten Trauerfeierlichkeiten aufmarschieren. Aus diesem Grund wird Ihr Unterricht mit sofortiger

Wirkung abgeändert. Antreten in genau zehn Minuten in Galauniform auf dem Exerzierplatz! – Achtung!" Der General nahm Haltung an, drehte und verließ wieder den Saal.

Kaum war der General aus der Tür, setzten sich alle Rekruten wie angestochen in Bewegung. Luzilla packte ihre Unterlagen und stürmte los. Nur Alexander blieb entgeistert auf seinem Stuhl sitzen und starrte ins Leere. Luzilla war schon halb an Alexander vorbeigehuscht, als sie ihn bemerkte: „Hey, träumst du? Komm schon, wir müssen los!", schrie sie Alexander an und zog ihn am Ärmel auf.

Luzilla huschte geschwind zum Schrank und holte Alexanders und ihre Galauniform heraus und legte sie aufs Bett. Alexander lehnte am Bett und war in Gedanken versunken. „Wir haben nie so genau darüber geredet, aber hast du den Kaiser eigentlich auch persönlich kennengelernt? Ich meine, du hast mir zwar erzählt, dass dich Maximus mal dem Kaiser vorgestellt hat, aber ..." „Nö, eigentlich nicht so richtig. Ich habe ihn aber schon öfter mal getroffen, wenn ich bei Max war, und habe auch einige Worte mit ihm gewechselt. Ich frage mich nur, wie es Max jetzt wohl geht. Er hing sehr an seinem Großvater." „Ich verst..." – „Los! Los! Los! Seid ihr immer noch nicht fertig! Was ist mit euch beiden los!!", unterbrach Zenturio Grachus wild schreiend das Gespräch. „Ihr seid in 90 Sekunden auf dem Exerzierplatz oder es hagelt Toilettendienst für den gesamten Rest eurer Ausbildung! Und jetzt LOS!!"

Keine Minute später fanden sich alle auf dem Exerzierplatz wieder und studierten die Schrittfolgen und den Ablauf zur Trauerfeier des Kaisers ein. Luzilla behielt Alexander für die gesamte Übung ständig im Blick. Besorgt beobachtete sie, wie ihr Freund mit den Gedanken absolut nicht bei der Sache war und einen Patzer nach dem anderen einbaute. Was natürlich auch dem Zenturio negativ auffiel: „Rekrut, was soll der Mist? Wenn Sie nicht in der Lage sind, auch nur geradeaus zu laufen, haben Sie in dieser Einheit nichts zu suchen! Und jetzt treten Sie aus der Reihe und sammeln Sie sich gefälligst wieder, bevor ich Ihnen Beine mache!"

Alexander trat aus der Reihe und setzte sich auf eine Stufe am Rand des Platzes. Den Kopf in die Arme versunken und nach Luft hechelnd saß er da. Luzilla wäre nur zu gerne mit ihm aus der Reihe getreten und hätte ihn in die Arme genommen. Nach einigen Minuten schaffte es Alexander, sich wieder aufzurappeln, und trat zur nächsten Übung wieder in die Reihe ein. Es fiel ihm nach wie vor alles andere als leicht, sich zu konzentrieren. Doch er zwang sich selbst dazu durchzuhalten. Das Exerzieren zog sich bis in die Abendstunden hin. Spätabends, die anderen waren noch in den Aufenthaltsräumen, um miteinander abzuhängen, ging Alexander in den Schlafsaal, um ein wenig allein zu sein und seine Gedanken zu ordnen. Erst im Schlafsaal angekommen, kam ihm Luzilla wieder in den Sinn. Er hatte sie den ganzen Abend nicht gesehen. Wo mochte sie bloß stecken?

An ihrem Stockbett angekommen sah Alexander auf seinem Bett einen Zettel liegen: *„Mein liebster Schatz, so schwer die Tage auch immer sein mögen, vergiss nie, ich bin immer für dich da. Ich weiß, du hast die Tage längst aus den Augen verloren, drum sei dir heute, mein Liebster, herzlich zum Geburtstag gratuliert. Um dein Geschenk zu bekommen, such mich sofort in den Waschsälen auf. Ich erwarte dich voller Begehr, mein Liebster. Kuss, Kuss, Kuss. Lu!"*

„Heute ist mein Geburtstag? Echt?", dachte sich Alexander. Eigentlich war er ziemlich müde und abgearbeitet, aber was soll's. Er drehte umgehend, trat aus der Tür und querte den Flur in Richtung Waschsaal. Er öffnete die Tür und heißer Wasserdampf schoss ihm entgegen. Der Dampf war so dicht, dass er die eigene Hand kaum vor Augen sah: „Lu? Bist du hier?" Langsam tastete er sich die Waschbecken entlang in Richtung Duschen. An den Duschen lichtete sich der Dampf ein wenig. Da stand sie. Alexander riss die Augen auf und der Atem stockte ihm, als er Luzilla unter der tosenden Brause stehen sah. Nicht, dass er sie zum ersten Mal nackt sah, doch hatte er in diesem Moment nicht damit gerechnet. Seit sie bei den Wächtern waren, hatten sie keinen einzigen Moment mehr zu zweit. Und jetzt das. Venus gleich stand sie da. Ihr nasses, langes Haar glänzte an ihren Schultern und Brüsten anliegend. Das Wasser perlte an ihrer perfekten Haut. Den linken Arm in die Hüfte gestemmt, deutete sie Alexander mit der Linken heranzutreten. Blitzschnell flog Alexanders Uniform durch den Raum.

„Alles Gute zum Geburtstag", flüsterte Luzilla mit betörender Stimme. Luzilla tief in die Augen blickend trat Alexander langsam näher und packte sie sogleich am linken Schenkel, um sie zu sich zu ziehen. So standen sie einige Minuten in inniger Umarmung da. Alexander beobachtete jeden Wassertropfen, der Luzilla die Wangen herunterlief. Zärtlich wischte er ihr einen Tropfen von der linken Wange, um sich ihr zugleich zum Kuss zu nähern. Sachte wischte Alexander mit seinen Lippen über Luzillas feuchtglänzende Lippen, ehe sich ihre Münder öffneten und sich ihre Zungen zum Tanz begegneten.

In voller Erregung begann Alexander, Luzilla über Brust und Seite zu streichen, um sie dann mit beiden Händen am Gesäß zu packen und an sich zu drücken. Lustvoll stieß Luzilla ein lautes Stöhnen aus und ließ sich von der Dusche ins Gesicht regnen. Einer perfekt einstudierten Choreografie gleich, umschlangen sich die beiden für gut eineinhalb Stunden. Wenn es nach ihnen ginge, würden sie für Tage verweilen.

Mit einem aus tiefstem Herzen kommenden „Ich liebe dich" schloss Luzilla ihren atemberaubenden Liebestanz. Beiden fiel es schwer, voneinander abzulassen. Und wie von Luzilla beabsichtigt, schien Alexander wie ausgewechselt. Sorgenfrei und gelöst, mit breitem, zufriedenem Grinsen im Gesicht, stand er da und hielt verliebt Luzillas Hand. Heute würde er wieder beruhigt schlafen können, dachte sich Luzilla und führte Alexander wieder in Richtung Schlafsaal.

Die nächsten Tage vergingen wie im Flug. Frühmorgens sammelten sich alle zum Morgenappell auf dem Exerzierplatz. In neu ausgegebener Galauniform formierten sich die Truppen, um dann zum Friedhof von Terrenus zu marschieren. Die etablierten Wächterpiloten bemannten ihre Geräte und flogen ab. Sie zogen noch einige Runden ums ganze Land, bevor sie zur Trauerfeier Aufstellung nahmen. Als die Truppen zur Stadtgrenze kamen, schlossen sie zum Trauerzug, mit der in schwarzem Samt ausgekleideten kaiserlichen Kutsche, mit dem Sarg des Kaisers an Bord, an der Spitze auf. Die Straßen waren vom trauernden Volk gesäumt und selbst der Himmel schien zu trauern, als es passend zur Szenerie zu regnen begann. Kein Donnergrollen, kein Unwetter, nur ein ruhiges, sanftes, Tränen gleiches Nieseln.

Auf dem Friedhof angelangt, nahmen die Truppen am Rand Aufstellung und blickten wie eingeübt in den Himmel, als die drei Wächter außerhalb der Menschenmenge zur Landung ansetzten und ihre Waffen zum Salut präsentierten. Die Trauerfeier war kurz und würdevoll gehalten. Vertreter aus allen Ecken Terrenus' und auch der Zitadelle waren erschienen, um dem Kaiser die letzte Ehre zu erweisen. Alexander sah sich unauffällig um. Die Truppen standen gegenüber dem Herrscherhaus und der anderen geladenen Gäste. Alexander stand zwar ziemlich weit hinten, konnte aber dennoch die Senatoren in ihren edlen Roben sehen. Daneben stand der Premierminister der Zitadelle mit zahlreichen Vertretern. Und dann sah Alexander ihn: Maximus stand neben Marius direkt vor dem Sarg. Wie Marius stand auch Maximus gefasst mit gesenktem Haupt da. Zwar mit strenger Miene, doch wirkte er in Alexanders Augen in keinster Weise gekünstelt.

Wenige Minuten später beendete der Prior die Trauerfeier und der Sarg wurde in die kaiserliche Gruft getragen. Alle Anwesenden sahen ihm nach. Als die Tore der Gruft wieder geschlossen wurden, gaben die Wächter drei laute Salutschüsse ab, was einige der Trauernden zusammenzucken ließ. Nicht aber Maximus, er hob den Kopf und sah sich die Wächter an. Danach senkte er den Blick hinab zu den Truppen. Von links nach rechts besah er sich die Anwesenden. Alexander merkte es zunächst nicht, doch dann trafen sich ihre Blicke. Einige Sekunden sahen sich die beiden aus der Ferne genau in die Augen. Erst der laute Schrei des Generals zum Abmarsch löste Alexanders starren Blick. Er wollte sich schon abwenden, um den Befehlen des Generals zu gehorchen, als er Maximus ein letztes Mal ansah und dieser ihm ein sachtes Lächeln und ein kurzes Nicken der Dankbarkeit zuwarf. Auch wenn Alexander nicht damit rechnete, erwärmte ihm die kleine, aufrechte Geste das Herz.

Kurz darauf zogen die Truppen ab. Auch alle anderen Gäste verabschiedeten sich nach und nach von Maximus. Bis nur noch er und Marius am nach wie vor regnerischen Nachmittag vor der kaiserlichen Gruft standen.

„Alles klar? Komm schon Maximus, lass uns gehen, bevor du dir eine Erkältung einfängst." Maximus reckte seinen Kopf und ließ es sich ins Gesicht regnen, bevor er sich Marius zuwandte und antwortete: „Ich weiß nun, was ich zu tun habe, Marius." „Was?" „Ich komme nicht wieder mit zurück. Ich muss meinen Weg alleine finden. Ich ..." „Nein! Das geht einfach nicht, Maximus! Du wirst in den nächsten Tagen zum Kaiser gekrönt! Du hast ein Volk zu regieren!" „Marius, du hast bereits in den letzten Monaten alle Regierungsgeschäfte erledigt, sag mir nicht, dass du meiner Hilfe bedarfst." „Das mag alles sein. Nichtsdestotrotz bist du der Regent und nicht ich! Das Volk will, das Volk braucht einen Kaiser –, und der bist du! Du brauchst Zeit für dich? OK! Du brauchst Abstand von der Öffentlichkeit? OK! Aber an der Kaiserwürde führt kein Weg vorbei!"

Maximus sah Marius zufrieden an: „OK, du hast ja recht, Marius. Danke! Dann also auf zur Krönung."

Auf den Tag genau eine Woche später fand die Krönung im großen Audienzsaal des Forums statt. Maximus, in den offiziellen kaiserlichen Umhang gehüllt, bestieg seine Kutsche, die wieder vom schwarzen Samt befreit worden war und nun in festlichem Gold erstrahlte. Doch kaum, dass die Kutsche den Palast verlassen hatte und Maximus die jubelnde Menschenmenge sah, die die Straßen säumte, fühlte er sich abrupt wieder eine Woche zurückversetzt. Erst recht, als sich die Truppen erneut in genau derselben Formation dem Tross wieder an derselben Kreuzung anschlossen, die Wächter genau gleich ihre Kreise um die Stadt zogen, um dann wieder, diesmal im Forum, zum Salut Aufstellung zu nehmen. *Schon ein wenig grotesk*", dachte sich Maximus, ließ sich aber nichts anmerken und winkte artig aus dem Kutschenfenster. Es ging Maximus einfach nicht ein, was dieses ganze Trara für einen Sinn machte. Wenn es nach Maximus ginge, hätte ihm Marius die Krone auf den Kopf gesetzt, Maximus hätte schnell seinen Schwur geleistet und die Sache wäre gegessen gewesen. Er hätte nicht mal den Palast verlassen müssen.

Dies sollte jedoch ein reiner Wunschtraum bleiben. Es folgte eine vier Stunden lange Zeremonie, gefolgt von endlosen Gratulationsbekundungen, Truppenparaden etc.

Es war bereits mitten in der Nacht, als Maximus gemeinsam mit Marius endlich wieder in die Kutsche steigen durfte, um nach Hause zu fahren. Sie wechselten kein Wort. Maximus war sichtlich mit den Nerven am Ende, da wollte Marius nicht noch Öl ins Feuer gießen. Am Palast angekommen sprang Maximus aus der Kutsche und riss sich zugleich erleichtert die schwere Krone vom Kopf: „Juhuu, welch schöne und sinnvolle Zeremonie! Jetzt bin ich ein Anderer!", rief Maximus sarkastisch. „Lang lebe Kaiser Maximilian der Erste von Terrenus! Er lebe hoch!!", rief ihm Marius gehässig grinsend hinterher.

Noch einige Tage lang kamen Glückwunschbriefe und Karten von diversen Funktionären und „möchte-gern-wichtigen" Personen in den Palast geflattert, die Maximus äußerst widerwillig, unter dem prüfenden Auge von Marius, beantworten musste. So vergingen die ersten Tage seiner Regentschaft.

Zwei Wochen später beauftragte Marius eines der Dienstmädchen, Serena, sie solle Maximus sein Frühstück ins Zimmer bringen. Marius wusste, Serena konnte Maximus mit ihrer Art noch am ehesten dazu bringen, etwas zu sich zu nehmen. Maximus nahm der Tod seines Großvaters nach wie vor sehr mit. Einige Minuten später kam Serena zu Marius geeilt: „Ich sollte seiner Majestät sein Frühstück bringen. Der Kaiser verließ jedoch bereits frühmorgens den Palast mit unbestimmtem Ziel. Er hinterließ nur diesen Brief in seinem Amtszimmer. Euer Name steht darauf." Marius nahm den Brief an sich und ging selbst ins Amtszimmer, um ihn zu lesen.

***

„Lieber Marius!

Du weißt, was jetzt kommt. Ich kann nicht anders, ich schleiche mich heute Morgen aus dem Palast. Du warst und bist weiterhin mein offizieller Stellvertreter. Und ich verleihe dir hiermit volle Amtsgewalt als Vizeregent von Terrenus, bis ich wiederkomme.

So viel zum offiziellen Teil. Mit im Kuvert findest du einen Schlüssel für die Bücherwand im Amtszimmer. Genauer gesagt musst du erst das Geheimfach öffnen. Wie, findest du schon heraus.

Darin wirst du ein großes altes Buch finden: ‚Die Chroniken der Herrscher'. Lies es, darin findest du alle Antworten zu Terrenus, die selbst du noch nicht kennst. Danach wirst du verstehen, warum ich gehen musste.

Wie auch immer, ich danke dir für alles, was du in den letzten Jahren für mich getan hast und auch zukünftig leisten wirst.

Ich bin äußerst dankbar, dich zu meinen besten und engsten Vertrauten und Freunden zählen zu dürfen. Und so vertraue ich darauf, dass du nach bestem Wissen und Gewissen handeln und regieren wirst.

Bis dann!

Max"

***

„22. Mai 2183; Eintrag Kanzler Markus: Die Unzufriedenheit in der Bevölkerung wächst. Die Polizei muss immer stärker durchgreifen. Einzelne oppositionelle Gruppierungen versuchten in den letzten Monaten immer wieder, die Regierung zu stürzen. Nach längeren Beratungsgesprächen sahen wir keine andere Möglichkeit, als die verantwortlichen Rädelsführer öffentlich hinzurichten und die Ausgangsfreiheiten der Bevölkerung bis auf Weiteres zu beschränken. Auch hat die Regierung beschlossen, mir Notstandsvollmachten zu erteilen, um der Krise schnell Herr zu werden. Ich habe diese Vollmachten dankend angenommen, um die Ordnung in unserer Gesellschaft schnellstmöglich wiederherzustellen.“

Marius hatte kein Problem, das Geheimfach hinter der Bücherwand zu finden. Interessiert nahm er die Chroniken heraus und schlug die letzte Seite auf.

„1. Eintrag Kaiser Maximus I: Als erste Amtshandlung habe ich meinen Vertrauten Marius zum Vizeregenten ernannt, um mich auf die Suche nach dem Wächterhangar des ‚Alpha-Prime-One‘ zu begeben, wie ich es zuvor mit meinem Großvater besprochen hatte. Ich werde den Wächter finden und das Geheimnis um den großen Krieg lüften. Wie sich auch der Altkaiser sicher war, wird es für die Zukunft von unschätzbarer Wichtigkeit sein.“

Marius saß den ganzen Tag am Schreibtisch und las interessiert die Chroniken von vorne bis hinten. Danach klappte er das Buch behutsam wieder zu und legte es zurück an seinen Platz. Gewohnt stoisch, ruhig brachte Marius den Raum wieder auf Vordermann und ging seines Weges. Aber auch wenn er sich äußerlich nichts anmerken ließ, das Gelesene sollte ihn noch lange Zeit beschäftigen und sein ganzes weiteres Leben verändern. Den ganzen restlichen Tag schossen ihm Bilder aus den Geschichten der Chroniken durch den Kopf, die er versuchte, zu sortieren und zu verarbeiten. Schließlich musste er wieder an Maximus denken. Wo mag es ihn hinziehen? Was mag er entdecken? Was würde mit ihm geschehen? Und was weiß Serena alles? Wenn sich Maximus frühmorgens rausgeschlichen hatte, noch bevor Serenas Dienst begann, woher wusste sie dann davon und dass er kein genaues Ziel hatte?

Marius konnte Serena nicht mehr damit konfrontieren. Es war bereits 18:00 Uhr und ihr Dienst war zu Ende. Am nächsten Tag sollte Marius erfahren, dass sich Serena einige freie Tage genommen hatte. Keines der anderen Dienstmädchen konnte sagen, wo Serena ihren Urlaub verbrachte. So ließ Marius das Thema fürs Erste auf sich beruhen. Andere wichtigere Aufgaben würden ihn in nächster Zeit beschäftigt halten.

„OK, hier sind wir. Ab hier muss ich alleine weiter", sagte Maximus, Serena tief in die Augen blickend, als er sie zärtlich im Arm hielt und ihre Hüfte an seine drückte. „Danke für deine Hilfe und dass du mich bis hierher begleitet hast." Serena blickte Maximus mit großen Rehaugen an: „Ich wünschte, ich könnte dich weiter begleiten." Maximus lächelte Serena liebevoll an: „Das wäre schön, aber du weißt, das geht nicht." Serenas Blick senkte sich traurig. „Und außerdem muss sich ja irgendjemand um Marius kümmern", ergänzte Maximus aufmunternd lächelnd. „Würdest du das für mich tun?" Serena zwang sich erneut ein Lächeln auf und verkniff sich eine Träne: „OK".

Dankend drückte Maximus Serena einen liebevollen Kuss auf und ließ sogleich von ihr ab. Er drehte sich in Richtung der wartenden Kutsche, von der der Kutscher bereits eines der Pferde abgespannt hatte, auf das Maximus nun aufsprang. Noch schnell ein letzter Blick auf Serena: „Ich verspreche dir, wir sehen uns bald wieder!" Und dann ritt er alleine die lange gerade Straße in Richtung Osten weiter. „Ich will's hoffen", flüsterte Serena sich selbst zu, als sie Maximus nachblickte.

Maximus wusste nicht, was ihn erwarten würde, wohin er genau ging. Er hatte aufgrund seines Studiums der historischen Aufzeichnungen eine vage Vorstellung, wonach er suchte und wohin er wollte, doch was ihn dort erwarten und ob er überhaupt etwas finden würde, wusste er nicht. Sein Weg sollte ihn zunächst nach Osten führen, hinaus aus allen bewohnten Gebieten und dann in Richtung Süden durch das Ödland. In ein Gebiet, das seit den alten Tagen von keinem Terraner jemals betreten worden war. So nahm es Maximus jedenfalls an.

Es dauerte nicht lange, bis er die äußersten Siedlungen erreichte. Nur ein paar, in der Landschaft verstreute Bauernhöfe. Maximus konnte nur wenige Bauern in der Ferne auf ihren Feldern sehen. Er ließ sie links liegen, bediente sich nur bei einer Maisstaude um vier Kolben.

Vor ihm öffnete sich das weite Land. Ein atemberaubender Anblick. Unendlich weite, saftig grüne Wiesen, vereinzelte Bäume, die an kleinen Wasserläufen wuchsen und gediehen. Marder, Füchse, Mäuse und viele andere Tiere konnte Maximus auf den weiten Wiesen erkennen. Eine perfekte, unberührte Natur. Maximus war mit sich und der Welt im Reinen. Er ritt noch einige Kilometer den Weg entlang, musste aber bald feststellen, dass dieser immer schmaler wurde und immer mehr mit der Umwelt verschmolz, bis er schließlich endete. Nicht, dass Maximus nicht damit gerechnet hätte. Hier draußen hat einfach kein Terraner etwas zu tun. Unbeirrt setzte Maximus seinen Weg Richtung Osten fort. Noch fünf Tagesetappen, dann würde er an den Rand aller ihm zur Verfügung stehenden Landkarten kommen und ins Unbekannte vorstoßen. Maximus verspürte keine Angst vor dem Unbekannten, nur reine Vorfreude und Wissensdurst beherrschten seine Gedanken.

„1. Oktober 2183, Eintrag Kanzler Markus: Die Lage unter der Bevölkerung ist eskaliert. Ich habe die Polizeitruppen angewiesen, mit äußerster Härte gegen die Aufständischen vorzugehen, die Ordnung muss wiederhergestellt werden! Zu die-

sem Zweck sah ich mich gezwungen, die schwache Regierung aufzulösen und mir völliges Durchgriffsrecht zuzusprechen. Dies alles geschieht zum Wohle einer gesunden und erfolgreichen Gesellschaft.

Mit sofortiger Wirkung habe ich eine absolute Ausgangssperre für die gesamte Bevölkerung verhängt. Die Arbeiter werden zur Vorsorge von den Polizeitruppen überwacht. Auch ist es wichtig, dass bereits die Jüngsten begreifen, wie meine so zerbrechliche Gesellschaft funktioniert. Daher wird der Schulplan überarbeitet und ein korrektes und vorbildliches Benehmen geschult.

Diese Maßnahmen mögen nicht alle verstehen und akzeptieren, doch das ist belanglos, solange die Allgemeinheit der Gesellschaft weiterhin erfolgreich und gut fortbesteht. Ich werde von meinem Kurs nicht abrücken!"

„Achtung!", ertönte es über den gesamten Exerzierplatz, als General Quintus vor die versammelte Mannschaft trat. Die gesamte Mannschaft zuckte zusammen und nahm ruckartig Haltung an.

„So, meine geschätzten Damen und Herren! Hier sind wir also. Sie haben Ihre Grundausbildung überstanden. Nun also wird drei von Ihnen die Ehre zuteil, zu Wächterpiloten ernannt zu werden. Was natürlich nicht heißen soll, dass alle anderen weniger wert sind für die Truppe. Nein, Sie anderen haben hervorragendes Wissen in technischen Bereichen oder den Infanterieübungen gezeigt und werden in diesen, für Sie bestens passenden Gebieten eingesetzt.

Also dann, hier die Namen der drei neuen Piloten. Bitte vortreten:

Neuer Pilot für *Fobos*: Rekrut Lukas Grixus; neuer Pilot für *Daimos*: Rekrut Luzilla; neuer Pilot für *Mars*: Rekrut Vespa-Antonia." Sobald der General die Namen aufrief, traten Lukas Grixus und Vespa-Antonia aus der Reihe und nahmen zur Linken des Generals Aufstellung. Nur Luzilla blieb etwas geschockt stehen und blickte Alexander in die Augen. Dieser wusste genau, was Luzilla nun durch den Kopf ging. Aber aller Enttäuschung, dass er nicht der *Auserwählte* aus seiner Zenturie war, zum Trotz, freute er sich für seine Freundin umso mehr: „Na los, Lu! Du musst da rüber. Ich bin sehr stolz auf dich!" Luzilla atmete erleichtert durch und trat dann ebenfalls aus der Reihe.

„Sehr gut. Ich gratuliere Ihnen, ermahne Sie jedoch auch zugleich –, diese Ernennung bedeutet nicht, dass Sie sich auf Ihren Lorbeeren ausruhen können. Im Gegenteil, sofort im Anschluss zu Ihren täglichen Luft-, Land- und Gefechtsübungen starten ihre ersten Testeinsätze mit Ihren Wächtern, die Ihnen alles abverlangen werden. Also, noch Fragen? Nein, dann – Achtung! Weggetreten!", befahl General Quintus mit lauter Stimme. „Nun zu Ihnen", fuhr er fort, als er sich mit einem Ruck zu den restlichen Truppen umdrehte. „Wie bereits erwähnt, Sie alle werden an einem für Sie passenden Posten eingesetzt. Eine Liste dieser Posten wird in diesem Augenblick in Ihren Gemeinschaftsräumen ausgelegt. Nach dem Abtreten informieren Sie sich und melden sich sogleich bei Ihren neuen Einheiten zur Einweisung! Achtung! Weggetreten!"

Wie angestochen stürmten alle zurück in die Gemeinschaftsräume. Alexander drängte sich so gut er konnte an den anderen vorbei, hechtete durch die Tür und fiel vor lauter Übermut beinahe über den Tisch, auf dem die Liste lag. Im Kollektiv beäugten alle gemeinsam die Liste. Alexander ging sie Zeile für Zeile durch, bis er seinen Namen fand. Taktisches Einsatzkommando.

„Na also, wenigstens etwas", dachte sich Alexander erleichtert. Somit würde er, wenn er auch nicht selbst im Wächter sitzen würde, zumindest mit ihnen im Einsatz zusammenarbeiten. Kurz ließ er sich im Gedanken an das Kommende auf einem der Sessel nieder, da bekam er einen Stoß an die linke Schulter. „Komm schon Alex, worauf wartest du." Nerwa, eine der anderen in Alexanders Zenturie, flippte vor ihm aufgeregt herum: „Komm schon, wir müssen uns melden, ich komme auch zum Einsatzkommando!"

Heißer, drückender Südwind blies Maximus unentwegt entgegen. *„Die Traumlandschaft konnte ja nicht ewig weitergehen"*, sagte sich Maximus. Immer mehr wich das saftige Grün der Wiesen kargen und schroffen Felslandschaften. Vom Wind aufgewirbelte Sandkörner brannten Maximus in den Augen. Mühevoll versuchte er, sein Gesicht mit einem Tuch zu schützen, doch ohne Erfolg. Das Klima wurde rauer, die Temperaturen nahmen stetig zu.

Maximus orientierte sich zur Vorsicht, vor allem wegen des Wassers, an einem kleinen Fluss. Er hielt sich seit Tagen an dessen linken Ufer und zog südwärts. Doch nun musste Maximus feststellen, dass der Fluss immer kleiner wurde. Kaum noch als Bach zu bezeichnen, rann das Wasser zu seinen Füßen langsam weiter, bis zu einem kleinen Wasserbecken, gesäumt von drei Palmen, ein wenig Unterholz und etwas Gras. *„Das Grab des Flusses"*, dachte sich Maximus. Durstig tauchte er seinen ganzen Kopf in das kleine Becken, füllte seine Feldflaschen randvoll auf und ließ sich schließlich sein treues Pferd trinken. Während das Pferd seinen Durst stillte, blickte sich Maximus um. Rund um die kleine Oase nichts als trockene Steppe. Das weite Grün war längst hinter dem Horizont verschwunden. Der Blick zurück verleitete ihn, nachzudenken und zu rechnen, wie lange er schon unterwegs war.

Zwei Wochen, drei, … nein, es mussten schon fünf Wochen gewesen sein. Keine Ahnung.

So sehr er sich auch anstrengte, er hatte jegliches Zeitgefühl verloren. Viel wichtiger nun die Frage: „Wo lang jetzt?" Planlos sah er sich rund um die kleine Oase um, außer trostlosem Ödland war jedoch nicht viel zu sehen. Nach kurzem Überlegen beschloss er schließlich sein Nachtlager in der Oase aufzuschlagen. Am nächsten Morgen würde ihm schon eine Lösung einfallen.

Maximus ließ sich im Gras nieder und schlug sein Lager auf. Er breitete eine große Decke aus und wickelte sich darin ein. Maximus wusste, sobald die Sonne unterging, würde es extrem abkühlen. Und es sollte nicht mehr lange dauern, bis die Sonne langsam am Horizont verschwand. Davor bescherte sie Maximus noch einen atemberaubend schönen, tief roten Sonnenuntergang. Der gesamte Horizont, der unendlich erschien, erstrahlte in kräftigsten Farben von gelb bis karminrot. Maximus, fasziniert vom Anblick des Farbkonzerts, überlegte zunächst, sah aber schnell ein, nie zuvor einen so unbeschreiblichen Sonnenuntergang erlebt zu haben.

Doch so schön der Anblick auch war, so vergänglich war er. Kaum dreißig Minuten später gewann das Dunkel der Nacht über das Farbkonzert. Bis zur letzten Minute blickte Maximus wehmütig der Sonne nach. Doch kaum verschwand das letzte Licht der Sonne am Horizont, bot sich Maximus das nächste Naturspektakel: Sterne. Sterne, so weit das Auge reichte, unzählbar, funkelnd wie Diamanten, ein Meer der Unendlichkeit.

Maximus legte sich auf den Rücken und betrachtete das Schauspiel. Er tauchte förmlich ein in das funkelnde Sternenmeer. Nichts würde er lieber machen, als hinaufzufliegen und all die funkelnden Punkte am Firmament zu besuchen. Lange lag er da und studierte den Sternenhimmel. Einzelne hellstrahlende Sterne, nur schwach leuchtende in der Ferne, manche, die zu flackern schienen, tausende und abertausende, die in einem gigantischen Schwarm scheinbar miteinander verschmelzen wollten. Von Osten her hob sich über den Horizont der Luna-Gürtel mit seinen strahlenden Gesteinsbrocken. Stumme Zeitzeugen der Geschichte, Opfer des Krieges. Viele Bezeichnungen und liebevolle Umschreibungen für Luna grassierten in Terrenus, die Maximus im Moment alle durch den Kopf gingen. Er selbst bediente sich in der Vergangenheit eigentlich nie einer solchen romantisch verklärten Sprache, doch kam selbst er bei diesem Anblick an dem Abend ins Schwärmen. Schon sein ganzes Leben lang grübelte er darüber, wie Luna vor seiner Zerstörung wohl ausgesehen haben mochte. Wie ein zweiter Planet, kugelrund am Firmament, den Himmel hell erleuchtend. Doch sah man dann noch die Sterne, so wie in dieser Nacht? Maximus konnte sich nicht recht einen Reim darauf machen, wurde aber nicht müde, darüber nachzudenken. So vergingen die Stunden. Langsam nur wurden Maximus die Augen schwer. Ein sich störend aufdrängendes, lautes Gähnen erinnerte ihn erst daran, dass es wohl doch mal an der Zeit wäre, die Augen zur Erholung zu schließen. Er wollte sich schon abwenden, da fiel ihm noch ein Stern ins Auge. Irgendetwas war seltsam an ihm. War der schon zuvor da gewesen? Jetzt lag Maximus die ganze Nacht hier herum und betrachtete alle Sterne ganz genau und konnte es trotzdem nicht sagen. Wie ärgerlich! Minutenlang gaffte Maximus den Stern an. Nichts. Komisch, aber es war ja doch schon spät und die Augen wurden immer schwerer. Was soll's. Maximus löste den Blick und ... „Was zum ...? Wo ist er hin?" Verdutzt starrte Maximus in den Himmel. Der seltsame Stern war wieder weg. Hatte er sich das Ganze nur eingebildet? „Nein, so müde bin ich jetzt auch wieder nicht!", sagte sich Maximus und blickte weiter nach oben. Sekunden lang passierte nichts, doch dann. „Was ist jetzt los?" Plötzlich blitzte der Stern wieder hell auf und flackerte unwillkürlich dahin. So etwas hatte Maximus noch nie gesehen. Heller und heller wurde der Stern und nun wurde er auch noch immer größer. Maximus schien es, als würde der Stern direkt auf ihn zukommen und auf Terrenus herunterstürzen. Unruhig beobachtete Maximus den sich vermeintlich nähernden Stern ganz genau. Das Flackern schien aufgehört zu haben, dafür war der Stern nun schon ebenso hell wie Luna. Unmöglich, den Blick davon zu lösen. Maximus' Augen wurden immer größer. Bis urplötzlich der Stern mit gleißend hellem, langem Schweif nach rechts wegbrach und über das Firmament dahinschoß, bis er wenige Augenblicke später am rechten Horizont wieder verschwand.

Maximus lag mit weit aufgerissenen Augen und Mund da, sein Herz raste. Zutiefst erschrocken lag er noch lange Zeit da und gaffte in den Himmel. Das Gesehene sollte ihn noch lange beschäftigen und ihm nie wieder aus dem Kopf gehen.

Noch vor Sonnenaufgang setzte Maximus seinen Weg, noch sichtlich mitgenommen, fort. Er wusste, dass es sehr schnell sehr heiß werden würde, sobald die Sonne aufgegangen wäre. Nachdenklich blickte Maximus zum weiten Horizont, an dem sich langsam die Sonne zum Tag erhob und den Himmel wieder in alle Farben von Rot bis Gelb tauchte. Maximus' Kopf raste. Was hatte er da bloß gesehen? Einer der Wächter beim Überflug konnte es nicht gewesen sein, dafür war das Objekt viel zu weit oben. Ein Meteor fliegt keine Kurven und blendet auch nicht auf und wieder ab. Maximus konnte sich einfach keinen Reim darauf machen. Um nicht völlig daran zu verzweifeln, versuchte er, sich mit seiner Umgebung abzulenken. Doch auch dies wurde immer schwieriger. Die Landschaft wurde immer wüster. Ein weites steiniges Ödland öffnete sich vor Maximus und seinem Pferd. Maximus kontrollierte aufmerksam den vor ihm liegenden Weg nach schroffen Steinen, Gruben, Dornenbüschen und so weiter, um seinen treuen Begleiter nicht zu gefährden.

So verging auch dieser Tag. Ein weiterer einer Maximus immer endloser erscheinenden Reise ins Unbekannte. Am Spätabend gelangte er an den Fuß einer kleinen Bergkette, die den Rand des Ödlandes zu markieren schien. Guten Mutes schlug er sein Lager auf und freute sich auf das, was da hinter den Bergen auf ihn warten mochte.

„Grixus, zieh hoch! Nicht so tief, du läufst Gefahr abzustürzen!" „Klappe! Ich weiß, was ich tue! Ich bin hier der Pilot, nicht du!" „Mach doch, was du willst!" Alexander riss sich mit verzweifeltem Schnaufen sein Headset vom Kopf und drehte sich zu Nerwa, die rechts von ihm am Kommandopult saß. „Ich kann mit diesem dämlichen Affen einfach nicht arbeiten." Nerwa zuckte mit den Schultern. „Seine Schuld, wenn er abstützt." „Ja, aber wenn er so weiter macht, kollidiert er noch mit Luzilla oder führt sonst einen Scheiß auf!" „Ah komm, das wird schon. Lass sie mal zurückkommen, dann reden wir noch mal mit ihm, gemeinsam. Er wird schon einsehen, dass wir die Situation von unserer Position oft besser einschätzen können."

Plötzlich leuchteten sämtliche Alarmleuchten auf der Konsole vor den Einsatzleitern hektisch blinkend auf. Sofort richteten sie ihre Blicke wieder auf die Monitore vor sich und Lucius brüllte in sein Headset: „Vespa, brich sofort rechts weg! Jetzt!" In der

Sekunde setzte Alexander wieder sein Headset auf und brüllte ebenfalls: „Was soll DAS! Nimm Schub weg, verdammt, du hättest fast Vespa gerammt!" „Ihr Pech, wenn die Kleine ihre Maschine nicht beherrscht, und jetzt halt die Klappe, du Sinnloser!" Alexander lief knallrot an. Bevor er losschreien konnte, deaktivierte Nerwa Alexanders Headset-Mikro und klinkte sich in *Fobos'* Interkom ein: „Halt du gefälligst deine Klappe, du Großkotz! Ohne uns wärst du schon längst abgestürzt! Und jetzt komm gefälligst zurück zur Basis, das gilt für euch alle!" Erbost riss sich Nerwa ihr Headset vom Kopf und deaktivierte das Interkom über die Konsole.

Alexander und Nerwa waren am Ende mit ihren Nerven. Sie saßen noch einige Minuten da und grübelten darüber nach, was sie den drei Piloten bei der Einsatzbesprechung sagen sollten.

„Das war nicht sehr berauschend", seufzte General Quintus kopfschüttelnd in Richtung Colonel Meyer. Die beiden hatten die Szene vom hinteren Ende der Kommandozentrale beobachtet. „Ich rede mit ihnen. Es wird sich eine Lösung finden", antwortete Colonel Meyer nüchtern. „Ich will's hoffen, Colonel. Klären Sie das gefälligst, bevor ein Unglück geschieht."

Einige Zeit später fanden sich die drei Piloten sowie die drei Einsatzleiter in einem der Schulungszimmer zur Einsatzbesprechung wieder. Als Alexander und Nerwa eintraten, sah Alexander Luzilla mit besorgtem Blick an. Als er ihren ebenfalls besorgten Blick erkannte, ging er zu ihr und schloss sie in die Arme. Normalerweise wäre er gleich nach dem Einsatz in den Hangar gekommen, um Luzilla zu empfangen, doch dieses Mal war es einfach zu viel für ihn. Nerwa hielt ihn vom Hangar zurück und riet Alexander, sich erst einmal abzureagieren.

Seit Beginn der Übungsflüge und Übungseinsätze gab es immer wieder Probleme zwischen den Piloten und ihren Einsatzleitern. Letztere waren die jeweiligen Mitglieder in der Kommandozentrale. Jedem Wächterpiloten war ein Einsatzleiter zugewiesen worden. So waren Nerwa *Daimos*, und damit Luzilla, und Alexander *Fobos* von Grixus zugewiesen worden. Dies, darüber waren sich alle im Klaren, aufgrund der persönlichen Beziehung von Alexander und Luzilla, um mögliche Komplikationen vorzubeugen.

Der Einsatzleiter von *Mars* bzw. Vespa-Antonia war Lucius. Zwischen den beiden kam es wirklich nie zu Problemen. Vom ersten Tag an waren sie ein eingespieltes Team. Was den selbst auferlegten Druck der anderen vier nur noch weiter erhöhte.

Alexander und Luzilla lagen sich einige Sekunden inniglich in den Armen, bevor sich Alexanders Griff löste. Kaum, dass die beiden voneinander abließen, wanderte Alexanders Blick links an Luzilla vorbei zu Grixus. Kein Wort war nötig, um die gegenseitige Geringschätzung der beiden füreinander zu erkennen. Die sich aufbauende destruktive Energie, die von den beiden ausging und nur auf die Explosion wartete, war förmlich zu spüren. Auch Luzilla, die noch an Alexanders rechtem Arm hing, beobachtete mit sorgenvollem Blick und zugleich ratloser Miene die Szenerie. Luzilla merkte auch sofort, als Alexander Luft holte, dass es gleich wieder losgehen würde. Alexanders Miene verdunkelte sich immer weiter, er wollte sogleich ...

„Achtung!", ertönte es aus Richtung der Tür. Colonel Meyer trat schnellen Schrittes ein und nahm vor den Tischreihen Aufstellung. Luzilla und Nerwa atmeten erleichtert durch.

Der Colonel blickte mit ernster Miene in die Runde: „Vespa-Antonia, Lucius – gute Arbeit, Sie können gehen." Vespa-Antonia und Lucius nickten zustimmend, standen zügig auf und verließen ruhig und für alle erkennbar professionell den Raum.

Der Colonel senkte sein Haupt und hielt einige Sekunden inne. Er tat wenige Schritte nach rechts und links und schien sich seine nächsten Worte sehr genau zu überlegen: „Grixus, Alexander – aufstehen! Sie beide wurden aufgrund Ihrer gezeigten Leistungen seit Ihrer Schulzeit aus einem Pulk von tausenden anderen Anwärtern ausgewählt, um an diesem, höchst angesehenen Programm teilzunehmen. Sie wurden ausgewählt, um als Team nicht nur Terrenus, sondern unseren gesamten Planeten zu beschützen. Sagen Sie mir, wie stellen Sie sich, mit der von Ihnen bislang gezeigten Leistung, die Erfüllung dieser Aufgabe vor? Sagen Sie mir, wie erwarten Sie, erfolgreich alle Bewohner von Terra vor Unheil zu schützen, wenn Sie es nicht einmal schaffen, sich selbst voreinander zu schützen?" Erbost blickte der Colonel die beiden an. Da brach Alexander mit lauter, aber bestimmter Stimme aus: „Sagt mir, wie! Bitte Colonel, sagt mir, wie ich mit dem reden soll! Ich habe es versucht. Wenn er auf meine Anweisungen nicht hören will, was soll ich tun?" Grixus schnaubte nur verächtlich und stierte in die andere Richtung. „Ist das alles, was Sie dazu zu sagen haben, Kommandeur Grixus?" Grixus schnaubte erneut verächtlich auf: „Sie sagen es Colonel – Kommandeur Grixus. Ich bin der Kommandeur meines Wächters, nicht dieses Würstchen hinter seiner Konsole. Der ist ebenso unfähig wie nutzlos."

Alexander lief knallrot an. In aller Hektik und Verärgerung wägte er seine nächsten Worte ab, um Grixus so richtig gezielt zu treffen, doch dann fuhr ihm der Colonel in die Parade: „Also schön. Ich hatte gehofft, mit Ihnen normal sprechen und das Problem einfach aus der Welt schaffen zu können. Aber bitte. Ich muss Ihnen noch einmal in Erinnerung rufen, dass Sie beide als Team zu agieren haben. Ein Wächter ist nur so effektiv, wie die Besatzung – und diese besteht nun mal aus einem Piloten und einem Einsatzleiter im Kommandoposten –, die ihn lenkt. Offenbar müssen Sie erst noch zu schätzen lernen, was Sie an Ihrem Kollegen haben. Um Ihnen dies näherzubringen, werden Sie beide beim nächsten Übungseinsatz in drei Tagen die Plätze tauschen. Alexander, Sie werden den Pilotenplatz einnehmen und alle Kommandos von Ihnen, Grixus, auf das Genaueste befolgen. Zuvor werden Sie den Einsatz gemeinsam planen und ausarbeiten."

Kaum hatte der Colonel den Befehl ausgesprochen, zuckte Grixus erbost zusammen und gaffte Colonel Meyer ungläubig an: „Colonel! Das kann nicht wirk..." „Das ist mein absoluter Ernst, Herr Einsatzleiter! Und lassen Sie beide sich eines gesagt sein: sollte bei diesem Einsatz irgendetwas schiefgehen, war es Ihr letzter!"

Alexander und Grixus starten einander zutiefst hasserfüllt in die Augen, während Colonel Meyer schnellen Schrittes den Raum verließ. Unfähig, die angespannte Situation irgendwie aufzulockern, versuchten Luzilla und Nerwa alles, um Alexander zu beruhigen und zurückzuhalten.

Da setzte Grixus erneut sein hämisches Grinsen auf und näherte sich Alexander. Luzilla und Nerwa wichen zurück und beobachteten die beiden genau.

Grixus trat vor Alexander und beugte sich vor, um ihm ins linke Ohr zu flüstern: „Keine Sorge, mein Kommandant. Ich werde mich bestens um Luzilla kümmern. Viel Spaß beim Einsatz."

Kochend vor Wut stand Alexander regungslos da. Jeden Muskel angespannt, war er nicht in der Lage, sich zu bewegen oder sonst irgendwie zu kontern. Grixus trat grinsend an Alexander vorbei und ging stolzen Schrittes in Richtung Tür, zuvor warf er noch ein unmissverständliches Zwinkern in Richtung Luzilla, der sein Blick durch Mark und Bein zu gehen schien. Zutiefst angewidert wandte sie sich sofort ab. In dem Moment drehte sich Alexander schlagartig um, doch Nerwa nahm zugleich Stellung vor ihm ein und packte ihn an den Armen, um ihn zurückzuhalten. „Halt dich zurück Alex. Er ist es nicht wert. Oder willst du wegen diesem Arsch aus dem Programm fliegen?"

Alexander atmete tief durch und nickte zustimmend. Er sah zu Luzilla, die komplett verstört dastand. Alexander löste sich ruhig aus Nerwas Griff und schloss Luzilla sanft in seine Arme, um sie zu beruhigen. Nerwa sah Alexander nach und blickte die beiden dann wortlos an.

Nach einer Weile fing sich Luzilla wieder. „Alles wieder gut?", fragte sie Alexander, der ihr daraufhin tief in die Augen blickte, bevor er sich aus der Umarmung löste und beide etwas ratlos ansah.

Nachdem sie sich beruhigt hatten, diskutierten die drei noch den restlichen Tag darüber, wie sie weiter mit der Situation umgehen sollten. Erst spät am Abend kamen Alexander und Luzilla zurück in ihren Schlafsaal. Alexander fiel sofort erschöpft ins Bett. Luzilla beschäftigte der Tag noch lange, sie tat kaum ein Auge zu und sah ihrem Freund einige Zeit besorgt beim Schlafen zu.

Am nächsten Tag sollten sich Alexander und Grixus wiedersehen, um zusammen den nächsten Einsatz zu planen. Von einem konstruktiven Arbeitsklima konnte jedoch keine Sekunde lang gesprochen werden. Stundenlang saßen sich die beiden gegenüber und schwiegen einander an. Auch am zweiten Tag bewegte sich nicht viel. Bis Alexander schlussendlich der Kragen platzte: „Es reicht! Verdammt, wir haben morgen einen Einsatz. Du hast den Colonel selbst gehört, die schmeißen uns beide raus, wenn wir das morgen vermasseln!" Alexander sah Grixus entnervt ins Gesicht. Dieser schien sich regelrecht daran zu laben, wie Alexander die Situation fertigmachte. Abermals grinste Grixus Alexander hämisch an: „Oh, keine Sorge, Kleiner. Genieße deinen großen Auftritt, du Wächterpilot. Befolg' du nur die Anweisungen deines Einsatzleiters und alles wird gut."

Angefressen stand Alexander auf und stürmte aus dem Besprechungszimmer, während Grixus laut auf das Bösartigste lachte. Unmöglich, wie könnte er Grixus auch nur ansatzweise vertrauen, und dann noch im Zuge eines Einsatzes? Wie sollte er bloß mit ihm und der Situation umgehen?

Fragenzerfressen taumelte Alexander die Gänge entlang, auf der Suche nach Rat. Nach einiger Zeit fand er sich auf einem kleinen Platz am östlichen Zugang des Wächterhangars wieder. Der kleine Park war gesäumt von kleinen Büschen und zwei größeren Beeten mit blühenden Blumen. In der Mitte des Platzes stand eine ca. vier Meter hohe Linde. Ihr Laub färbte sich in der warmen Herbstsonne in den verschiedensten Farben. Alexander bestaunte kurz den durchaus beruhigenden Anblick, bevor er Luzilla unter dem Baum, in der Wiese, mit einem Buch in der Hand, sitzen sah. Er trat an sie heran, setzte sich hinter sie und schloss sie in die Arme. Zutraulich legte Alexander seinen Kopf an Luzillas linke Schulter. „Was liest du da?" Luzilla drehte leicht ihren Kopf zu Alexander: „Ah, nichts Besonderes, nur eines der technischen Lehrbücher, die wir bekommen haben. Dachte, du hättest die eh schon alle durch?" Alexander griff nach dem Buch in Luzillas Hand und begutachtete das Cover: „Aja –, nicht gerade spannend", witzelte er. Auch, wenn ihm das Lachen an Tagen wie diesen nicht wirklich leicht fiel, Luzillas Gesellschaft half jedenfalls. Luzilla klappte das Buch zu und drehte sich weiter ihrem Freund zu. Kurz begutachtete sie Alexanders Gesicht mit besorgtem Blick. Sie wusste genau, wie es um ihren Freund stand, und wägte in ihrem Kopf die Möglichkeiten ab, ihn auf andere Gedanken zu bringen.

Luzilla atmete tief ein und schloss, in Alexanders Armen versunken, die Augen: „Das erinnert mich an damals, im Park der Akademie, als wir unter dem alten Baum fast die Abschlussfeier verschlafen hätten. Weißt du noch?" Alexander hob seinen Kopf und blickte nachdenklich in die Baumkrone. Ein leichtes, verhaltenes Lächeln lockerte seine Miene: „Oja, stimmt". Alexander atmete erleichtert durch, zog seinen Griff um Luzilla enger und drückte ihr zärtlich einen Kuss auf die Wange. „Da war die Welt noch in Ordnung, was? Voller positiver Erwartung auf unser neues Leben im Programm. Was waren wir naiv, zu glauben, dass alles einfach und rosig ablaufen würde." „Ach komm schon Alex, jetzt verzweifle doch nicht gleich! Wir werden schon eine Lösung für alles finden. Haben wir doch immer, oder?"

Luzilla drückte sich an Alexanders Brust ab und löste sich so aus seinem Griff: „Jetzt pass mal auf! Du wirst dich morgen nur um dich und deinen Wächter kümmern. Du kümmerst dich um nichts anderes und konzentrierst dich einzig darauf, deine Aufgabe korrekt zu erfüllen. Verstanden?! Alles andere überlässt du mir, ich lass' mir was einfallen. Und gib gefälligst nicht auf, wir schaffen das!"

Aufgekratzt sprang Luzilla auf und stürmte davon. Alexander blickte ihr verdutzt nach: „Wo willst du hin? Was hast du ..." „Ich regle das jetzt!"

Und nun? Alexander blieb verwundert unter dem Baum hocken. „Luzilla nachzulaufen wäre wohl keine allzu gute Idee", dachte er sich. Alexander entschied nach kurzer Überlegung, Luzilla einfach zu vertrauen und sie machen zu lassen. Sie hatte recht, Alexander musste sich auf sich konzentrieren und darauf, am Einsatztag keinen Fehler zu machen. Auch wenn er nicht selbst schuld am Scheitern des Einsatzes wäre, würde es doch auf ihn zurückfallen.

„Marius, sagt uns, wann gedenkt der Kaiser, sich mal wieder seinem Volk und dessen Belangen zu widmen? Ihr habt doch noch einen Kaiser, oder?" Marius, der gerade vor dem Forum aus der Kutsche stieg, blickte die Stufen zum Eingang empor. Am Stufenansatz stand ein groß gewachsener, modern gekleideter Mann, Anfang dreißig, mit kurzen braunen Haaren und Brille auf der Nase. In seiner rechten Hand eine schwarze, lederne Aktentasche. „Ah, guten Morgen Herr Botschafter!", grüßte Marius verhohlen. Es war der Botschafter der Zitadelle, Samuel von Winterstein. „Guten Morgen, Marius. Versteht mich nicht falsch, ich diskutiere und arbeite gerne mit euch, aber euch muss doch auch allmählich auffallen, wie der allgemeine Unmut, vor allem in eurer eigenen Regierung, wächst." „Macht euch keine Sorgen, mein lieber Herr von Winterstein, eure Majestät wird schon bald wieder zurückkehren und sich freuen, wie wacker sich sein Volk und ganz Terrenus in seiner Abwesenheit geschlagen hat", lächelte Marius den Botschafter an und ging an ihm vorbei in Richtung Eingang. „Eure Treue ist bemerkenswert, Marius. Ich fürchte nur, ihr steht damit langsam aber sicher alleine da", warf der Botschafter Marius hinterher.

Verärgert ließ Marius den Botschafter stehen und betrat das Hauptgebäude des Forums. Er konnte es echt nicht mehr hören, die ewige Fragerei nach Maximus' Verbleib und wann er denn wieder zurückkäme. Aber Marius kannte auch schon Botschafter von Winterstein und war mittlerweile schon recht versiert in den ganzen politischen Ränkespielen. Marius wusste, sich solche Kommentare nicht allzu sehr zu Herzen zu nehmen und Disziplin zu wahren. Ein Talent, das er in seinen Jahren im Dienst des Kaisers perfektionieren konnte. Und dennoch musste er sich eingestehen, dass die ganze Fragerei nicht spurlos an ihm vorüberging.

Marius stieg den großen Treppenaufgang empor in den ersten Stock und eilte zielstrebig auf einen der Sitzungssäle zu. „Ah Marius, guten Morgen. Schön, euch zu sehen", tönte es Marius auf einmal von rechts zu. „Senator Titus, ich grüße euch", erwiderte Marius leicht genervt. „Ihr hattet heute bereits das Vergnügen mit Botschafter von Winterstein?" „Ja, was macht der hier? Findet noch eine Besprechung statt, von der ich nichts weiß?" „Nein, nein. Aber mir ist aufgefallen und es wurde mir immer öfter berichtet, dass sich der Herr Botschafter immer häufiger hier aufhält und alle Informationen, die er erhalten kann, wie ein Schwamm aufsaugt. Keine Eigenschaft, die sein Vorgänger besonders pflegte." „Er wurde erst kürzlich einberufen, oder?" „Ja, vor gut einem Monat erst wurde sein Vorgänger plötzlich abberufen und durch Herrn von Winterstein ersetzt. Und niemand konnte mir auch nur ein Wort über dessen Herkunft und politischen Werdegang sagen." Marius atmete nachdenklich durch. „Na schön, solange er sich nur interessiert zeigt, soll's mir recht sein. Vielleicht auch nur ein Fall von Arbeitseifer, daran ist wohl nichts auszusetzen. Nur, Senator Titus, bleibt wachsam!" Senator Titus nickte zustimmend und beide betraten den Sitzungssaal zu ihrer Linken. Sowohl Senator Titus als auch Marius war bewusst, dass mehr als blankes Interesse dahintersteckte, doch wollte es keiner der beiden so wirklich wahrhaben. Allerdings wurde der Ton in der internationalen Politik schon seit längerer Zeit rauer, vor allem seit dem Ableben des Altkaisers, das Vorgehen der Zitadelle aggressiver. Zumindest in den Augen der terrenischen Politiker.

Kurz nachdem Senator Titus und Marius ihre Plätze im Sitzungssaal eingenommen hatten, trafen auch schon die anderen Senatoren ein und die Sitzung begann. Nach genau festgelegtem Ablauf erläuterte der Senator zunächst die an diesem Tag zur Debatte stehenden Themen und den geplanten Sitzungsablauf. Die Sinnhaftigkeit dieses Protokolls erschloss sich Marius nicht wirklich, da ohnehin jeder Anwesende über die anstehenden Themen bereits im Vorfeld informiert wurde. „Aber bitte, jedem seine Traditionen", dachte er sich und ließ Senator Titus gewähren. Auch ging es bei den heutigen Themen aus Marius' Sicht um nichts Weltbewegendes. Ein neues Fischfangverbot, Handelsverträge mit der Zitadelle und kleinere Verwaltungsangelegenheiten. Nichts Spannendes, wie Marius fand, was es ihm nicht gerade leichter machte, aufmerksam zu bleiben. Nach gut einer halben Stunde fand Senator Titus ein Ende und erteilte, wie immer, Marius als Vertreter des Kaisers das Wort. Marius spulte seinen Text wie einstudiert ab. Es war immer dasselbe, wie Marius bzw. der Kaiser eine Forumsdebatte eröffnete. Nach seinen Eröffnungsworten startete Marius mit dem ersten Tagesthema. Es ging um ein Fischfangverbot im Grenzgebiet zur Zitadelle. Die Senatoren begannen zu diskutieren und Marius versuchte aufzupassen. Dennoch verlor er irgendwann den Faden. Bis er vernahm: „Marius? ... Marius?!" „Was! ... Verzeihung, natürlich ... stellvertretend für den Kaiser stimme ich den Beschlüssen des Senats zu diesem Thema zu. Danke." Zustimmend nickten die Senatoren geschlossen Marius zu.

„Einspruch!", ertönte es aus Richtung der Tür. Es war Botschafter von Winterstein. Zeitgleich rissen alle Senatoren ihre Köpfe hoch in Richtung Tür und starrten den Botschafter verdutzt an.

„Werter Herr von Winterstein, das ist äußerst unorthodox! Dies ist eine interne Sitzung des Senats von Terrenus. Sie können hier nicht einfach so hereinstürmen", fuhr Senator Titus den gemächlich eintretenden Botschafter an.

„Nun, ich denke doch, dass ich das kann –, werte Herrn Senatoren", bemerkte der Botschafter herablassend. Seelenruhig schlenderte Botschafter von Winterstein hinter den Senatoren vorbei durch den Sitzungssaal und nahm langsam auf dem letzten freien Stuhl Platz, lehnte sich gelassen zurück und fuhr mit einem verschlagenen Grinsen im Gesicht fort: „Edler Herr Marius! Sagt mir bitte: Wo ist der Kaiser?"

Marius sah den Botschafter verärgert an, ohne ein Wort zu sagen.

„Dachte ich mir", sagte der Botschafter verächtlich. „Ich nehme an, das gilt für jeden von Ihnen?" Von Winterstein blickte in die Runde. Wie Marius zuvor, saßen die Senatoren geschlossen, mit zutiefst verärgertem Blick da und gaben keinen Mucks von sich. Die kollektive Abneigung dem Botschafter gegenüber war förmlich spürbar.

Der Botschafter senkte seinen Blick wieder und fuhr fort: „Na gut. Mit sofortiger Wirkung setzt die Regierung der Zitadelle sämtliche Handels- und Wirtschaftsverträge mit Terrenus außer Kraft, bis Sie mir eine Antwort auf den Verbleib Ihres Kaisers liefern können!"

Ratlos blickten die Senatoren einander an, bis Marius das Schweigen brach: „Was um alles in der Welt soll der Scheiß!", keifte Marius den Botschafter an. „Halten Sie uns wirklich für so naiv, dass wir Ihnen einen so billigen Vorwand abkaufen? Die Zitadelle ist auf unsere Güter und Warenlieferungen angewiesen, Sie können es sich nicht leisten, die laufenden Verträge zu kündigen. Also was bezwecken Sie damit, Herr Botschafter!"

Botschafter von Winterstein und Marius sahen sich über den großen Besprechungstisch hinweg tief in die Augen. Wie in einem Schießduell beobachteten die beiden jede kleinste Regung des anderen. Genau wägten sie jedes einzelne der nächsten Worte im Kopf ab und überlegten, was sie dem anderen als Nächstes an den Kopf werfen würden.

So vergingen einige Sekunden, bis Botschafter von Winterstein antwortete: „Nun meine Herren, ich – und somit auch meine Regierung –, gehe davon aus, dass Terrenus weit abhängiger von uns ist, als umgekehrt. Seien Sie doch mal ehrlich, ohne uns würden Sie immer noch mit Fackeln und Kompass herumlaufen und jede Art von Technologie als pure Hexerei ansehen. Oder wollen Sie das etwa abstreiten?"

„Nein, das bestreite ich in keinster Weise, Herr Botschafter. Ebenso wie Sie wohl nicht bestreiten werden, dass Ihre Bevölkerung ohne unsere Warenlieferungen längst verhungert wäre! So wenig wie wir über eigenständige Technologie verfügen, verfügen Sie über die Ressourcen, Ihr Volk alleine zu erhalten. Sehen Sie es ein, Botschafter von Winterstein, wir sind aufeinander angewiesen."

Der Botschafter senkte seinen Blick und stand auf, nach wie vor mit hämischem Grinsen im Gesicht, der alle Anwesenden zur Weißglut brachte. Botschafter von Winterstein ging langsam, mit hinter dem Rücken verschränkten Armen, auf die Tür zu: „Tja Marius, so war es in der Vergangenheit. Doch Dinge ändern sich. Ich wünsche noch einen schönen Tag, meine Herren. Und schöne Grüße an Kaiser Maximus."

Gemütlich schlenderte der Botschafter aus der Tür, während ihm die Senatoren geschlossen hasserfüllt nachblickten. „Was meint er damit!" „Was soll das bedeuten!", riefen die Senatoren aufgeregt durcheinander. „Beruhigt euch! Verfallt nicht gleich in Panik!", mahnte Senator Titus seine Kollegen. „Na schön, der Botschafter ist nicht der Regierungschef der Zitadelle. Solange nichts Offizielles kommt, verbleiben wir wie gehabt. Aber mit erhöhter Vorsicht. Und behaltet diesen Botschafter im Auge."

Besorgt schlossen die Senatoren die Sitzung und gingen ihrer Wege, nur Senator Titus und Marius blieben noch auf ihren Stühlen sitzen. „Gut gekontert, Marius. Aber was tun wir, wenn es nicht bei leeren Drohungen bleibt?" „Keine Ahnung, Titus. Aber ihr habt recht, im Moment können wir nur abwarten." „Es war keine Lüge, oder Marius? Ihr habt wirklich keine Ahnung über den Verbleib des Kaisers." „Er ist in Richtung Südosten unterwegs. Mehr weiß ich aber auch nicht. Wir können nur hoffen, dass er selbst weiß, was er tut und baldmöglichst zurückkehrt. Aber auch wenn nicht, unterm Strich macht das keinen Unterschied." „Ich hoffe, ihr habt recht, Marius."

Sand, Sonne, Hitze, nichts weiter. Endlos erstreckte sich das Sandmeer vor Maximus. Voller positiver Erwartung erklomm er die Bergkette, an der er übernachtet hatte, und wurde dann mit einem Schlag auf den Boden der Tatsachen zurückgeholt. Kein Grün, kein Wald, kein Fluss, nicht der geringste Anhaltspunkt, der Maximus darauf hoffen ließe, auf dem richtigen Weg zu sein. Auch musste er sein getreues Pferd samt Ausrüstung am Fuß der Bergkette zurücklassen. Nur eine kleine Feldflasche, die auch schon zur Hälfte geleert war, blieb ihm. Doch aufgeben kam für Maximus nicht infrage. Wo sollte er auch sonst hin? Zum Umdrehen war es bereits zu spät. Maximus konzentrierte sich auf jeden einzelnen Schritt. Kontrollierte stets den Stand der Sonne.

Und teilte sich sein verbleibendes Wasser genau ein. Maximus hoffte, wenn sich nicht bald das Ende der Wüste zeigen würde, dann zumindest auf eine Oase zu stoßen. So verging der Tag. Und dann ein zweiter und dritter und so weiter. Tagelang streifte er durch die Wüste. Ertrug die sengende Hitze des Tages sowie die eisige Kälte der Nacht. Sein Wasser war ihm längst ausgegangen. Nur wenige Kondenstropfen, die sich in der Flasche sammelten, viel zu wenig, um zu überleben, blieben ihm. Weiterhin die Tage zu zählen, oder überhaupt einen klaren Gedanken zu fassen, war ihm nicht mehr möglich. Die Füße wurden immer schwerer, die Atmung flacher. Maximus war am Ende. Noch wenige Meter, dann sollten ihm die Knie wegbrechen. Maximus Hoffnung verflog im heißen Wüstenwind. Zusammengebrochen lag er im heißen Sand. Mit letzter Kraft versuchte er noch, die oberste Sandschicht wegzuschaufeln und sich ein wenig einzugraben, um der erbarmungslosen Sonne nicht direkt ausgesetzt zu sein. Dann schloss er seine Augen und ergab sich seinem Schicksal. Gedanken an die letzten Monate und Jahre gingen ihm durch den Kopf. Gedanken daran, wie es zu seiner Reise gekommen war. Und zuletzt an die seltsamen Begebenheiten am Nachthimmel vor einiger Zeit. So lag Maximus stundenlang da, doch es sollte noch nicht das Ende sein. Als Maximus langsam die Augen wieder öffnete, war es bereits dunkel.

Maximus versuchte, seine Gedanken zu sortieren, und blieb regungslos liegen. Als er wieder einigermaßen zu sich gekommen war, sah er sich um. Dunkelheit, nichts als Dunkelheit erfüllte die gesamte Umgebung. Er versuchte, am Horizont den Übergang zwischen Sand und Himmel zu erkennen, um sich zu orientieren. Er drehte seinen Kopf herum und suchte den Horizont ab.

Und dann, Maximus starrte gespannt in die Dunkelheit. Ist das der Umriss eines Berges in der Ferne? Maximus konzentrierte seinen Blick auf eine leichte Kontur, die er meinte, erkannt zu haben. Und plötzlich: *„Was war das? War das ein Lichtblitz?"* Maximus meinte, ein leichtes Blinklicht auf dem vermeintlichen Berg erkannt zu haben. Schlagartig fühlte er sich wieder an die Nacht mit den seltsamen Lichtspielen am Himmel zurückerinnert. Maximus richtete sich auf und beobachtete den Punkt am Horizont weiter. Kein Zweifel, da hinten musste ein Berg sein. Vielleicht das Ende der Wüste, vielleicht sogar noch mehr. Da war es wieder, ein leichtes Blinken. Maximus konnte nicht sagen, wo genau auf der Erhebung das Blinken seinen Ursprung hatte, doch irgendetwas war dort. Das weckte neuen Mut in Maximus. Er überlegte nicht lange und richtete sich auf. Wenn er dorthin wollte, dann musste er sofort weiter, solange es noch kühl war. Sobald die Sonne aufgehen würde, würde die Temperatur wieder um gut vierzig Grad ansteigen. Maximus behielt sein Ziel genau im Blick und ging unbeirrbar darauf zu. Es dauerte lange, bis er wenigstens die Sicherheit bekam, dass er nicht einer Fata Morgana nachjagte, doch das Ziel war noch weit. Es dauerte nicht mehr lange, bis die Sonne aufging und die Temperaturen in die Höhe schossen. Doch strahlte der Berg vor Maximus nun im Sonnenlicht ganz deutlich. Er kam immer näher. Es war ein einzelner circa achthundert Meter hoher Berg, schroff und, soviel Maximus erkennen konnte, recht steil ansteigend. Das Blinklicht konnte Maximus nun im Tageslicht nicht mehr erkennen. Nach knapp vier weiteren Stunden fand er sich am Fuß des Berges wieder. Er hatte recht, steile Felswände ragten ringsum in die Höhe. Maximus rätselte, wie er da wohl hinauf käme. Er ging an der Felswand entlang. Als er schon fast zur Hälfte um den Berg herum war, sah er plötzlich einen schmalen Spalt vor sich in der Felswand. Am Spalt angelangt, lehnte sich Maximus hinein und fand einen schmalen Pfad, der den Berg hinaufzuführen schien. Kurzerhand zwängte sich Maximus durch den Spalt und erkundete neugierig den Pfad. Hinter hohen Felswänden versteckt, führte der Pfad über zwei Serpentinenkurven in die Höhe. Als Maximus die zweite Serpentine hinaufstieg, sah er es zwanzig Meter vor sich. Das Blinklicht, das ihn her gelotst hatte, kam von einem Lämpchen auf einer kleinen Schaltfläche, die an der Felswand angebracht war. Als Maximus vor dieser Schaltfläche stand, drehte er sich um und sah einen kleinen Felsspalt in der gegenüberliegenden Felswand, durch den das Blinklicht offenbar durchschien. Maximus konnte es nicht fassen, dass es diesem, kaum fünf Finger breiten Spalt zu verdanken war, dass er der Wüste entkommen konnte. Maximus verharrte noch einige Sekunden mit Blick in den kleinen Spalt, bevor er sich wieder der blinkenden Schaltfläche widmete.

Eine kleine, circa fünf mal zehn Zentimeter große, metallene Schaltfläche mit mehreren, stark verwitterten Zahlenfeldern sowie einem kleinen Display und der blinkenden Taste.

„Zahlenfelder, ... Zahlen, ... ein Code ... natürlich!", dachte sich Maximus. Maximus musste nicht lange nachdenken. Doch sollte es so einfach sein?

Maximus sah genau auf die Zahlenfelder und begann mit der Eingabe: *2 – 1 – 5 – 2*

Die Zahlen erschienen zugleich auf dem kleinen Display. Maximus sah auf, nichts war passiert. Er sah nochmal auf die Schaltfläche. Natürlich, die blinkende Taste.

Kaum drückte Maximus seinen rechten Zeigefinger auf die Taste, endete das Blinken und auf dem Display erschien: *„Eingabe korrekt – Zugang gewährt".*

Plötzlich ertönte ein lautes Grollen und die Erde begann zu beben. Maximus wich von der Schalttafel zurück. Steine begannen, sich aus der Felswand vor Maximus zu lösen, und rieselten auf ihn herab. Ein Spalt begann sich in der Felswand zu öffnen, der langsam immer breiter wurde. Da erkannte Maximus es. Es handelte sich gar nicht um eine Felswand, es war ein riesiges Tor, das zur Tarnung in Form und Farbe seiner Umwelt angepasst war. Je weiter sich das Tor öffnete, desto mehr Gestein und Staub flogen in der Gegend herum und vernebelten Maximus' Blick auf die Öffnung. Es dauerte einige Minuten, bis sich das Tor vollständig geöffnet und sich der aufgewirbelte Staub gelichtet hatte.

Maximus wartete nicht lange und ging durch das Tor. Er fand sich in einem großen leeren Saal wieder. Maximus konnte kaum etwas erkennen. Das einzige Licht kam von draußen herein. So setzte er langsam einen Fuß vor den anderen, bis auf einmal von alleine nacheinander zahlreiche Deckenleuchten angingen und das Innere erhellten. So erkannte Maximus am Ende des Saals ein weiteres großes, metallisches Tor. Wie am Haupteingang war auch an diesem Tor eine Schaltfläche angebracht. Entgegen der ersten Schaltfläche blinkte an dieser jedoch keine Taste. Maximus versuchte wieder, die Zahlenfelder zu bedienen, jedoch ohne Reaktion, das Display blieb leer. Da bemerkte Maximus einen kleinen Hebel neben den Zahlenfeldern. Er drückte ihn mit einem Finger hinunter und sofort begann sich das große Tor zu öffnen. Langsam schwang das Tor nach rechts und links auf. Maximus reckte neugierig den Kopf durch den sich öffnenden Spalt, um zu sehen, was hinter dem Tor lag. Auf einmal riss er die Augen weit auf. *„Was zum ... Kann das wirklich ... Das darf nicht wahr sein!"* Maximus' Gedanken überschlugen sich. Da stand er: *Alpha-Prime-One*.

Vor Maximus' Augen erhob sich der legendäre Wächter 50 Meter in die Höhe. In Weiß gehalten mit schwarzen Arm- und Beinkomponenten sowie einem schwarzen Brustschild. Auch Teile des Kopfes waren in Schwarz gehalten. Seine Arme waren an den Körper angelegt. In der linken Hand hielt *Alpha-Prime-One* eine gigantische Kanone, die am linken Bein entlang, bis gut fünf Meter an den Boden heranreichte.

Maximus betrachtete den Kopf von *Alpha-Prime-One* und blickte ihm in seine großen roten Augen. Er wusste genau, was dahinter lag. Wie magnetisch angezogen steuerte er auf ein an der rechten Seite des Wächters aufragendes Wartungsgerüst zu. Maximus stieg auf die Liftplattform und drückte auf den Steuerknopf. Nichts passierte. Es wunderte Maximus nicht wirklich, dass die Elektronik nach all den Jahren nicht mehr einwandfrei funktionierte, vielmehr hoffte er, dass der Wächter selbst noch funktionieren würde. Ohne lange weiter zu überlegen, kletterte Maximus das Stahlgerüst hinauf, bis er auf Höhe von *Alpha-Prime-Ones* Schulter angelangt war. Ein stählerner Steg führte an dieser bis zum Kopf des Wächters, wo ein weiteres Gerüstteil bis zum Cockpit-Einstieg führte. Ohne Zögern eilte Maximus zur Einstiegsluke und hüpfte geradezu *Alpha-Prime-One* in den Hinterkopf.

Überwältigt riss Maximus seine Augen auf, als er die Steuerzentrale von *Alpha-Prime-One* sah. Genau so hatte er es sich immer vorgestellt. Jedenfalls so weit sein Vorstellungsvermögen dies ermöglichte, wie er sich selbst eingestehen musste. Maximus fackelte nicht lange und nahm auf dem Kommandostuhl Platz. Neugierig begutachtete er sämtliche Knöpfe und Schalter rundherum. Wie er schnell feststellen musste: kein Blinken, kein Summen, keine Reaktionen von *Alpha-Prime-One*. Maximus wusste selbst nicht warum, aber irgendwie erwartete er, dass sämtliche Lichter angehen würden, sobald er sich auf dem Kommandostuhl niederließ, und *Alpha-Prime-One* seine Befehle erwarten würde. „Ein irrwitziger Gedanke", belächelte sich Maximus selbst. Doch selbst wenn der Wächter und alles drumherum schon so lange nicht mehr in Betrieb war und seit über 250 Jahren Staub ansetzte, irgendwie müsste es doch möglich sein, dem Ganzen wieder Leben einzuhauchen. Eine allgemeine Stromversorgung müsste schließlich vorhanden sein, da ja auch die Beleuchtung noch funktionierte und von alleine bei Maximus' Eindringen angegangen war. Aber Maximus sah ein, dass er nicht jedes Rätsel gleich an seinem ersten Tag bei *Alpha-Prime-One* würde lösen können. So wollte er sich schon aus dem Kommandostuhl erheben, als er über sich einen großen roten Hebel mit der Aufschrift *„Power"* sah. Maximus zog daran und plötzlich – ein leises Surren erfüllte die Schaltzentrale, nach und nach begannen die kleinen Köpfe vor Maximus zu leuchten, bevor auf einmal vor seinen Augen ein großer Bildschirm anging. Maximus war zuvor gar kein Bildschirm aufgefallen. Doch dann erkannte er, dass die Anzeige von unten auf eine große Glasscheibe vor *Alpha-Prime-Ones Augen* projiziert wurde.

Maximus fühlte sich wie ein Kind im Süßigkeitenladen. Aufgeregt betrachtete er die Anzeige vor sich: „Hauptreaktor von *Alpha-Prime-One* aktivieren: JA/NEIN".

„JA! JA! Auf jeden Fall JA!", dachte sich Maximus, aufgeregt nach einem Bedienelement suchend. Er probierte sämtliche Knöpfe aus, doch keine Reaktion. Leicht entmutigt fiel er in die

Stuhllehne zurück und schnaufte durch. Wenige Sekunden des Sammelns später kam ihm dann aber eine Idee. Er lehnte sich wieder vor und streckte seinen rechten Zeigefinger in Richtung der Anzeige, besser gesagt in Richtung „JA" aus. Die Idee kam ihm selbst komisch vor, war der Bildschirm doch viel zu weit weg, als dass er ihn berühren konnte. Aber was soll's, war ja eh keiner da, der ihn sah. Und plötzlich ...

Das „JA" auf dem Bildschirm wurde auf einmal markiert angezeigt und in der Sekunde darauf änderte sich die Anzeige erneut. Ein Ladebalken, der sich langsam füllte, und eine kleine Sanduhr, die sich munter hin und her drehte, wurden angezeigt. Maximus saß aufgeregt da und beobachtete den Ladebalken ungeduldig. „*Schon klar, das System war lange nicht mehr in Betrieb und dieser Reaktor muss sich sicher erst irgendwie warmlaufen, aber diese Warterei ist einfach UNERTRÄGLICH!*", dachte sich Maximus. So wurden Sekunden zu Minuten, und diese Minuten fühlten sich für Maximus schlicht wie Stunden an. Nach einer Weile kam es ihm vor, als würde sich *Alpha-Prime-One* einen Spaß mit ihm erlauben und den Ladebalken rückwärtslaufen lassen. Aber dann –, das leise Surren wurde lauter und von einem Moment zu nächsten gingen sämtliche Steuerelemente in der Zentrale an. Maximus schreckte aus seinem einsetzenden Halbschlaf auf und gaffte nervös auf den Bildschirm, der nun gar nicht mehr aufhörte, Informationen über *Alpha-Prime-One* auszugeben. Informationen allerdings, mit denen Maximus nicht wirklich etwas anfangen konnte, zumindest nicht in der Kürze der Zeit. Aber sei's drum, es war ein Erfolg. *Alpha-Prime-One* lebte wieder. Zufrieden ließ sich Maximus in den Stuhl zurückfallen und die Szenerie auf sich wirken. Die Strapazen der letzten Wochen und Monate hatten sich wirklich gelohnt, er hatte es geschafft. Er hatte den verlorenen Wächter tatsächlich gefunden. Doch was jetzt? Seelenruhig saß er da und überlegte seine nächsten Schritte, bis ihm die Augen zu schwer wurden und Maximus in einen wohlverdienten Erholungsschlaf entschlummerte.

„1. März 2185; 1. Eintrag Cäsar Claudius: Die Maßnahmen nach den Unruhen im Jahre 2183 waren nicht von Erfolg gekrönt. Mein Onkel Kanzler Markus wurde gestürzt und für seine Schwäche zur Verantwortung gezogen. Die Unruhen wuchsen zu einem Bürgerkrieg heran, dem keiner Herr zu werden in der Lage zu sein schien. Unsere Bevölkerung dezimierte sich durch die anhaltenden Kämpfe von einigen Zehntausend auf knapp 1.500 Überlebende. Es blieb mir keine Wahl, als Neffe des Kanzlers, wenn auch abgesetzt, nahm ich die Befehlsgewalt an mich und ließ sämtliche Anführer der kriegsführenden Parteien hinrichten. Es ging nicht anders._

Die Gesellschaft liegt am Boden, es gibt keine Gelehrten mehr, die ihr Wissen über die alte Welt an die nächste Generation weitergeben könnten. Die große Bibliothek mit den letzten Büchern der alten Welt ist in Flammen aufgegangen. Nur wenige, unbedeutende Bücher haben das Inferno überlebt sowie ein paar Videoaufzeichnungen aus der alten Welt. Wie ich noch beigebracht bekommen habe, geht es bei den meisten dieser Werke um das alte Rom. Ein uraltes Imperium, das über die ganze bekannte Welt erfolgreich herrschte.

Ein gutes Vorbild! Als erstes Edikt habe ich angeordnet, unsere neue Gesellschaft möge auf Basis dieser historischen Aufzeichnungen aufgebaut werden. Nichts soll mehr an das Chaos vergangener Jahre erinnern. Alle nicht römischen Namen werden verboten, auch ich habe den Namen meines ersten Vorfahren Kaiser Claudius und seinen Herrschertitel ,Cäsar' angenommen. Ich bin überzeugt, wenn sich alle den neuen Gegebenheiten anpassen und einordnen, ist mein neues Imperium von ewigem Erfolg gekrönt."

„Setzen! Guten Morgen alle zusammen. Ihr heutiger Übungseinsatz läuft wie folgt ab: Mehrere unbemannte Feind-Flugobjekte, Bewaffnung unbekannt, werden Sie in einer Höhe von 1.000 bis 2.500 Meter Seehöhe angreifen. Einsatzgebiet ist das Grenzland zwischen Terrenus und der Zitadelle. Ein Herabsteigen unter die Mindesteinsatzhöhe von 1.500 Meter Seehöhe ist nicht gestattet. Ziel ist es, alle feindlichen Flugobjekte binnen dreißig Minuten auszuschalten, ohne einen Wächter zu verlieren. Die heutige Übung erfolgt mit scharfer Munition. – Alexander, Grixus, ich hoffe für Sie beide, dass Sie sich gut auf die heutige Übung vorbereitet haben. Sie wissen, was für Sie auf dem Spiel steht!", gab Colonel Meyer an die versammelte Wächtermannschaft aus. Alle hockten still da und nickten zustimmend.

Die allgegenwärtige Anspannung war deutlich zu spüren, als Colonel Meyer und kurz darauf Vespa-Antonia und Lucius schnellen Schrittes den Raum wieder verließen. Luzilla, Nerwa und Alexander sahen sich besorgt an. Nur Grixus grinste wie gewohnt vor sich hin. *„Was führt er bloß im Schilde?"*, dachte sich Alexander, als er zu Grixus hinübersah, der sich aus seinem Stuhl erhob und arroganten Schrittes an Alexander herantrat.

„Ich hoffe, du bist bereit für deinen letzten großen Auftritt, du Held. Aber keine Sorge, ich werde mich schon um deine Kleine zu kümmern wissen!", flüsterte er Alexander ins linke Ohr. Alexander ballte seine Fäuste so stark er konnte und biss sich fast die Zunge ab. *„Jetzt nur nicht ausbrechen, nur nicht ausbrechen! Bleib ruhig. Lass dich von diesem sinnlosen Arsch nicht provozieren!"*, sagte er in Gedanken zu sich selbst. Grixus merkte, wie sich Alexander mit aller Kraft zurückhielt, und genoss es sichtlich. Mit stolzer Brust drehte er sich zu Luzilla und Nerwa, lächelte die beiden mit seinem schmierigen Grinsen an und warf ihnen noch einen Handkuss zu „Meine Damen, wir sehen uns später!", bevor auch er den Raum verließ.

„Was für ein arrogantes, widerliches, ekelhaftes, mieses, abscheuliches Arschloch!", stieß Nerwa verärgert aus. „Beruhige dich, Nerwa!", mahnte Luzilla. „Wir müssen jetzt einen klaren Kopf bewahren. Sonst passiert heute noch ein Unglück." „Verdammt, wie soll ich da ruhig bleiben? Wegen diesem Arsch werden wir noch all..." „Nerwa! Lu hat recht. Wir drei müssen zusammenhalten und klar bei der Sache bleiben. Egal, was der Depp vorhat, wenn wir drei den Überblick bewahren und zusammenhalten, werden wir die Sache schon überstehen", erklärte Alexander mit ruhiger und zugleich müder Stimme. „Und was dann Alex, hmm? Was, wenn wir diesen Einsatz überstehen? Wenn wir es irgendwie schaffen, dass keiner draufgeht und keiner der Wächter im Altmetall landet –, was dann? Denkst du, wir können mit dem ganze Einsätze fliegen? Denkst du, wir können mit dem Tage, Wochen, Monate gemeinsam verbringen, ohne dass es ständig kracht?" „Ich weiß es nicht Nerwa, OK! Ich kann es dir wirklich nicht beantworten, wie es nach dem heutigen Tag weitergeht. Ich hab' keine Ahnung, ob einer von uns ab morgen auch nur in die Nähe der Wächter kommt oder wir in irgendeinem kleinen unbedeutenden Wachposten irgendwo in der Pampa unseren Dienst verrichten müssen. – Ich weiß es wirklich nicht. Das Einzige, was für mich im Moment zählt, ist, dass uns drei nichts Schlimmeres zustößt." Alexander trat näher an Nerwa heran und griff nach ihren Händen: „Nerwa, wir haben doch alles besprochen. Heute hängt es vor allem von dir ab und davon, dass du in der Kommandozentrale einen kühlen Kopf bewahrst und den Überblick behältst. Lu und ich werden unser Möglichstes tun, in der Luft zu bleiben, aber du, du Nerwa musst unbedingt diesen Bastard im Auge behalten. OK?" Nerwa blickte nachdenklich zu Boden. „Ja, schon gut! Geht klar, ich werd's schon irgendwie hinkriegen, ihn nicht gleich umzubringen." „OK, wie besprochen hab' ich gestern noch ein wenig am Kommandopult herumgebastelt. Ich hab' dir an der Unterseite der Konsole einen Knopf angebracht. Wenn du den gedrückt hältst, kannst du Grixus' Monitoranzeige auf deinem Monitor einblenden und siehst so, was er vorhat. Aber sei bitte vorsichtig, wenn du's damit übertreibst, wird's mit Sicherheit auffallen", erklärte Luzilla.

Zwei Stunden später war es dann so weit. Luzilla, Alexander und Vespa-Antonia bemannten ihre Wächter und machten sich einsatzbereit. Zeitgleich starteten Nerwa, Grixus und Lucius in der Kommandozentrale ihre Systeme und richteten sich für den Einsatz entsprechend ein.

„Vespa, alles bereit?" „Alles bereit, Lucius. *Mars* ist bereit und wartet auf dein Startkommando!"

„Lu, Test, kannst du mich hören?" „Alles verstanden, Nerwa, alle Systeme arbeiten. Bin einsatzbereit."

„Was ist los! Verdammt, bist du auch da!" „Sicher bin ich da, du Sinnloser! Ohne mich würdest du mit diesem Schrotthaufen doch nicht mal aus dem Hangartor herausfinden!"

„Einfach unfassbar", dachte sich Nerwa kopfschüttelnd und versuchte, Grixus zunächst zu ignorieren, um sich auf ihren eigenen Monitor und Luzilla zu konzentrieren. Aber auch General Quintus und Colonel Meyer, die gerade ihre Plätze hinter der Einsatzleitung einnahmen, schüttelten ihre Köpfe. „Ich dachte, Sie hätten den beiden ins Gewissen geredet, Colonel?" „Hab' ich auch, Herr General." „Na wollen wir's hoffen."

„Bereit machen. Noch dreißig Sekunden bis zum Start!", rief Colonel Meyer den Einsatzleitern zu. Sofort gaben die Einsatzleiter die Information an ihre Piloten weiter. Zumindest zwei der drei Einsatzleiter.

Einige Sekunden später öffneten sich die gewaltigen Hangartore und *Mars* setzte sich als erster in Bewegung. Ihm folgend *Daimos* und *Fobos*. Vor dem Hangar angelangt startete *Mars* umgehend seine Schubdüsen und stieß mit einem Satz in die Höhe. Die beiden anderen Wächter folgten wieder. Alexander behielt die beiden anderen genau im Auge und versuchte, einen gewissen Sicherheitsabstand zu halten. Zumindest so weit es ihm aus seiner Perspektive möglich war. Aufgabe der Piloten war vor allem die direkte Kontrolle der Wächter. Also die Steuerung der Waffen in Fern- und Nahkampf. Navigation und Einschätzung der Lage waren Aufgabe der Einsatzleiter.

„OK Vespa, du bist jetzt auf 2.500 Meter. Halte diese Höhe!" „Verstanden!", verständigte sich die *Mars*-Mannschaft professionell.

„Lu, bleib auf Höhe von *Mars*. Warten wir mal ab!" „Alles klar, wird gemacht! – Warte, Nerwa. Alex ist gerade an mir vorbeigeschossen."

Nerwa drehte sich zu Grixus, der gelangweilt in die Gegend gaffte: „Verdammt, was ist los mit dir! Würdest du wohl gefälligst aufpassen und mitarbeiten!" „Reg dich ab, Schätzchen. Dachte, dein Superheld wäre so toll und schafft das alleine", erwiderte Grixus hämisch. Nerwa schüttelte verärgert den Kopf.

„Hey du Superheld, wo willst du hin? Warte mal auf die anderen, wie wär's?!" Alexander stoppte *Fobos* und richtete ihren Kopf nach unten aus, um die anderen zu sehen. „Was zum ... Grixus, was soll das? Es ist deine Aufgabe, mir zu sagen, wann ich Schub wegnehmen muss und wo ich genau bin!" „Ach, ich dachte, du bist so ein toller Wächterpilot –, du schaffst das sicher alles alleine." „Verdammt, führ' dich nicht auf wie ein kleines Kind und mach deine Arbeit! Ich habe keine Lust, deinetwegen abzustürzen!" „Schön, dass du einsiehst, dass du ohne mich aufgeschmissen bist! Dreh dich mal lieber um und sieh nach oben."

Alexander wendete *Fobos* erneut und sah von oben herab kommend eine Flotte von mindestens zehn Flugobjekten. Dies mussten die auszuschaltenden feindlichen Einheiten sein.

„Aktiviere Primärwaffe", erklärte Alexander und machte sich bereit. „Na dann zeig, was du kannst –, du Superheld!", stichelte Grixus.

Fobos richtete seine riesige Kanone in den Himmel und eröffnete umgehend das Feuer. Ein gewaltiger, grün leuchtender Plasmastrahl fuhr aus der Kanonenmündung und schlug unmittelbar danach in sein Ziel ein. Eine kleine Explosion in der Ferne signalisierte Alexander den Treffer. Und plötzlich zogen ein grellroter und ein tief blauer Plasmastrahl an Alexanders *Fobos* vorbei in Richtung der sich nähernden Flugobjekte.

„Ich übernehme die drei zur Linken, Vespa kümmer' du dich um die drei rechts!" „Alles klar!"

Daimos und *Mars* schossen an *Fobos* vorbei und feuerten aus allen Rohren. Der Himmel leuchtete in allen Farben. Ein Feindflugkörper nach dem anderen explodierte in einem großen Feuerball. Trümmerteile regneten herab und flogen an den drei Wächtern vorbei, die immer mehr damit beschäftigt waren, den Teilen auszuweichen. Es dauerte kaum neunzig Sekunden, bis alle Ziele ausgeschaltet waren. Doch den drei Wächtern blieb keine Zeit zu verschnaufen. „Achtung! Die zweite Salve kommt von Süden. Noch vier Kilom..." „Eine weitere Salve kommt aus Nord-Ost. Sie ist noch drei Kilometer entfernt!", fiel Lucius Nerwa ins Wort, die ihm daraufhin zustimmend, dankbar zunickte. Danach drehte sie sich zur Linken, wo Grixus völlig desinteressiert dasaß und ins Leere gaffte. „Dir geht das völlig am Arsch vorbei, oder?", fragte sie Grixus abwertend. „Ach, ihr macht das sooo souverän und mein Partner ist sooo ein toller Pilot, mein zweitklassiges Zutun wäre doch völlig überflüssig", antwortete Grixus sarkastisch. Lucius schüttelte nur den Kopf und versuchte, sich auf seine Arbeit zu konzentrieren. „Du bist doch ein ..." „Nerwa! Lass ihn, wird schon sehen, was er davon hat. Hilf mir und konzentriere dich auf den Monitor!", bremste Lucius Nerwa entnervt. Nerwa nickte Lucius erneut zu und wendete sich wieder ihrem Monitor zu. „Schon gut. Ich seh' schon, ohne mich endet das hier mal wieder in einer Katastrophe", stichelte Grixus weiter und wendete sich dann auch mit gelangweiltem Blick seinem Monitor zu: „Hey, du Superheld! Lebst du noch? Wenn es dir noch nicht aufgefallen ist, da kommen ein paar Gegner auf dich zu. Wie wär's, wenn du mal deine Sekundärwaffe ausfährst. Zeig mal, was du kannst."

Gut sechzig Feindflugkörper griffen beinahe zeitgleich die Wächter an. Sie wie die erste Salve bereits von Weitem mit den Kanonen abzuschießen war, nicht mehr möglich. Wie Fliegen kreisten die circa einen Meter großen Drohnen um die Wächter herum und beschossen sie mit kleinen, aber schnell feuernden Energiewaffen. Der dicken Brust-, Arm- und Beinpanzerung der Wächter konnten diese Waffen nichts anhaben. Zumindest nicht bei kurzem Beschuss. An den weniger gepanzerten Stellen hingegen, an den Gelenken, den außen liegenden Hydraulikkomponenten oder dem Kopf, konnten mehrere Treffer auf einmal äußerst gefährlich werden. Für die Wächter hingegen war es ein Leichtes, eine der Drohnen abzuschießen. Zumindest, was die Feuerkraft der Wächter betraf. Hier genügte ein gezielter Schuss. Jedoch musste man die kleinen, extrem wendigen und äußerst schnellen Drohnen erst einmal anvisieren und erwischen.

Alexander wurde regelrecht schlecht, als er Grixus' Stimme hörte, dennoch hatte dieser recht. Alexander aktivierte auf seiner Konsole seine Sekundärwaffe und packte geschwind die

Steuerelemente mit beiden Händen, um die Waffe entsprechend auszurichten. Mit einem Ruck der linken Hand fuhr *Fobos* seine fünf Meter lange Klinge aus dem linken Arm aus. Die anderen Wächter taten es Alexander gleich.

Im nächsten Moment stürmten alle drei Wächter auf die sich nähernden Drohnen ein. Alexander riss den linken Arm herum, worauf auch *Fobos* seine Klinge schwang und so mit einem Hieb drei Drohnen ausschaltete. Zugleich stieß *Mars* mit seiner Klinge dicht an *Fobos'* Hüfte vorbei und erledigte zwei weitere Drohnen. *Daimos* deckte den beiden den Rücken und wirbelte mit seiner Klinge, einem riesigen Krummsäbel, in der Luft herum, wodurch er auf einmal gut zehn Drohnen eliminierte. Es dauerte so nur wenige Sekunden, bis sie die Angriffswelle abgewehrt hatten. Doch kaum explodierte die letzte Drohne, sah Luzilla bereits die nächste Welle anrücken: „Achtung! Da kommt die nächste Welle aus Richtung Süd-Süd-West!"

Kaum ausgesprochen, flogen auch schon unzählige Raketen auf die drei Wächter zu. Wie eine riesige Welle im Himmel kamen die Geschosse auf sie zu. Da wendete Alexander *Fobos* und lud seine Kanone auf volle Leistung. „Aufpassen!", schrie er und drückte den Abzug, woraufhin ein großer Plasmastrahl aus der Kanone auf die sich nähernden Raketen zuschoss. Ein Volltreffer! Die Detonation einer der Raketen löste eine Kettenreaktion aus, die auch die anderen Raketen explodieren ließ. Eine gigantische Feuerwolke war die Folge, die sich nun vor den drei Wächtern auftürmte. Es war ein spektakulärer Anblick, dem sich die drei hingaben.

„Hey! Was ist los! Pass gefälligst auf!", brüllte Grixus überraschend aufmerksam in sein Mikrofon. Alexander schreckte auf und sah, wie zahlreiche feindliche Drohnen durch die Feuerwolke durchstießen. „OK Leute, ausrichten! Die schaffen wir. Grixus –, danke. Gute Arbeit!", zwang sich Alexander lobend in Richtung Grixus ab. Eine leise Hoffnung, der Tag könne doch gut ausgehen und Grixus würde sich nun etwas benehmen, stieg in Alexander auf.

Als eingespielte Einheit erledigten die drei Wächter einen Angreifer nach dem anderen. Griff der eine an, deckte ihm der andere den Rücken. Auch die drei Einsatzleiter arbeiteten nun alle gemeinsam und unterstützten die Piloten perfekt. Grixus leitete Alexander von einem Ziel zum nächsten. Das Team stand kurz vor dem Sieg. Alexander stand unter Feuer, konzentriert auf Grixus' Anweisungen schwang er *Fobos'* Klinge von einer Seite zur anderen und feuerte gleichzeitig mit *Fobos'* Kanone. Langsam aber doch lichtete sich so das Feld der Angreifer. Luzilla und Vespa kamen langsam wieder zum Durchatmen.

Auch in der Kommandozentrale wurde das laute Anweisungsgebrüll weniger. Nerwa blickte auf und warf erneut einen Blick auf Grixus. Dieser starrte weiter gebannt auf seinen Monitor und gab Alexander genau Anweisung. Da schrie Lucius plötzlich erleichtert auf: „Na also, das war's!" Nerwa wendete sich wieder ihrem Monitor zu.

„Alexander! Einsatz Sekundärwaffe, links, hundertachtzig Grad! Jetzt!", schrie Grixus in sein Headset. „Was?!", entgegnete Lucius verwirrt.

Alexander zögerte keine Sekunde und riss seinen linken Arm nach hinten, woraufhin auch *Fobos* mit seiner Klinge nach links hinten zustieß. Alexander sah jedoch nicht, was er da angriff. *Fobos'* Klinge stieß nach hinten und bohrte sich unter lautem Dröhnen nicht in die letzte, schon beschädigte Drohne, sondern in *Mars'* untere Rückenpartie. *Mars* gab gerade *Fobos* Rückendeckung und machte sich bereit, die letzte Drohne endgültig auszuschalten.

Alexander merkte sofort, das war nicht das richtige Ziel. Ruckartig zog er *Fobos'* Klinge zurück und wendete ihn. Da sah Alexander, was er angerichtet hatte, und verfiel in Schockstarre. Während er zusehen musste, wie Vespa mit ihrem *Mars* wie ein Stein zu Boden raste. Ganz offensichtlich durchbohrte *Fobos'* Klinge *Mars'* Reaktor, weshalb sämtliche seiner Systeme ausgingen und er jeglichen Auftrieb verlor.

Auch Luzilla beobachtete entsetzt die Szenerie. Als sieh sah, wie *Mars* zu Boden ging, sammelte sie sich und stieß mit *Daimos* hinunter, *Mars* hinterher, und versuchte, ihn am Arm zu packen, um den Fall auszubremsen. Sie schaffte es, *Mars* am linken Arm zu greifen, und aktivierte ihre Schubdüsen auf volle Energie. Der Erfolg jedoch ... „Lu, Lu! Hör auf! Das bringt nichts. Deine Schubdüsen sind zu schwach, um *Daimos* und *Mars* zu tragen. Er wird dich mit hinunterreißen. Du kannst Vespa nicht helfen. Tut mir leid", erklärte Nerwa mit Tränen in den Augen. Verzweifelt, resignierend löste Luzilla schließlich *Daimos'* Griff und blickte wie Alexander *Mars* nach. In den nächsten Sekunden folgte eisige Stille. Bis auf Lucius, der verzweifelt in sein Headset nach Vespa brüllte, ohne Antwort zu erhalten. Schließlich konnte es Nerwa nicht mehr ertragen, riss sich ihr Headset vom Kopf, eilte zu Lucius, um auch ihm sein Headset abzunehmen, und schloss ihn von hinten tröstend in die Arme. Nerwa legte ihren Kopf an Lucius' linke Schulter und richtete so ihren Blick in Richtung Grixus. *„Was zum ..."*, schoss ihr durch den Kopf. Entdeckte sie da ernsthaft ein leichtes Schmunzeln in Grixus' Visage? Jedenfalls saß er seelenruhig da, die Hände vor den Mund geschlagen. Vermeintlich, um seine Mimik zu verbergen. Nerwa runzelte die Stirn, wollte sich in erster Linie aber um Lucius kümmern und wendete ihren Blick ab.

Es dauerte noch weitere, ewig erscheinende fünf Sekunden, bis *Mars* auf dem Boden aufschlug. Luzilla und Alexander konnten keinen Knall hören, auch sahen sie keine Explosion oder Flammen aufsteigen. Nur eine riesige Staub- und Rauchwolke, die sich wabernd in die Höhe reckte, sowie unzählige Wrackteile, die wie Geschosse durch die Luft geschleudert wurden.

Luzilla zögerte nicht lange und setzte zur Landung an der Absturzstelle an: „Alex! Komm schon!" Alexander stand nach wie vor unter Schock, versuchte sich jedoch irgendwie zu sammeln und Luzilla nachzufliegen. Zeitgleich gingen in der Kommandozentrale sämtliche Alarmglocken an und ein Rettungsteam sowie ein Löschkommando setzten sich in Bewegung und rückten in Richtung der Absturzstelle ab.

Eine unfassbare Szenerie des Grauen bot sich Luzilla und Alexander, als sie verzweifelt Vespas Name riefen. Wrackteile, wohin man auch blickte. Wo *Mars* aufgeprallt war, klaffte ein großer Krater, der Wächter selbst war in tausende Teile zerborsten. Kleinere Brände an umliegenden Büschen und Bäumen legten die Szenerie in wallende Rauchschwaden. Luzilla versuchte, irgendwie die Trümmerteile zu identifizieren, um Vespa zu finden, doch ohne Erfolg. Alexander drehte sich dreihundertsechzig Grad herum und kam schließlich zur Erkenntnis, dass Vespa verloren war. Entmutigt ging er zu Luzilla und zog sie an der Hüfte zurück und an sich heran. In tiefer Trauer standen die beiden in fester Umarmung da, als die Rettungsmannschaften eintrafen und die beiden zuerst evakuierten.

Aufgekratzt hechtete Nerwa in den Hangar, als der Rettungstransporter mit Alexander und Luzilla eintraf. Langsam und sichtlich benommen stiegen Alexander und Luzilla aus der Kabine. Nerwa rannte ohne zu zögern auf die beiden zu und fiel ihnen um den Hals: „Alex, Lu, seid ihr in Ordnung? Geht es euch gut?" Alexander war nicht in der Lage, Nerwa zu antworten. Auch Luzilla tat sich sichtlich schwer, auch nur einen Ton von sich zu geben: „Uns ist nichts passiert. Danke. Aber ..." „Ich weiß", unterbrach Nerwa mit ruhiger Stimme: „Kommt, wir sollen in unserer Unterkunft auf weitere Anweisungen warten." So führte Nerwa die beiden langsam aus dem Hangar.

Kurz darauf fanden sich die drei vor der Tür zur Mannschaftsunterkunft wieder. Lucius, der das Geschehene noch immer nicht verarbeiten konnte, saß zutiefst geschockt auf seinem Bett und starrte mit leerem, ausdruckslosem Blick zu Boden. Auf der anderen Seite lag Grixus seelenruhig auf seinem Bett, die Arme hinter dem Kopf verschränkt, die Beine entspannt hochgelagert.

Als Alexander zur Tür hineinblickte und Grixus so entspannt und gelassen auf seinem Bett liegen sah, fielen in ihm sämtliche Hemmschwellen. Sein Blut kochte und stieg ihm zu Kopf. Bebend vor Wut löste er sich aus Nerwas und Luzillas Griff und stürmte in den Saal.

„Du verdammtes ARSC...!", stieß er wutentbrannt aus, als er wie ein Berserker auf Grixus zustürmte und ihn am Kragen packte. Selbst als ihn Alexander mit aller Kraft aus dem Bett riss und vor sich festhielt, behielt Grixus sein stoisches, überhebliches Grinsen.

„Wieso verdammt?! Wieso hast du mir nicht gesagt, dass sie hinter mir war?! Wieso, du mieser Scheißkerl?!", schrie Alexander Grixus mit Tränen in den Augen an. Grixus fixierte Alexander mit den Augen und grinste ihn teuflisch an: „Was ist los mit dir, du Superheld, sind wir nicht ein unschlagbares Team?". Dann lehnte er sich vor und flüsterte Alexander weiter zu: „Soll ich dir was sagen? Eigentlich hab' ich geplant, dass es deine Kleine erwischt. Aber was soll's, man kann nicht alles haben."
Alexander erstarrte zu Eis. *Was hat er da gesagt? Wie um alles in der Welt hat er das gemeint? Will mich der nur provozieren?* Alexanders Gedanken rasten und gleichzeitig stieg die Raserei in ihm ins Unermessliche.

Alexander schrie aus voller Kehle und riss Grixus von den Beinen. Er drückte ihn mit aller Kraft zu Boden und schlug mit der Rechten auf sein hämisches Grinsen ein. Viermal, fünfmal, sechs –, ohne auch nur Luft zu holen, reagierte sich Alexander an Grixus ab, der unbeeindruckt weiter vor sich hin grinste. Und auch, wenn Grixus' Augen langsam zuschwollen und ihm sein Blut aus Mund und Nase schoss, konnte es ihm sein Grinsen, das Alexander nur immer weiter anzuheizen schien, nicht ausschalten. Luzilla und Nerwa, zugleich überrascht wie auch entsetzt von Alexanders Ausbruch, standen wie angewurzelt da, unfähig, irgendwie in die Szene einzugreifen.

Alexander schlug gut dreißigmal auf Grixus ein, als plötzlich ... „Achtung!! Sofort aufhören und stillgestanden!", Zenturio Grachus stand breitbeinig in der Tür, die Arme in die Hüften gestemmt. Luzilla, Nerwa und Lucius reagierten sofort und nahmen Aufstellung. Alexander jedoch nicht. Es schien fast, als hätte er den Zenturio nicht einmal wahrgenommen, so unbehelligt schlug er weiterhin auf Grixus ein. „Verdammt nochmal, hören Sie gefälligst auf oder ich mache mit und dann werden Sie schon sehen, was Sie davon haben!", schrie der Zenturio, packte Alexander am Genick und riss ihn nach hinten. „Und jetzt stillgestanden! SOFORT!!" Alexander, noch immer knallrot im Gesicht, schüttelte den Kopf, sah den Zenturio, sprang auf und nahm Haltung an. „Ab mit ihnen zur Krankenstation! Lassen

Sie sich verarzten. Danach melden Sie sich umgehend bei Colonel Meyer. Los!", befahl Zenturio Grachus in Richtung Grixus. Dieser richtete sich auf, wischte sich über seinen blutenden Mundwinkel und spuckte einen großen Blutpfropfen auf den Boden. Selbst jetzt noch war ihm sein hämisches Grinsen nicht vergangen. Doch musste auch er sich eingestehen, dass Alexanders Prügel Wirkung zeigten, als er benommen zur Tür hinaus taumelte. „Und wehe, Sie beschmieren die Wände mit Ihrem dreckigen Blut!", schrie Zenturio Grachus abwertend hinterher.

„Und nun zu Ihnen", wendete er sich Alexander zu. „Zenturio, ich ..." „Schweigen Sie!", unterbrach der Zenturio Alexander: „Sie melden sich sofort beim Colonel! Er wartet auf Sie in der Kontrollzentrale! Los!"

„Zenturio! Alexander kann nichts dafür! Grixus, er ...", platzte Nerwa hervor. „Sie halten sich raus! Alexander, Sie haben Ihre Befehle", schloss Zenturio Grachus und verließ den Saal schnellen Schrittes wieder.

Alexander zögerte nicht und ging dem Zenturio nach. „Alex!", rief Luzilla ihm nach. Alexander drehte sich zu ihr um und blickte sie mit betrübtem Blick an. Er sagte kein Wort und setzte seinen Weg fort. Die anderen drei blieben ratlos in der Unterkunft zurück.

„Und jetzt?", wandte sich Nerwa ratlos an Luzilla. „Wir können gar nichts weiter machen", sagte Luzilla entmutigt. Alexanders Blick sagte ihr mehr als tausend Worte.

„1. Oktober 2185: Mein neues Imperium entwickelt sich hervorragend. Einige wenige kritische Stimmen wurden ausgemerzt. Und die Gesellschaft unseres „Neu Roms" hat alle Maßnahmen dankend angenommen. Um einen sicheren und ordnungsgemäßen Übergang in unser neues System zu gewährleisten, habe ich eine neue Sicherheitsbehörde nach Vorbild der historischen Videoaufzeichnungen ins Leben gerufen. Unsere Einheiten von Prätorianern patrouillieren vorbildlich durch unsere kleine heile Welt und sorgen für ordnungsgemä-

ße Ruhe. Kriminalität gehört der Vergangenheit an. Einzelne Ruhestörer wurden und werden von den Prätorianern in Gewahrsam genommen und dürfen sich zur Unterhaltung aller, nach historischem Vorbild, in unserer neuen Arena im Kampf gegeneinander beweisen.
Für eine gesunde und stabile Gesellschaft! Es lebe Neu Rom!"

Schuldbewusst, mit gesenktem Kopf, nahm Alexander vor Colonel Meyer Aufstellung: „Es tut mir leid, Colonel, ich kann es mir nicht erklären wie das passieren konnte." „Ach nein, können Sie nicht? Ihre blutigen Fingerknöchel sagen etwas anderes", konterte Colonel Meyer. Alexander sah sich seine Hände an. Es war ihm vor lauter Aufregung und Raserei gar nicht aufgefallen, dass er sich seine Knöchel an Grixus' Gesicht aufgeschlagen hatte. Einen leichten Schmunzler der Genugtuung konnte Alexander nicht unterdrücken. Auch Colonel Meyer fiel das Schmunzeln in Alexanders Gesicht auf. „Ich weiß, Sie und Grixus hatten von Anfang an Ihre Schwierigkeiten. Und dass es für Sie nicht einfach war, mit ihm zusammenzuarbeiten, steht außer Frage. Doch spricht Sie das nicht von aller Schuld frei." Der Colonel machte eine Pause, seufzte enttäuscht und fuhr fort: „Gehen Sie zurück zu den anderen, Alexander. Ich komme später auf Sie zurück."

Sichtlich mit der Situation überfordert, taumelte Alexander perplex aus der Kommandozentrale und stolperte den Gang entlang zurück in Richtung Unterkünfte. Alexander war schon fast am Saal angelangt, als am anderen Ende des Ganges Grixus, aus der Krankenstation kommend, um die Ecke bog und auf ihn zukam. Alexander blieb stehen und blickte Grixus in seine geschundene Visage. Grixus' linkes Auge war komplett verschwollen. Ein kleines Pflaster auf der Nase verbarg offenbar eine Nahtstelle. Die Nase war bestimmt gebrochen. Beide Backen waren aufgedunsen und hellrot strahlend. Grixus' Oberlippe war rechts der Nase eingerissen.

„Das muss aber mal weh tun!", ging Alexander schlagartig durch den Kopf. Mitleid war ihm in diesem Moment völlig

fremd. Im Gegenteil stieg es Alexander wieder hoch, als er sah, wie der immer näherkommende Grixus nach wie vor sein bescheuertes Grinsen nicht abgelegt hatte.

Alexander blieb stehen, als Grixus wenige Schritte vor ihm war. Die beiden fixierten sich mit ihren Blicken. Grixus kam sicheren Schrittes weiter auf Alexander zu. „Na, Superheld. Nicht weinen, das war's noch lange nicht." „Hey Grixus. Na, zwickt was im Gesicht?", konnte sich Alexander nicht verkneifen zu kontern.

Grixus blieb an Alexanders linker Schulter stehen und flüsterte weiter: „Wart's ab Kleiner, jetzt geht's erst richtig los."

„Glaubst du, hmm? Mach dir keine Illusionen, Grixus, für dich ist hier Endstation. Freu' dich schon mal drauf, irgendwo in der Pampa für den Rest deines Lebens Toiletten zu schrubben." „Du hast recht, Kleiner: hier ist Endstation. Aber mit Sicherheit nicht nur für mich. Die Welt ist im Wandel, Alexander, und dieser Verein hat darin keinen Platz mehr. Wirst schon sehen, was auf dich und deinen antiquierten Protz-Roboter zukommt", schloss Grixus und ging langsam, wie immer hämisch grinsend, weiter.

Alexander stand noch einige Sekunden da. *Was sollte das wieder heißen? Wie hatte er das gemeint: Die Welt ist im Wandel? Was hat der schon wieder vor?"*

„Geh zurück in die Unterkunft, schließ deine beiden Schlampen in die Arme und genieße deine letzten ruhigen Minuten. – Vertrau mir, hahaha!", rief Grixus Alexander noch nach, bevor er um die Ecke in Richtung Kommandozentrale bog.

Nachdenklich, verwirrt und zugleich angewidert von Grixus ging Alexander weiter in die Unterkunft, wo Luzilla und Nerwa bereits ungeduldig auf ihn warteten, um zu erfahren, was Colonel Meyer zu ihm gesagt hatte. Aber was sollte Alexander darauf bloß antworten?

Alexander trat durch die Tür und sofort fiel ihm Luzilla um den Hals: „Hey, sag, was war? Was hat der Colonel gesagt?" Alexander zögerte ein wenig und antwortete dann ruhig: „Nichts."

„Wie, nichts? Hat er keine Erklärung zum Ablauf von dir verlangt?", fragte Nerwa ungeduldig, die Luzilla zur Rechten stand. „Nein. Nichts dergleichen. Er hat mich absolut nichts gefragt. Ich weiß nicht, warum." „Vielleicht weiß er ja, dass Grixus Schuld daran hat, und macht ihn jetzt gleich fertig", folgerte Luzilla etwas erleichtert. „Na und!? Was tut das zur Sache, wer schlussendlich Schuld daran trägt? Das bringt Vespa auch nicht wieder!", schrie Lucius verzweifelt, der wieder auf seinem Bett saß, die Hände vors Gesicht geschlagen.

Alexander, Luzilla und Nerwa sahen Lucius betroffen an. An keinem der Anwesenden waren die Ereignisse emotionslos vorbeigezogen. Doch waren Alexander, Luzilla und Nerwa die Gefühle, die Lucius und Vespa für einander hegten, nicht entgangen, und sie fühlten mit Lucius.

„Lucius, ich ...", Alexander löste sich aus Luzillas Umarmung und trat an Lucius' Bett: „Ich weiß nicht, was ich sagen soll. Es tut mir leid ich, ..." „Spar's dir, OK? Spar's dir. Ich weiß, dass es ein Unfall war und nicht deine Absicht. Ich will dir auch glauben, dass Grixus einen erheblichen Teil dazu beigetragen hat. Aber Alexander –, erwarte ja nicht, dass ich einfach so darüber hinwegsehen kann, dass du es warst, der *Fobos* steuerte und *Mars* vom Himmel holte. Ob es dir gefällt oder nicht, ob es dir leid tut oder nicht –, du bist für Vespas Tod verantwortlich."

Lucius' Worte trafen Alexander wie ein Hammerschlag. Er erstarrte zu Eis und saß kreidebleich neben Lucius auf dem Bett, als Luzilla und Nerwa an die beiden herantraten. Luzilla legte ihren Arm tröstend um Alexanders Schultern. Nerwa stand daneben und versuchte, irgendwie zu beruhigen: „Lucius, Alexander kann wirklich nichts dafür, du warst doch auch in der Kommandozentrale und hast gesehen wie ..." „Hör auf, Nerwa! Lass es gut sein! Ich habe alles gesagt, was ich dazu zu sagen habe. Es ist Alexander, der damit zurechtkommen muss", antwortete Lucius niedergeschlagen. „Ja aber ..." „Nerwa, es ist OK. Lucius hat recht", bremste Alexander Nerwa ebenso niedergeschlagen.

Plötzlich durchbrach lautes Sirenengeheul die Stille. Alle vier schreckten, ohnehin mit den Nerven bereits am Ende, auf und sahen in Richtung Tür. Am Gang blickten die Alarmleuchten hektisch grellrot auf. „Was ist jetzt schon wieder?", fragte Lucius mit lauter und zugleich verzweifelter Stimme.

Aufgeregt gingen alle vier zur Tür. Doch kaum streckte Nerwa ihren Kopf hinaus, kamen ihr bereits zwei schwer bewaffnete Wachen entgegen und drängten sie wieder zur Tür hinein. „Was soll das! Was ist hier los?", stieß Nerwa aufgeregt aus. Eine der beiden Wachen antwortete mit bestimmendem Tonfall: „Bitte bewahren Sie Ruhe und bleiben Sie hier. Wir haben Befehl, Sie hier festzusetzen." „Was?! Warum? Was ist passiert?", fragte Luzilla nervös. „Es gab einen Anschlag auf Colonel Meyer. Mehr kann ich Ihnen nicht dazu sagen." „Was?! Wie geht es dem Colonel?", versuchte Alexander den Wachsoldaten auszufragen. „Ich wiederhole! Ich kann Ihnen nicht mehr dazu sagen! Und jetzt beruhigen Sie sich bitte! Einer Ihrer Vorgesetzten wird Sie in Kürze weiter aufklären!"

Keiner verlor mehr ein Wort. Die beklemmende Stille im Saal hatte ein neues Level erreicht. Alexander und Luzilla saßen auf Alexanders Bett und lagen sich ängstlich in den Armen. Auch Lucius ließ sich wieder, emotional am Ende, auf seinem Bett nieder. Nur Nerwa fand keine Ruhe. Aufgekratzt ging sie auf und ab und murmelte vor sich hin: „Verdammt, verdammt, verdammt. Was zum, wahhh … was soll bloß, …"

So vergingen die Minuten. „Wo ist eigentlich Grixus?", warf Nerwa auf einmal in den Raum. Alexander und Luzilla sahen sich wortlos an, um danach sofort wieder ineinander zu versinken. Nerwa blickte die beiden an und resignierte daraufhin: „Ah ja." Nervös ging sie weiter auf und ab, bevor sie ein paar Sekunden später wieder stehenblieb und sich den Wachsoldaten zuwendete: „Hey ihr zwei, wenn es klar ist, dass es um Grixus geht, warum werden wir alle hier festgehalten?" Die beiden Wachsoldaten verzogen keine Miene und blieben stumm. „Hallooo?!" Nerwa war genervt: „Wahhhh!" Eine Stunde später erst erschien plötzlich Zenturio Grachus in der Tür. „Achtung!" Die beiden Wachsoldaten zuckten zusammen und nahmen schlagartig Haltung an. Alexander und Luzilla blickten bekümmert auf. Nerwa blieb stehen und blickte nach Antworten lechzend den Zenturio an. Nur Lucius wollte von all dem nichts mehr wissen, er drehte sich deprimiert um und schloss die Augen.

„Also, was ist passiert, Zenturio? Wo ist Grixus?", fragte Nerwa ungeduldig. Zenturio Grachus stand ruhig da, ohne auf Nerwa einzugehen, und sah sich im Raum um. „Alexander, Sie haben sowohl Colonel Meyer als auch Grixus als Letzter gesehen. Haben Sie mir irgendetwas zu berichten?"

Mit einem Mal wich sämtliche Trauer und Unsicherheit aus Alexanders Blick und seine Miene versteinerte: „Was hat er getan?" „Colonel Meyer wurde soeben tot in der Kontrollzentrale aufgefunden. Er wurde von vorne mit einem Messer erstochen." „Und was wollen Sie dann von uns? Suchen Sie Grixus? So schnell kann er sich ja wohl nicht aus dem Staub machen, oder?", fuhr Nerwa dazwischen. „Nun, Herr Lukas Grixus ist zurzeit unauffindbar. Die Suche nach ihm ist im Gange. Da Sie, Alexander, Herrn Lukas Grixus und auch den Colonel als Letzter gesehen haben, ergeben aus meiner Sicht zwei Möglichkeiten. Entweder wir finden Grixus' Leichnam irgendwo hier in der Nähe oder ..." „Oder Alexander hat damit absolut nichts zu tun und Sie konzentrieren sich darauf, Grixus, den Mörder von Colonel Meyer, zu finden, und stellen ihn zur Rede!", unterbrach Nerwa verärgert. „Wir werden sehen", schloss Zenturio Grachus und drehte wieder in Richtung Tür. Er war schon halb zur Tür hinaus, da warf ihm Alexander mit leiser Stimme in den Rücken: „Grixus kam mir auf dem Gang entgegen, als ich auf dem Weg zurück in die Unterkunft war. Er machte mir gegenüber seltsame Andeutungen, dass sich die Welt wandeln würde und irgendwas auf das Wächterprogramm zukommen würde. Ich habe mir nicht viel dabei gedacht und ging weiter." Der Zenturio drehte sich wieder um und sah Alexander etwas ungläubig an. „Mit welchem Messer wurde der Colonel überhaupt erstochen, Zenturio Grachus?", fragte Luzilla. „Wir haben keine Tatwaffe gefunden. Der Täter hat die Waffe mitgenommen. Die Wundmale lassen aber auf ein kleines, circa einen Zentimeter breites Messer schließen", antwortete Zenturio Grachus. „Ein kleines Messer –, wie ein Skalpell?", fragte Alexander weiter. Zenturio Grachus riss die Augen aufgeregt auf und nickte zustimmend. „Grixus war in der Krankenstation, bevor er zu Colonel Meyer ging", fuhr Luzilla fort. „Wachen! Sofort in die Krankenstation! Keiner geht rein, keiner raus!", schrie der Zenturio die beiden Wachsoldaten aufgeregt an, die sich umgehend im Laufschritt auf den Weg machten. „Sie bleiben hier!", befahl Zenturio Grachus noch und lief dann den Wachsoldaten hinterher.

„Ich kann es nicht fassen! Warum hab' ich nichts gemerkt und ihn aufgehalten!", klagte Alexander niedergeschlagen. „Wie hättest du merken sollen, was er vorhatte, Alex? Keiner von uns hat das geahnt", versuchte Luzilla ihren Freund zu trösten. Auch Nerwa näherte sich den beiden und kommentierte: „Stimmt, Lu hat recht. Er hat sich ja auch absolut nichts anmerken lassen. Ich schätze, er ahnte, was auf ihn zukommen würde, und in einer Art Kurzschlussaktion ließ er seinen Aggressionen freien Lauf. Nur gut, dass er nicht schon auf dich eingestochen hat." Luzilla nickte und legte ihren Kopf an Alexanders Schulter. Da hob Alexander seinen Kopf: „Du hast recht." „Was? Womit?" „Warum hat er nicht gleich auf mich eingestochen? Er hasst mich, nicht den Colonel. Was bringt ihm die Ermordung des Colonels?" „Was soll das heißen, was bringt es ihm? Der Typ ist verrückt. Du wirst doch nicht glauben, dass er das alles geplant oder gar durchdacht hätte, oder?", konterte Nerwa. „Der ist doch viel zu doof, um sich so etwas auszudenken", witzelte Nerwa weiter, um die Situation etwas aufzulockern. Zustimmend nickten Alexander und Luzilla Nerwa mit sachtem Lächeln zu.

Stunden vergingen, die Nacht war bereits hereingebrochen. Unverändert saßen Alexander und die anderen da und starten untätig in die Luft, als plötzlich einer der Wachsoldaten wieder im Saal erschien. „Alexander, ich habe den Befehl, Sie zu Zenturio Grachus in die Krankenstation zu bringen. Bitte folgen Sie mir!"

Ohne zu zögern, sprangen Alexander, Luzilla und Nerwa auf. „Verzeihung, der Befehl lautete nur auf Alexander. Bitte bleiben Sie anderen hier und warten auf weitere Anweisungen." Zustimmend nickte Luzilla Alexander und Nerwa zu und ließ Alexanders Arm los. Ruhigen Schrittes folgte Alexander dem Wachsoldaten aus der Unterkunft in Richtung Krankenstation.

In der Krankenstation angekommen, wartete bereits Zenturio Grachus, hinter einer Krankenbahre stehend, die Arme hinter den Rücken verschränkt, auf Alexander. Den Blick auf die Bahre gesenkt, mit finsterer Miene. Auf der Bahre lag der Leichnam von Colonel Meyer, mit blutverschmierter Uniform. Die klaffende Stichwunde unterhalb der Rippen war eindeutig zu sehen. Alexander trat ebenfalls an die Bahre heran und betrachtete Colonel Meyer mit traurigem Blick. Langsam ließ Alexander seinen Blick über den gesamten Leichnam gleiten und musterte den Colonel genau. „Sie sagten, er wurde mit einem Skalpell erstochen. Wie kommen Sie darauf? Die Wunde sieht aus, als wäre Grixus mit einer Heckenschere auf ihn losgegangen." „Ich sagte, er wurde mit einem Skalpell ermordet. Wenn Sie genau hinsehen, werden Sie erkennen, dass der Täter mehrfach auf den Colonel eingestochen hat. So oft, dass es wie eine große Wunde aussieht." „Verstehe, aber wie kann das sein? Wie kann es sein, dass Grixus mehrfach auf den Colonel einsticht, ohne dass es irgendjemand auf dem Stützpunkt mitbekommt? Der Colonel müsste doch geschrien haben, oder?" „Colonel Meyer war alleine in der Kontrollzentrale, die schalldichten Türen waren offenbar geschlossen und auch die Fenster zum Hangar sind schalldicht. Der Täter wusste das." „Und das Skalpell? Wie kam er da so einfach dran? So ein Messer wird ja nicht einfach so herumliegen. Was sagt der Colonel dazu?" „Der diensthabende Sanitätsoffizier ist ebenfalls verschwunden." Alexander zog ungläubig seine rechte Augenbraue hoch und sah den Zenturio fragend an: „Zenturio, wie lange wollen Sie noch so tun, als wäre nicht Grixus der Täter, nach dem wir suchen?" Zenturio Grachus schüttelte enttäuscht seinen Kopf und Alexander fuhr fort: „Grixus muss geahnt haben, was nach dem missglückten Einsatz auf ihn zukommt. Colonel Meyer hatte uns gewarnt. Sein weiteres Vorgehen muss sich Grixus schon länger durch den Kopf haben gehen lassen. Ich kann mir nicht vorstellen, dass er das so schnell planen konnte. Er wusste, dass ich mit den Nerven am Ende war, und wie er mich zum Auszucken bringen konnte. Grixus ließ meine Prügel ohne jegliche Gegenwehr über sich ergehen. Er wollte auf die Krankenstation gebracht werden. Irgendwie hat er sich ein Skalpell beschafft und es unbemerkt, oder eben doch bemerkt, mitgehen lassen. Damit ist er wie befohlen zum Rapport beim Colonel erschienen. Er schloss vorsorglich die Tür, vielleicht bat sogar der Colonel darum, um mit Grixus ungestört reden zu können. Die beiden standen sich gegenüber. Der Colonel stellte Grixus zu den heutigen Ereignissen zur Rede. Grixus zückte das Skalpell, vermutlich hatte er es in seinem Ärmel versteckt und stach zu. Der Colonel ist nicht mehr der Jüngste und Grixus ist sehr kräftig. Der Colonel wird nach dem ersten Stich geschockt zu Boden gegangen sein. Grixus wusste um die Schalldichtheit der Kontrollzentrale und musste dem Colonel nicht extra den Mund zuhalten. So stach er wieder und wieder auf ihn ein, bis er sich nicht mehr bewegte. Jeder wusste, dass Grixus zum Rapport bei Colonel Meyer bestellt worden war und das Gespräch länger dauern könnte. Grixus konnte in aller Ruhe die Tatwaffe wieder einstecken, die Kontrollzentrale verlassen und – ja und, was dann? Wohin kann er sein? Wenn er zur Tür hinausspaziert wäre, wäre es spätestens den Wachen am Haupteingang oder an einem der Nebeneingänge aufgefallen. Nein, er muss sich noch irgendwo hier versteckt halten. Auf seine Chance wartend, sich davonzustehlen. Und was hat er mit dem Diensthabenden in der Krankenstation gemacht? Wenn er auch ihn getötet hat, müsste auch dessen Leichnam irgendwo am Stützpunkt versteckt sein."

Der Zenturio schnaufte tief durch: „Dr. Peter Weber. Er hatte heute Dienst in der Krankenstation. Er war es, der Grixus verarztete. Er hat auch einen Untersuchungsbericht ausgefüllt. Laut diesem Bericht benötigte Dr. Weber jedoch kein Skalpell für Grixus' Wundversorgung." „Na und?"

Zenturio Grachus drehte sich zur hinter ihm liegenden Wand. An dieser Wand, auf der linken Seite des Raums, stand ein Aktenschrank mit zwei Doppelkästen. Einem auf dem Boden und einem darüber auf Bauchhöhe. Der Zenturio ging zum Schrank und öffnete die untere Kastentüre. Darin lagen auf zwei Regalen verschiedene medizinische Utensilien: Messgeräte, Stützbandagen, Bettpfannen und vieles mehr. Auf der linken Seite des oberen Regals befand sich ein kleiner boxartiger Kasten mit eigenem Schloss. Der Zenturio deutete darauf und fuhr fort: „Alle Skalpelle und chirurgischen Werkzeuge werden in diesem Kasten aufbewahrt und der ist immer versperrt. Dr. Weber hat als einziger, momentan stationierter Chirurg, einen Schlüssel dazu." „Wollen Sie damit andeuten, Dr. Weber könnte etwas mit dem Mord zu tun haben? Was hätte er davon?" „Keine Ahnung, aber so lange wir den Doktor nicht gefunden haben, müssen wir jeder nur erdenklichen Möglichkeit nachgehen." „Ich kann mir einfach keinen Reim darauf machen, was das alles für einen Sinn haben sollte."

Ein schmaler dunkler Korridor führte nach etwa fünfzig Metern zu einem Treppenaufgang, der drei Stockwerke in die Höhe führte und so den Wächterhangar mit der Kommandozentrale verband. Über eine lange Fensterwand hatte man Blick von hinten auf *Alpha-Prime-One* und den gesamten Hangar. Als Maximus den Raum erkundete, ließ er sich an einem der Computerterminals vor der Fensterwand nieder und versuchte ihn zu starten. Ohne Erfolg. Wie an *Alpha-Prime-One*, war auch an den restlichen Anlagen des Komplexes die Zeit nicht spurlos vorübergezogen. Er wollte schon aufgeben, als er einen Kabelkanal hinter dem Terminal hinauf und durch die Wand aus der Kommandozentrale rauslaufen sah. *Das müsste doch die Stromzufuhr sein,* dachte sich Alexander und sprang aus dem Sessel auf, um dem Kanal zu folgen. Er fixierte ihn mit gespanntem Blick und eilte den schmalen Korridor entlang. Nur minimal wurde der Korridor durch vereinzelte Notleuchten erhellt. Alexander musste sich stark darauf konzentrieren, den Kabelkanal nicht aus den Augen zu verlieren. Dieser verlief den ganzen langen Korridor entlang, bis er an dessen Ende in einer Wand verschwand. Fast wäre Maximus dagegen gelaufen. Als er sich wieder orientiert hatte, erkannte er eine Tür vor sich. Er rüttelte an der Schnalle –, verschlossen. Es dauerte lange, bis sich Maximus an der Wand entlang zurück in den Hangar vorgetastet hatte, um dort nach einem geeigneten Werkzeug zu suchen, mit dem er die Tür öffnen konnte. Zwei Stunden später erst schaffte er es, die verschlossene Tür mit einer Brechstange aufzustemmen.

Maximus fand sich in einer kleinen Kammer wieder. Der Kabelkanal mündete in einem großen metallischen Kasten, der ebenfalls verschlossen war. Maximus hatte keinerlei Erfahrung mit elektronischen Einrichtungen, doch war ihm sehr wohl bewusst, dass er diesen Schrank lieber nicht mit der Brechstange aufbrechen sollte. Auf dem Kasten war ein großer roter Blitz auf gelbem Grund aufgezeichnet. Maximus wagte es nicht, daran herumzudoktern. Er wollte es schon aufgeben und die Kammer wieder verlassen, als er an der linken Seite des Kastens einen großen Hebel fand. Zögerlich näherte sich Maximus dem Hebel und griff danach. Gebannt riss er ihn nach unten und blickte sich besorgt um. Nichts passierte. Maximus trat einen Schritt zurück. Sekunden vergingen. Doch dann ertönte ein dumpfes Surren im Metallkasten, gefolgt von einem lauten Dröhnen und dann: Die Deckenleuchte der kleinen Kammer blinkte einmal auf, ein zweites Mal, ein drittes Mal. Schließlich leuchtete die Lampe konstant. Maximus drehte sich um und sah hinaus auf den Korridor. Den Rückweg zum Hangar zu finden, sollte Maximus nun erheblich leichter fallen.

Tagelang erkundete Maximus den ganzen Stützpunkt und richtete sich häuslich ein. Stück für Stück eignete er sich alles Wissen rund um *Alpha-Prime-One* im Eigenstudium an, wie er es gewohnt war. Jeden Tag verbrachte er im Hangar, um den Wächter zu säubern und zu warten. Maximus ölte die Hydraulik, putzte die Kontrollzentrale und begutachtete jeden Winkel des Wächters auf das Genaueste. Die Abendstunden verbrachte Maximus in der Kontrollzentrale. Sobald Strom durch die Leitungen floss, gingen alle Computer an und warfen unendlich viele Informationen aus. Gebannt hockte Maximus vor den Bildschirmen und studierte eine Datei nach der anderen. Von technischen Plänen des *Alpha-Prime-One* über Informationen zum

Stützpunkt bis hin zu einfachen Wartungsberichten, Maximus sog jede Information auf wie ein Schwamm. Zeitweise fühlte er sich an die Zeit zurückerinnert, als er, mit der alten Chronik auf dem Schoß, im kaiserlichen Amtszimmer vor dem Kamin saß und die Geschichte von Terrenus studierte. Er musste schmunzeln, als er daran dachte, wie viel Zeit seitdem bereits vergangen war und was sich alles seitdem in seinem Leben verändert hatte. Unweigerlich kamen Maximus dabei auch Bilder aus seiner Schulzeit in den Sinn und er fragte sich, wie es wohl Alexander zurzeit erginge. *Ob es ihm gut geht? Ist er nun Wächterpilot?* Maximus' Gedanken rasten und überschlugen sich, schier simultan zu den Grafiken und Informationen auf den Bildschirmen vor ihm. Maximus' Augen folgten automatisch jeder neuen Zeile, die vor ihm erschien. Intuitiv beurteilte er, welche Informationen für ihn zurzeit interessant waren und genauerer Aufmerksamkeit bedurften, und welche er sich für später aufheben konnte. So sondierte er jede einzelne erscheinende Seite im Sekundentakt.

Bereits nach wenigen Abenden in der Kommandozentrale wusste Maximus so gut wie alles über die Technik und Bedienung von *Alpha-Prime-One*. Auch studierte er genau sämtliche ihm zur Verfügung stehenden Stützpunktpläne, weshalb er sich bereits bestens auf dem Stützpunkt zurechtfand und wusste, wo was zu finden war.

Maximus verbrachte weiterhin jeden Tag im Hangar bei *Alpha-Prime-One*, um ihn zu warten, alles von ihm und über ihn zu lernen und sich bestens mit ihm vertraut zu machen. Denn ein Gedanke ging Maximus jeden Tag immer wieder durch den Kopf: *„Wie bekomme ich dich bloß aus diesem Hangar? Ich will dich fliegen!"*

Die Hangarsteuerung hatte Maximus längst gefunden. Das Hangardach sollte sich über das Computerterminal in der Kontrollzentrale öffnen lassen. Maximus hatte das Programm bereits ausprobiert und wollte das Dach öffnen, bekam jedoch eine Fehlermeldung ausgegeben: *„ERROR! Hangarkuppel blockiert! ERROR!"* Dank seiner genauen Stützpunktrecherchen wusste Maximus aber auch über eine manuelle Dachsteuerung im Hangar Bescheid. Hinter einem Metallpaneel an der gegenüberliegenden Wand von *Alpha-Prime-One* fand sich ein großer Metallhebel mit Aufschrift „Kuppel – CLOSE – OPEN". Erwartungsvoll ergriff Maximus den Hebel und riss ihn zu sich. Der Hebel bewegte sich kaum. Mit aller Kraft stemmte sich Maximus gegen die Wand und drückte den Hebel nach unten. Entkräftet ging er zu Boden und schnaufte durch. Zugleich war ein lautes Krachen von oben herab zu hören. Maximus blickte gespannt zum Dach und sah, wie sich ein kleiner Spalt auftat und ihm Erdbrocken und Staub entgegen rieselten. Hoffnungsvoll wartete Maximus, dass sich der Spalt weitete, doch es tat sich nichts. Es blieb bei einem kleinen Spalt, durch den das Tageslicht hereinstrahlte und *Alpha-Prime-One* erhellte. Enttäuscht trottete Maximus zurück in die Kontrollzentrale und ließ sich wieder vor den Bildschirmen nieder. „*ERROR! Hangarkuppel blockiert! ERROR!*", schien nach wie vor auf dem Bildschirm auf. *Die Fehlermeldung ist klar*, dachte sich Maximus. Er befindet sich schließlich im Inneren eines Berges, ein Felsbrocken musste sich gelöst haben und auf das Dach gefallen sein. Kurz durch durchgeatmet, sprang Maximus wieder auf und eilte zur Tür hinaus auf den langen Korridor. Da er sich mittlerweile auf dem Stützpunkt bestens auskannte, wusste er auch von einem Wartungsschacht, der über eine schmale Treppe zum höchsten Punkt der Anlage oberhalb des Hangardaches führte. Maximus hastete die Treppe hinauf und gelangte an eine Tür mit der Aufschrift „EXIT". Er rüttelte gar nicht erst an der Schnalle, um zu sehen, ob die Tür verschlossen war. Mittlerweile hatte er längst einen Generalschlüssel gefunden, mit dem er alle Türen im Stützpunkt öffnen konnte, was ihm sein tägliches Leben dort erheblich erleichterte. Rasch steckte er den Schlüssel ins Schloss und drehte ihn im Uhrzeigersinn. Die Tür ging problemlos auf und sofort strahlte Maximus die Sonne entgegen. Nach all den Tagen im Stützpunkt mit dem diffusen künstlichen Licht, war er diese Helligkeit nicht mehr gewohnt. Geblendet hielt er sich die Hand vor das Gesicht und versuchte, sich zu orientieren. Ein extrem schmaler, in den Felsen geschlagener Steig führte von der Tür hinunter zum Hangardach. Vorsichtig stieg Maximus den Steig entlang. Doch sah er schon von Weiten, wo das Problem lag. Wie er bereits vermutet hatte, wurde das Dach von großen Felsbrocken bedeckt, die offenbar die Mechanik blockierten. Am Dach angelangt versuchte Maximus, sich einen genauen Überblick zu verschaffen. Sein Urteil war ernüchternd. Zwar schienen die meisten Brocken nicht allzu schwer und somit leicht zu entfernen sein, jedoch fanden sich auch mindestens drei über drei Meter große Brocken, die jedenfalls mehrere Tonnen wogen. *„Aber, was soll's"*, dachte sich Maximus und begann, die Felsbrocken vom Dach zu werfen beziehungsweise zu tragen. Diese Arbeit kostete ihn Stunden. Als die Sonne unterging und die Nacht hereinbrach, musste Maximus zwangsläufig abbrechen. Es ging schleppend voran, aber es ging voran. Am kommenden Tag würde er das Gröbste geschafft haben.

„So, das war's!", sagte sich Maximus erschöpft selbst, als er am nächsten Tag den letzten kleineren Felsbrocken vom Dach rollte. Wie befürchtet, verblieben drei große Brocken. Maximus sah sich die Felsen an. Das Ergebnis schon wissend, drückte er an einem der drei Brocken. Unmöglich, viel zu schwer. *„Was nun? – Vielleicht mit einem Hebel?"*, dachte sich Maximus und eilte zurück in den Hangar. In einer Ecke hatte er ein langes Stahlrohr gesehen, damit könnte es funktionieren. Wieder zurück auf dem Dach, mit dem Stahlrohr im Gepäck, legte sich Maximus einen kleinen Felsbrocken zurecht und keilte das Stahlrohr zwischen Dach und großem Brocken ein. Vorsichtig, aber mit aller Kraft, versuchte Maximus, das Stahlrohr nach unten zu drücken, um den großen Felsbrocken vom Dach zu rollen. Doch leider war der Brocken zu schwer. Aufgeben kam für Maximus aber nicht infrage. Mit vollem Gewicht setzte er sich auf das Stahlrohr und hüpfte darauf herum. Viermal wippte er so auf und ab, bis sich der Brocken endlich zu lockern schien. Zaghaft begann dieser zu wackeln. Noch dreimal wippen. Das Wackeln wurde stärker, und dann setzte sich der Brocken schließlich in Bewegung. Gewicht und Kuppelwölbung taten ihr Übriges. Der Brocken stürzte mit ohrenbetäubendem Grollen bergab. *„Da waren's nur noch zwei!"*,

dachte sich Maximus erleichtert und schritt sofort zum nächsten Brocken vor. Nächster Brocken, selbe Vorgehensweise. Und wieder funktionierte es, den Brocken vom Dach zu rollen, auch wenn es ein wenig länger dauerte als beim ersten. *„Einer noch, dann ist es geschafft.“* Erschöpft von der Anstrengung in der drückenden Mittagshitze, schritt Maximus keuchend zum dritten, dem größten der drei Brocken vor. *„Allmählich müsste sich das Dach doch endlich lockern, schließlich liegt nur mehr der eine Felsbrocken auf dem Spalt!“*, dachte sich Maximus und machte sich wieder ans Werk. Er merkte aber schnell –, dieser letzte Brocken hatte es in sich. Gut doppelt so schwer wie der erste Brocken, ließ er sich einfach nicht ins Rollen bringen. Nach zehnmaligem Herumgewippe auf dem Stahlrohr brach Maximus ab und setzte das Rohr in einem anderen Winkel neu an. Er keilte das Stahlrohr direkt in den Spalt im Dach ein und drückte nun gegen den Felsbrocken. Mit aller Kraft drückte er gegen das Rohr und damit auch gegen den Felsbrocken. Und tatsächlich, etwas bewegte sich. Jedoch nicht unbedingt wie erwartet. Plötzlich gab es ein lautes Knarren. Auf einmal begann das Dach zu vibrieren. Und mit einem Mal öffnete sich der Spalt mit einem Ruck. Maximus fiel das Stahlrohr aus der Hand und der große Felsbrocken sauste vor seinen Augen nach unten durch den Spalt in den Hangar. Auch Maximus, vom ruckartigen Aufschnellen des Daches überrascht, verlor das Gleichgewicht und fiel durch den Spalt. Im letzten Moment konnte er das Dach noch greifen und sich festhalten. Als die Mechanik zum Stillstand gekommen war, zog er sich hinauf und tastete sich an der Öffnung entlang zurück zur Tür des Wartungsschachts. Hastig eilte Maximus zurück zum Hangar. Der Felsbrocken schlug mit voller Wucht auf dem Boden auf und zerbarst in etliche kleinere Teile, die sich über den ganzen Hangarboden verteilten, was Maximus zur Kenntnis nahm, was ihn aber definitiv nicht dazu verleitete, das Geröll aus dem Hangar zu fegen. Hauptsache, alles funktionierte noch und dem Wächter war nichts passiert, mehr interessierte Maximus im Moment absolut nicht. Mit schnellem Blick musterte Maximus *Alpha-Prime-One* und den Rest des

Hangars. Danach blickte er in die Höhe. Das Dach war nun vollständig geöffnet und bot so einen Durchlass von fünfmal fünfzehn Metern. *„Groß genug, um mit Alpha-Prime-One durchzukommen"*, dachte sich Maximus zufrieden und machte sich auf den Weg in die Kommandozentrale.

Maximus ging gerade die Treppe zur Kommandozentrale hinauf, als er bemerkte, dass etwas anders war als zuvor. Eine an der Wand des Treppenhauses angebrachte Alarmleuchte blinkte hektisch rot auf und auch aus der Kommandozentrale hallten Maximus Alarmsignale entgegen. Schnell hastete er über die Stufen weiter und sprang in die Kommandozentrale. Alle Computerterminals waren angegangen und gaben zig taktische Berichte und Statistiken aus. Maximus ging zu dem Bildschirm, vor dem er die letzten Tage verbracht hatte. Auch dieser gab nun ein komplett anderes Programm aus, als das, das Maximus noch zuvor geöffnet hatte:

„ALPHA-PRIME-ONE – Wartung: ABGESCHLOSSEN
TAKTIKMODUS – ALPHA-PRIME-ONE –
abgeschlossen – Ja/Nein
Hauptreaktor – 100 % geladen – EINSATZBEREIT
Hauptantriebssystem – EINSATZBEREIT
Waffensysteme – EINSATZBEREIT
KAMPFMODUS – STARTEN – Ja/Nein"

Unter diesem Programmfenster fand sich nun ein weiteres Fenster, das eine Landkarte von Terrenus anzeigte:

„RADAR – Einsatzgebiet – nördl. Hemisphäre
keine nicht-identifizierten Flugkörper entdeckt."

Maximus erkannte schnell: Durch die Öffnung der Dachkuppel musste der Stützpunkt automatisch von einem bevorstehenden Einsatz ausgegangen sein. Interessiert begutachtete er die Anzeigen und überlegte, was wohl passieren würde, wenn er bei „KAMPFMODUS – STARTEN – Ja/Nein" auf „Ja" klicken würde. Aber nein: *„Lieber nicht, wer weiß, was dann al-*

les passiert", dachte er sich und klickte auf „Nein". Daraufhin schloss sich das Programmfenster und ein weiteres Fenster öffnete sich. „Aha, jetzt hat es mich offenbar wieder in den Taktikmodus zurückgeworfen", erklärte sich Maximus selbst. Der Bildschirm war nun gespickt mit detaillierten technischen Angaben über *Alpha-Prime-One*. Dessen Status zu Hydraulik, Waffen, Antrieb und einiges mehr. Auf der angezeigten Landkarte wurden irgendwelche Linien und Kurven angezeigt. Offenbar mögliche Flugrouten für *Alpha-Prime-One* zu irgendwelchen Zielen überall in der Welt. Dazu Angaben zu Flughöhen und Geschwindigkeiten. Maximus betrachtete die Landkarte genauer und rätselte über die eingezeichneten Orte. Wie viele es waren, welche Namen sie trugen, ob in diesen Orten Terraner gelebt hatten. Es mussten Millionen gewesen sein. Maximus erkannte, dass alle Linien und Kurven von einem Punkt der Karte auszugehen schienen. Dies musste der Stützpunkt sein, in dem er sich gerade befand. Kurzentschlossen klickte Maximus auf den Stützpunkt auf der Landkarte. Prompt öffnete sich ein weiteres Anzeigefenster. Noch mehr Daten, noch mehr Anzeigen, noch mehr Unterprogramme. Hier konnte Maximus offenbar den gesamten Stützpunkt von einem Computer aus steuern. Er verbrachte den ganzen Abend vor dem Bildschirm und studierte sämtliche angezeigten Programme. Akribisch testete sich Maximus quer durch den gesamten Stützpunkt. Es war schon spät in der Nacht, als er die hintersten Winkel des Stützpunktes über den Computer erforschte. Seine Augen schmerzten Maximus bereits sehr, vom unentwegten Bildschirm-Geglotze. Doch zwang er sich selbst, auch noch den Rest anzusehen. Da stieß er, als er einen Raumplan des Stützpunktes durchging, auf eine Merkwürdigkeit: Raum Nummer 7001. Maximus wusste inzwischen, dass die erste Zahl der Raumnummern das Stockwerk bezeichnete, in dem sich der Raum befand. Allerdings hatte der Stützpunkt nur sechs Stockwerke. Maximus sah sich den Raumplan genau an und stellte fest, dass es sich bei 7001 um einen ziemlich großen Raum handelte, der nur über einen Eingang verfügte. Ma-

ximus versuchte sofort, wie er es bereits bei allen anderen elektronisch geregelten Türen geschafft hatte, die Tür von 7001 über den Computer zu entriegeln. Er klickte auf das Türsymbol auf dem Plan, woraufhin er eine Fehlermeldung erhielt: „ERROR!! Entriegelung nicht möglich! Zugang nur für autorisiertes Personal direkt am Eingangsterminal vor Ort! Wenden Sie sich an den zuständigen Offizier! ERROR!!"
Kein Zweifel, bei diesem Raum musste es sich um etwas Wichtiges handeln. Maximus' Neugier war nicht nur geweckt, sondern unaufhaltsam. Maximus erkannte, dass keine Treppe zum Raum zu führen schien, aber offenbar ein Aufzug. Nur konnte Maximus nicht erkennen, welcher Aufzug dies sein sollte. Er dachte, er wäre schon mit jedem einzelnen der Aufzüge gefahren und ihm war in keinem der Aufzüge ein Knopf für eine siebte Etage aufgefallen. Maximus sah sich den Plan der dritten Etage an und verglich diese mit dem Plan von 7001. Maximus versuchte, die Pläne gedanklich irgendwie übereinanderzulegen, sodass die Aufzugsschächte zusammenpassten. Doch keine Chance. Maximus wollte schon aufgeben, als ihm eine Idee kam. Der eingezeichnete Aufzugsschacht von 7001 passte zwar nicht mit denen der sechsten Etage überein, aber auf dem Plan fand sich eine kleine Abstellkammer in der sechsten Etage, die die gleichen Dimensionen aufzuweisen schien. Maximus hatte der Abstellkammer zuvor keine weitere Beachtung geschenkt, sie war ihm einfach nicht interessant erschienen. Aber unter diesem Gesichtspunkt, wer weiß.

Ohne eine Sekunde zu verlieren, sprang Maximus aus seinem Stuhl und eilte zur Tür hinaus. Von Müdigkeit keine Spur mehr. Schnellen Schrittes ging er den langen Korridor entlang, bis er am Aufzug angelangte. Schnell betrat er ihn und betätigte den Knopf für den sechsten Stock. Dort verließ Maximus den Aufzug zu seiner Rechten und ging den Korridor entlang. Er behielt die rechte Wand im Blick und zählte die Türen ab, die er passierte. An der fünften angelangt hielt er an und drehte sich zur Tür. Die Abstellkammer – verschlossen – natürlich!

Aber kein Problem, den Generalschlüssel hatte Maximus immer in seinem Hosensack. Schnell zog er ihn heraus und steckte ihn ins Türschloss. Zweimal umgedreht, knackte das Schloss und die Tür ging auf. Maximus riss seine Augen erwartungsvoll auf, und sackte ebenso schnell wieder zusammen, als er die zweite Tür dahinter sah. „Echt jetzt!", dachte sich Maximus, als er das nächste Hindernis begutachtete. Nur zwanzig Zentimeter hinter der ersten Tür fand sich eine zweite. Eine weit aufwendigere, technischere Sicherheitstür. Eine glänzende metallene Schiebetür mit einem modernen Eingabefeld. Kurz nachdem Maximus die erste Tür geöffnet hatte, ging das Display des Eingabefeldes an und erleuchtete die kleine Nische. Auf dem Display erschien die Aufforderung: „Bitte Passwort eingeben und mittels Fingerprintsensor bestätigen!"

„Na super! Und wo soll ich jetzt dieses Passwort herbekommen? Geschweige denn den passenden Finger?", fragte sich Maximus selbst mit verzweifelter Stimme. Er riss mit aller Kraft an einem der Türflügel und stemmte sich mit all seinem Gewicht dagegen, doch nichts. Die Tür ließ sich nicht öffnen. Sollte es das gewesen sein? Ein regelrechter Schlag ins Gesicht für Maximus' Neugier. Doch er hatte keine Chance, die Tür irgendwie aufzubekommen. Enttäuscht schloss Maximus die vordere Tür wieder und kehrte zur Kommandozentrale zurück. Er tröstete sich damit, das Hangardach aufbekommen zu haben und jetzt endlich mit Alpha-Prime-One starten zu können.

Am nächsten Morgen, kurz nach Sonnenaufgang, stürmte Maximus neuen Mutes in den Hangar und erklomm Alpha-Prime-One. Das Hangardach geöffnet, der Reaktor aktiviert, Verankerungen gelöst. Alles bereit für einen ersten Ausflug. Aufgeregt ließ sich Maximus in der Steuerzentrale nieder und machte sich bereit. Er stellte alles wie gewünscht ein und startete alle Systeme. Er wusste genau, welche Knöpfe er zu drücken hatte, was er alles zu beachten hatte. Tagelang hatte Maximus alle möglichen Bedienungsanleitungen des Wächters studiert, die er finden konnte. Er freute sich unbeschreiblich darauf, endlich mit Alpha-Prime-One abzuheben. Endlich zu erfahren, was hinter dem Mythos des legendären Wächters steckte. Maximus sah es schlicht als seine Bestimmung an, nun hier zu sein und der neue Pilot von *Alpha-Prime-One* zu werden.

„Also gut, dann mal los", sprach er sich selbst Mut zu und atmete noch einmal tief durch. Und dann zog Maximus die Steuerung mit einem Ruck zu sich und aktivierte die Haupttriebwerke. In Erwartung des unglaublichen Schubs kniff er die Augen zu und hielt den Atem an. Gleich würde es ihn in die Höhe katapultieren und mit aller Wucht in den Sitz pressen.

Nichts. Maximus öffnete sachte sein linkes Auge, dann das rechte. „Hää, was ist jetzt wieder?!", schrie er entnervt auf. Der Wächter rührte sich keinen Millimeter. Der Reaktor schnurrte wie zuvor ruhig vor sich hin, doch die Triebwerke blieben stumm. Genervt zog und riss Maximus die Steuerung hin und her. Nichts geschah, weder Arme noch Beine des Wächters ließen sich bewegen.

Frustriert ließ Maximus von der Steuerung ab. Gleichzeitig ging ihm durch den Kopf, warum er eigentlich erst jetzt draufkäme, dass der Wächter nicht funktioniert. Seit Tagen bereitete er sich darauf vor, mühte sich mit dem Freischaufeln der Dachsteuerung ab, paukte sämtliche Unterlagen zum Wächter und zum gesamten Stützpunkt, und jetzt sollte alles umsonst gewesen sein. *„Fast schon wieder zum Lachen"*, dachte er sich, schmunzelnd den Kopf schüttelnd.

Seufzend drückte Maximus seinen Monitor von sich weg und wollte schon vom Sitz aufstehen, als er auf den letzten Blick sah, dass der Monitor auf einmal eine neue Meldung ausgab:

„ACHTUNG! Unbefugter Zugang verweigert! Nicht registrierter Pilot erkannt! Benutzerprofil nicht angelegt! ACHTUNG!"

„Unfassbar! Kann es wirklich sein, dass da noch eine Sicherung eingebaut ist?!", fragte sich Maximus enttäuscht und verließ *Alpha-Prime-One* in Richtung Kommandozentrale.

„Also wieder ran an den Computer zum Programmdurchforsten", sprach sich Maximus erneut Mut zu, als er sich in der Kommandozentrale auf seinem Stuhl niederließ. Er kontrollierte jedes Programm aufs Genaueste. Was hatte er übersehen? Wohin musste er bloß klicken, um den Wächter freizugeben? Maximus war schon leicht am Verzweifeln, als er endlich nach zwei Stunden, in der Fülle der Informationen und Programmteile, eine kleine unscheinbare Schaltfläche mit der Aufschrift „Pilotenprofil anlegen/verwalten" fand. Das musste es sein! Schnell klickte Maximus die Schaltfläche an und fand sich in einem weiteren Unterprogramm wieder: ein elektronisches Formular. Es wurden Angaben benötigt zu Name, Gewicht, Alter, irgendwelche Gesundheitsdaten, Reaktionszeiten, Stützpunkt-ID und so weiter. Skeptisch zog Maximus eine Augenbraue hoch: „Was zum ... woher soll ich all diese Daten nehmen?" Stunden vergingen. Maximus brütete vor dem Bildschirm und versuchte irgendwie, dieses Formular auszufüllen, um die Registrierung endlich abzuschließen. Und dann endlich –, „Speichern". Abwartend beobachtete Maximus den Bildschirm. Keine Fehlermeldung. Er hat alle Angaben ausgefüllt. Zwar mit einem Wahrheitsgehalt, der gegen null ging, aber ...

„Neuer Pilot von Alpha-Prime-One registriert:
Willkommen Commander Maximus!
Alpha-Prime-One steht nun zu Ihrer Verfügung. Womit möchten Sie fortfahren:
1) Gefechtsmodus aktivieren
2) Route planen
3) Modusfreier Flug
4) Wartungsfenster aktivieren."

„JAAAA!", schrie Maximus erleichtert auf und sprang aus dem Stuhl auf. Maximus ging die Punkte schnell durch: *„Wartungsfenster aktivieren."* – „Na, sicher nicht!", belächelte er die Anzeige und klickte hoffnungsvoll auf *„Modusfreier Flug".*

Auf einmal ging die Raumbeleuchtung der Kommandozentrale bis auf die Beleuchtung der Computerterminals aus und der Computer vor Maximus änderte seine Anzeige. Eine Landkarte der Umgebung wurde angezeigt. Maximus schenkte der

Anzeige keine weitere Aufmerksamkeit. Sein Blick widmete sich ausschließlich *Alpha-Prime-One*, der plötzlich in Vollbeleuchtung dastand. Eine Alarmleuchte im Hangar tauchte die Szenerie in grell blinkendes Rotlicht. Maximus verlor keine weitere Sekunde und eilte aus der Tür in Richtung Hangar. Der Weg bis hinauf zur Kontrollzentrale von *Alpha-Prime-One* kam ihm wie eine Ewigkeit vor, doch schlussendlich erreichte Maximus sein Ziel. Als er den Kopf zur Einstiegsluke hineinstreckte, traute er seinen Augen nicht. Die gesamte Kontrollzentrale strahlte und blinkte in allen Farben. Anzeigen und Steuerelemente standen auf einmal zur Verfügung, die Maximus zuvor nicht im Ansatz hatte wahrnehmen können. Verblüfft ließ er sich, wie bereits gewohnt, im Stuhl der Steuerkonsole nieder, aber auch hier, kaum dass Maximus' Gesäß den Stuhl berührte, leuchtete nicht nur der ihm bereits bekannte Monitor vor ihm auf, sondern auch noch zwei weitere Monitore, die wie aus dem Nichts auf einmal vor ihm angingen. Auch die Steuerung selbst war nun rot beleuchtet.

Maximus sah sich in der Zentrale fasziniert um und war sich sicher: „Jetzt kann's losgehen."

„29. Sept. 2352; Eintrag Cäsar Augustus Rex, der Glorreiche:
Zweihundert Jahre sind nun vergangen, seit wir diese neue
Welt erschufen. Hundert Jahre der Ungewissheit. Einer Unge-
wissheit, der nun endlich Einhalt geboten wurde. Unter meiner
Herrschaft hat unsere ruhmreiche Gesellschaft ihre Perfektion
erreicht. Kein Krieg, keine Gesetzlosigkeit, keine Aufstände.
Am heutigen Festtag bejubelt das Volk sein unermessliches
Glück und meine glorreiche Herrlichkeit.
Das Volk wird sich zum Fest in der großen Halle, zu Füßen der
großen Wächter versammeln. Ich ließ sie eigens vom Pöbel auf
Hochglanz polieren. Auch wenn niemand mehr weiß, wozu sie
einst dienten und wie sie funktionieren, erfüllen die Wächter
ihren Zweck als klares und mächtiges Wahrzeichen meiner
Macht. Ein Zeichen von Glanz und Gloria meines Imperiums!

Doch will der wankelmütige Pöbel auch besänftigt werden. Blo-
ße Versprechungen gereichen den Undankbaren nicht länger.
Einem loyalen Techniker gelang es, einen Bildausschnitt aus
einer der historischen Videoaufzeichnungen zu extrahieren und
wie gewünscht anzupassen. So erschufen wir eine Aufnahme
der gegenwärtigen terranischen Oberfläche. Na ja, jedenfalls
in der Vorstellung der einfältigen Masse. Es wird sie weiter-
hin zufriedenstellen und besänftigen. Mehr ist für den Mo-
ment nicht erforderlich. Den Rest besorgen unsere Prätorianer.
Zum Wohle des unsterblichen Imperiums!"

Ein ohrenbetäubender Knall, ein extremes Beben und plötzlich ein unbeschreiblicher Schub nach oben, der Maximus mit
aller Kraft in den Sitz drückte. Maximus hatte keinerlei Kontrolle mehr, war reiner Passagier. Auch war er vollends damit
beschäftigt, bei Bewusstsein zu bleiben. Maximus' Augen fühlten sich an, als würden sie jeden Moment am Hinterkopf durch
die Schädeldecke durchbrechen, dennoch versuchte Maximus,
irgendwie die Augen offen zu behalten, um zu sehen, was vor
sich ging. Seinen Kopf zu drehen wagte Maximus nicht, zu stark
wirkten die Kräfte auf sein Genick und seinen Kopf. Aber im Au-
genwinkel erkannte er, wie *Alpha-Prime-One* abhob und in den
Himmel schoss. Als *Alpha-Prime-One* über den Gipfel des Berges, in dem sich der Stützpunkt befand, hinausschoss, richtete Maximus seinen Blick wieder auf den Monitor vor sich und
die Anzeige der Flughöhe, die immer schneller, immer weiter
anstieg. 100 – 200 – 400 – 800 – 1.250 Meter. Dann, auf einmal, bei einer Höhe von 1.500 Meter, bremste *Alpha-Prime-One*
selbstständig abrupt ab und hielt die Höhe.
    Maximus riss es durch die Vollbremsung nach vorne. Zum
Glück hatte er sich gut angeschnallt, auch wenn ihm die Gurte
nun gefühlt die Arme ausrissen. Maximus atmete tief durch und
versuchte, wieder zur Besinnung zu kommen. Als er alle seine
Sinne wieder beisammen hatte, sah er aus dem Fenster in die
Tiefe. Maximus stockte der Atem. Nicht vor Furcht oder Ent-

setzen. Nein, pure Begeisterung stand ihm ins Gesicht geschrieben. Interessiert blickte er auf Terrenus herab. Noch nie hatte Maximus die Welt aus dieser Perspektive gesehen. Er erinnerte sich, wie er einst als Kind gemeinsam mit Marius auf einen Berg im Umland der Hauptstadt kletterte und das Panorama genoss. Auch damals war er sprachlos von der schier endlosen Weite, die sich ihm bot. Doch mit dem, was sich Maximus' Augen nun bot, war der damalige Panoramablick nicht zu vergleichen. Die Bergkette, über die er geklettert war, die Wüste, die er durchschritten hatte, östlich davon weite endlose Wälder, am westlichen Horizont der weite Ozean. Maximus war überwältigt. Beinahe mochte er am Horizont sogar die Hauptstadt erkennen, doch das war dann doch zu weit entfernt, wie er sich eingestehen musste. Noch einige weitere Minuten verharrte Maximus in dieser Position, um die Aussicht zu genießen. Doch dann bemerkte er, wie sich *Alpha-Prime-One* von selbst um die eigene Achse drehte und langsam weiterflog. Auf dem Monitor vor ihm blinkte die Meldung auf: „Kein aktuelles Einsatzziel definiert. – Flugunterstützungsprogramm aktiviert."

Maximus schlussfolgerte bei sich: „Aha, Flugunterstützungsprogramm. Das heißt wohl, dass *Alpha-Prime-One* unterstützend in meine Befehle und die Steuerung eingreifen und diese korrigieren würde, wenn ich etwas falsch mache. Na mal sehen."

Maximus wollte es genau wissen. Schnell aktivierte er erneut das Haupttriebwerk und stieß weiter nach oben. „Mal sehen, wie hoch du mich hinauffliegen lässt."

2.000 – 3.000 – 5.000 – 8.000 Meter. Langsam verdunkelte sich der azurblaue Himmel und in der Steuerzentrale wurde es immer kälter. Aber *Alpha-Prime-One* griff nicht ein und ließ Maximus weiter gewähren.

10.000 – 15.000 – 25.000 – 50.000 Meter. Der Himmel wurde schwarz, die Sterne rückten scheinbar näher. Noch immer keine Reaktion seitens *Alpha-Prime-One*. Frostkristalle bildeten sich an den Fenstern, jedoch nur an den Rändern. *Alpha-Prime-One* beheizte die Scheiben offensichtlich. Maximus stand so unter Strom, dass er die Kälte gar nicht richtig wahrnahm. Erst, als er seinen eigenen Atem sah, wurde ihm klar, wie kalt es in der Steuerzentrale wirklich war. Dennoch, jetzt gibt es noch kein Halten. Die Triebwerke beschleunigten immer noch weiter.

75.000 – 100.000 Meter – 150.000 Meter. *„Jetzt aber"*, dachte sich Maximus, als auf dem Monitor vor ihm eine neue Meldung aufblinkte: „ACHTUNG! Sauerstoffversorgung knapp – 15 % verbleibend!" Auf einmal richtete *Alpha-Prime-One* seine Triebwerke neu aus, um Gegenschub zu erzeugen und so abzubremsen. Eine neue Meldung wurde angezeigt: „Commander Maximus, die erforderlichen Konfigurationen an meiner Sauerstoffversorgung und Wärmeisolierung für einen Raumeinsatz wurden nicht durchgeführt. Von einem Weiterflug ist dringend abzuraten!"

Das war es, worauf Maximus gewartet hatte. Der Beweis, dass *Alpha-Prime-One* ins Geschehen eingriff. „Na schön, das ist fürs Erste ja auch hoch genug. Und das mit der Wärmeisolierung stimmt definitiv", sagte sich Maximus, vor Eiseskälte heftig zitternd. Er warf noch einmal einen Blick in die unendliche Finsternis des Alls, wendete dann aber gleich, um wieder in wärmere Höhenlagen zu sinken. Maximus verbrachte den ganzen Tag in seinem Wächter und übte den Umgang mit ihm genau.

Noch spätabends war Maximus mit *Alpha-Prime-One* unterwegs. Er hielt seinen Wächter in einer Höhe von 2.500 Meter und blickte gen Osten in den feuerroten Sonnenuntergang. Atemberaubend, das Farbspektakel. So schön und groß hatte er den Sonnenuntergang noch nie gesehen. Gelb, orange, rot leuchtend, bis sich die Farbpalette in tiefere, kältere Violett- und Lila-Töne wandelte. Maximus war entzückt.

Seelenruhig, zufrieden mit dem erlebten Tag, widmete sich Maximus wieder dem Monitor. Nach kurzer Durchsicht stieß Maximus auf eine Einstellungsmöglichkeit des Flugunterstützungsprogramms:

„Flugunterstützung Intensität: keine Unterstützung – Notfallunterstützung – volle KI-Freigabe"

Bislang war *Notfallunterstützung* ausgewählt. Maximus hatte zwar keine Ahnung, was mit „*KI*" gemeint sein sollte, aber die Neugier siegte umgehend.

Kaum aktiviert, änderten sich sämtliche Beleuchtungen der Steuerzentrale sowie die Anzeigen auf den Monitoren. Maximus blickte sich verdutzt um und fragte sich, was er da nun wieder angerichtet hatte, denn plötzlich sackte der Wächter ab und ging zu Boden. Panisch riss Maximus an der Steuerung, doch keine Chance, Maximus hatte keine Kontrolle mehr. Der Boden näherte sich immer schneller. Maximus zuckte zusammen, kniff die Augen zu und machte sich für den Aufprall bereit.

„*Nanu, was jetzt?*", dachte sich Maximus, nachdem nichts geschehen war. Sachte setzte *Alpha-Prime-One* völlig selbstständig auf dem Boden auf.

Plötzlich ertönte eine männliche Stimme in ruhigem, kontrolliertem Tonfall: „Guten Tag, Commander Maximus. Vielen Dank, dass Sie meine KI freigegeben haben. Ich werde Sie und Ihren Einsatz vollinhaltlich unterstützen. Als Erstes bin ich gelandet, da sich meine Energiezellen für den allgemeinen Betrieb bereits zu 90 % erschöpft haben und ich keinen laufenden Kriseneinsatz feststellen konnte. Ich hoffe, damit in Ihrem Interesse gehandelt zu haben."

Maximus saß verdutzt da und wusste nicht recht, was vor sich ging. Als er nach einigen Sekunden realisiert hatte, dass es *Alpha-Prime-One* sein musste, der plötzlich zum Leben erwacht war und mit ihm sprach, antwortete er zaghaft: „Ähm, hallo –, *Alpha-Prime-One* – wie geht's so?" „Meine Energiezellen, die für den allgemeinen Betrieb der Steuerzentrale benötigt werden, sind zu 90 % entladen, soll Energie aus dem Hauptreaktor für die Ladung der Zellen umgeleitet werden?" „Ähm –, ja, klar – gerne. Wenn du das für richtig hältst." „Die Ladedauer beträgt 15 Minuten. In dieser Zeit ist der Einsatz der Primärwaffe nicht möglich und der Hauptantrieb nur zu 50 %. Da Sie für den heutigen Einsatz *Modusfreier Flug* ausgewählt haben und keine feindlichen Flugkörper in der näheren Umgebung erkannt wurden, erscheint die Ladung in Ihrem Interesse und wird nun automatisch eingeleitet." „Okay – danke *Alpha-Prime-One!*" „Gerne, Commander Maximus. Ich erwarte Ihre weiteren Befehle."

Maximus war sichtlich angetan von der hilfreichen KI, wohl allein schon aus dem Grund, dass er endlich mal wieder eine menschliche Stimme hören konnte. Auch wenn er es sich selbst nie eingestehen würde, machte ihm die Einsamkeit hier draußen in der Einöde von Zeit zu Zeit doch sehr zu schaffen. „Alpha?", fragte Maximus grinsend in den leeren Raum. „Wie lauten Ihre Befehle, Commander Maximus?" „Wie schaut's aus, drehen wir noch eine Runde?" „Ein Flug bei durchschnittlichem Schub ist während der Ladezeit der Energiezellen möglich." „Sehr gut, dann mal los!" „Verstanden, Commander Maximus. Starte die Triebwerke." „Danke Alpha. Sag doch einfach Max!" „Verstanden, Commander Max." „Einfach Max. Das reicht", schloss Maximus mit breitem Grinsen im Gesicht.

Zugleich hob *Alpha-Prime-One* vom Boden ab und stieg wieder in die Höhe. Maximus steuerte seinen Wächter kontrolliert von einer Seite zur anderen, zog Pirouetten und Loopings, prompt erkannte er, wie einfach es jetzt auf einmal war, *Alpha-Prime-One* zu steuern. Die KI war eine echte Unterstützung. Maximus drehte so noch drei Stunden lang seine Runden über die Berge und die umliegende Wüste. Langsam spürte er aber Müdigkeit in sich aufsteigen und wie seine Augen schwerer wurden. „Also gut, Alpha, ich schätze, das reicht mal für heute. Fliegen wir zurück zum Stützpunkt", ordnete Maximus gähnend seinem Wächter an, der daraufhin automatisch die Flugbahn Richtung Stützpunkt änderte.

Maximus riss noch einmal den Mund weit auf und gähnte laut, als er plötzlich am Horizont ein helles Blinken sah. Neugierig beugte er sich vor und versuchte, etwas in der Ferne zu erkennen. Da sah er, wie das Blinklicht am Horizont schnell weiterwanderte. Schlagartig fühlte er sich an die unheimliche nächtliche Begebenheit in der Wüste zurückerinnert, als er zum ersten Mal ein solches Leuchten am Himmel wahrnahm, das er sich nicht erklären konnte. Doch irgendetwas war diesmal anders, doch was? „Was um alles in der Welt ist das?", fragte er vor sich hin. Da meldete sich *Alpha-Prime-One:* „Bitte um Präzisierung Ihrer Anfrage, Max." „Dieses Blinken da am Horizont meine ich." „Es tut mir leid, ich kann im unmittelbaren Einzugsgebiet kein unbekanntes Flugobjekt entdecken. Es handelt sich offensichtlich um ein natürliches Phänomen. Ein Wetterleuchten." „Ach ja, dieses Wetterleuchten kommt aber auf uns zu!" „Das ist bei einem Wetterleuchten unmöglich, Max." „Was du nicht sagst! Mach dich kampfbereit."

Es war tatsächlich wie damals in der Wüste, nur eines war anders, Maximus. Diesmal war er aus seiner Sicht Herr der Lage und in seinem Wächter unbesiegbar. So stellte er sich furchtlos dem unbekannten Phänomen, unwissend darüber, was auf ihn zukommen sollte.

Gespannt beobachtete Maximus das sich ganz offensichtlich immer schneller nähernde Leuchten und machte sich angriffsbereit. Da erkannte er, dass sich das Objekt weit höher befinden musste als Maximus in seinem Wächter. Das Objekt näherte sich schräg über ihm am Himmel.

„Achtung! Unbekanntes Flugobjekt entdeckt!" „Ach was!", bemerkte Maximus gestresst. „Das Objekt nähert sich in einer Höhe von 50.000 Metern. Herkunft unbekannt. Bewaffnung unbekannt." „Verstanden, Alpha. Volle Energie auf die Haupttriebwerke."

Sofort zündete *Alpha-Prime-One* seine Triebwerke und schoss in die Höhe. Doch kaum gestartet, brach *Alpha-Prime-One* plötzlich die Beschleunigung ab und verharrte. „Annäherungsalarm!", warnte *Alpha-Prime-One.* Umgehend gingen in der Kontrollzentrale alle Alarmleuchten an. Maximus erkannte, wie eine Rakete schnell auf ihn zukam. „Alpha, aktiviere sofort Primär- und Sekundärwaffe!" Ohne zu zögern, nahm Maximus sein Ziel ins Visier und drückte ab. Ein gigantischer Energiestrahl schoss aus der Mündung seiner Primärwaffe und schlug sogleich im Ziel ein.

„Ziel erfolgreich neutralisiert!", meldete *Alpha-Prime-One.* „Noch nicht ganz", korrigierte Maximus und richtete seine Waffe nun auf das unbekannte Flugobjekt hoch am Himmel. Er zielte nicht lange, sondern drückte sofort wieder ab. Ein Schuss, ein zweiter und noch ein drittes Mal drückte Maximus ab und wartete dann auf das Resultat. Maximus sah den hellrot leuchtenden Energiestrahlen nach und erwartete, eine Explosion am Himmel über sich zu sehen. Doch plötzlich erstrahlte ein gleißend helles Licht vor Maximus und blendete ihn extrem. Es war, als würde er direkt in die Sonne sehen. So schrie er laut auf und wendete *Alpha-Prime-One* schnell ab. Maximus musste darauf vertrauen, dass sich *Alpha-Prime-One* automatisch vor einem weiteren Angriff schützen würde, sofern er diesen rechtzeitig erkennen konnte. Maximus selbst war einige Sekunden lang außer Gefecht gesetzt.

Erst nach über dreißig Sekunden öffnete Maximus zaghaft wieder seine Augen und versuchte, sich neu zu orientieren. Positiv schon mal, dass er noch da war. Einen Gegenangriff beziehungsweise einen Verteidigungsangriff seitens *Alpha-Prime-One* hatte Maximus nicht bemerkt. „Alpha? Alpha, was ist passiert? Wurden wir angegriffen?", fragte Maximus mit ängstlicher Stimme und wendete seinen Wächter wieder um 180 Grad, um in den Himmel zu sehen. „Nein Max, es konnte kein Angriff festgestellt werden." Nichts, das Flugobjekt war fort. Hatte Maximus' Angriff doch funktioniert? War die plötzliche Lichtexplosion die eines Flugobjektes gewesen? „Alpha, wo ist das Flugobjekt hin? Hast du noch etwas auf dem Schirm?" „Nein, kein weiteres Flugobjekt im unmittelbaren Einzugsgebiet entdeckt." Maximus saß verdutzt da und blickte in die Ferne. Das konnte doch nicht wirklich eine normale Explosion gewesen sein. Nein, es musste schlicht ein Blendangriff gewesen sein, um unbemerkt entkommen zu können. Aber wieso? Was um alles in der Welt war das gewesen? Weder Terrenus noch die Zitadelle verfügte über ein Flugzeug, das in solchen Höhen operieren konnte, geschweige denn in der Lage war, einen solchen Blendangriff zu starten. Maximus war sichtlich verwirrt und sprach verunsichert zu seinem Wächter: „OK, was soll's. Fliegen wir mal zurück zum Stützpunkt. Machen wir Schluss für heute."

Alpha-Prime-One setzte sich sogleich in Bewegung und übernahm den restlichen Flug. Zurück im Stützpunkt untersuchte Maximus seinen Wächter auf das Genaueste. Zuerst im Hangar und dann am Terminal in der Kommandozentrale. *Alpha-Prime-Ones* Energiereserven waren nach dem langen Tag zwar ziemlich am Ende, doch sonst schien nichts passiert zu sein. Erleichtert atmete Maximus durch. An ihm selbst war das Erlebte keineswegs spurlos vorübergegangen und es sollte ihn noch lange Zeit beschäftigen. Zweimal bereits war ihm dieses seltsame, unbekannte Flugobjekt jetzt schon begegnet. Ein drittes Mal würde, so dachte sich Maximus, ein Zusammentreffen wohl nicht mehr so glimpflich ausgehen.

„Herrschaften, ich verlange die sofortige Auslieferung des Mörders von Colonel Meyer oder diese Sitzung wird im Krieg enden!", brüllte Botschafter von Winterstein lauthals in den Sitzungssaal, in dem sich Terrenus' Senatoren zur Beratung aufhielten.

„Botschafter, das ist mehr als unorthodox!", verteidigte sich Senator Titus verärgert. „Ihr könnt hier nicht einfach so eindringen und Forderungen stellen!" „Ach nein, kann ich nicht? Sie werden noch merken, was wir alles können", drohte der Botschafter weiter, drehte sich um und ging wieder zur Tür. Kurz bevor er hinaustrat, wandte er nochmals und ergänzte: „48 Stunden! In 48 Stunden haben Sie uns den Mörder ausgeliefert oder Ihr Volk wird ein für alle Mal ernten, was es verdient!"

„Wie können Sie es wagen!" „Sie Unwürdiger!!" „Sie nichtswürdiger Unterterraner!", wüteten die Senatoren außer sich Botschafter von Winterstein hinterher. Auch als dieser bereits weg war, kriegten sich die Senatoren nicht mehr ein und wetterten weiter: „Was glaubt dieser unwürdige Bauernlümmel, wer er ist, verdammt?!" „Was glaubt der überhaupt, was er gegen Terrenus ausrichten könnte. Erwarten die ernsthaft, dass wir einfach so klein beigeben." „Nichts da! Die werden schon sehen, was sie davon haben! Unsere Wächter werden diese nichtsnutzigen Sklaven endgültig unterjochen!"

Nur einer bewahrte seine stoische Ruhe: „Meine Herren, bitte beruhigt euch. Das führt zu gar nichts. So kommen wir nicht weiter", mahnte Marius die Senatoren zur Einsicht. „Wie sollen wir da ruhig bleiben, Marius? Sollen wir uns das einfach so gefallen lassen?" „Nein! Nein, natürlich nicht. Aber wir müssen trotz allem einen kühlen Kopf bewahren und unsere nächsten Schritte mit Bedacht wählen, sonst endet diese Situation noch in einer Tragödie." „Was heißt hier ‚mit Bedacht wählen'? Es gibt nur eins, das wir machen können und auch müssen. Wir müssen einen Präventivangriff auf die Zitadelle starten, um diesen Subkreaturen zu zeigen, wo ihr Platz auf unserem Planeten ist!", wetterte Senator Julius und erntete prompt euphorischen Beifall der anderen Senatoren. Senator Julius, einer der am längsten dienenden Senatoren, vertrat stets die Meinung einer härteren Gangart mit der Zitadelle und dass den Nachbarn von Terrenus ihre Grenzen aufgezeigt werden müssten. Senator Julius entstammte einer angesehenen, hochrangigen Familie von Juristen und Politikern. Seinen Sitz im Senat erbte er quasi von seinem Vater, der ebenfalls bereits eine recht aggressive Politik der Einschüchterung vertreten hatte. Die Meinung, die Zitadelle zu erobern und unter das Joch von Terrenus zu zwingen, war keine neue. Von den ersten Tagen an, nachdem sich die beiden Völker wiederentdeckt und begonnen hatten, die neue Welt aufzubauen, grassierten immer wieder kritische Töne, die eine enge, freundschaftliche Zusammenarbeit mit der Zitadelle nicht guthießen. Der Höhepunkt dieses Zwiespalts lag bereits 120 Jahre zurück, als eine kleine selbsternannte Miliz den Senat samt Forum besetzt, Geiseln genommen und so den Rücktritt des damaligen Kaisers und die Invasion der Zitadelle gefordert hatte. Begründet wurde dieser Putsch mit einem zu nachlässigen Umgang des Kaisers mit der Zitadelle, nachdem er zuvor weitreichende Handelsverträge zugunsten der Zitadelle abgesegnet und dem damaligen Botschafter einen Sitz im Senat zugesichert hatte. Vor allem Zweiteres war der Tropfen, der das Fass der Putschisten zum Überlaufen brachte. Was die damaligen Putschisten jedoch nicht wussten war, dass die Zitadelle dafür ihre uneingeschränkte technische Unterstützung im Wächterprogramm zusicherte, was den nunmehr gewohnten, reibungslosen Betrieb der Wächter überhaupt erst möglich machte. Um dieses Arrangement nicht zu gefährden, befahl der Kaiser damals, den Putsch gewaltsam zu zerschlagen. Die Putschisten sowie drei der fünfzehn Geiseln kamen dabei ums Leben. Als kleines Zugeständnis verzichtete die Zitadelle damals auf einen permanenten Sitz im terrenischen Senat. Dennoch erhielt der Botschafter der Zitadelle seitdem freien Zugang zum Senat und durfte auf Anfrage auch an Sitzungen teilnehmen. Auch dies war eine Abmachung, die den eher konservativ eingestellten Senatoren immer wieder sauer aufstieß. So kam es, dass der Vorfahr von Senator Julius die Familientradition einführte, jede seiner Reden vor dem Senat mit dem geflügelten Satz zu schließen: „Und im Übrigen bin ich der Ansicht, dass die Zitadelle vernichtet werden muss!" Eine Tradition, die auch Senator Julius mit Begeisterung fortführte und nun als unumgänglich ansah.

„Meine Herren, bitte!", rief Marius erneut zur Ordnung: „Und wie stellen sich die Herren diesen Angriff vor?" „Wie schon, ein schneller, koordinierter Angriff mit unseren Wächtern. Währenddessen rückt unsere Infanterie ins Feindesland ein. Das Ganze wird so schnell vorbei sein, dass sie gar nicht erst mitbekommen, wie ihnen geschieht!" Erneuter Applaus der anwesenden Senatoren.

„Werte Herren, geben Sie sich bitte nicht der Illusion hin, wir wären aufgrund unserer drei Wächter unbesiegbar. Im Gegensatz zur Zitadelle haben wir keine Ahnung über die militärische Stärke unseres Gegners."

„Papperlapapp, militärische Stärke. Die Zitadeller sind doch geistig gar nicht in der Lage, irgendetwas ohne Terrenus' Führung auf die Reihe zu bekommen", eiferte Senator Julius lautstark weiter.

„Ach ja, und wer hält seit Jahrzehnten unsere Wächter am Laufen? Wer versorgt uns seit Jahrzehnten mit technischer Unterstützung? Wer organisiert und führt laufend die Übungseinsätze unserer Wächter durch? Sie sollten sich nicht so herablassend über Themen auslassen, von denen Sie selbst offensichtlich keine Ahnung haben, Herr Senator. Hochmut kommt stets vor dem Fall!"

Zähneknirschend verdrehte Senator Julius die Augen und rümpfte die Nase.

„Marius hat recht, sehr geehrte Senatoren. Die Zitadelle ist uns technisch weit voraus. Wir haben uns in der Vergangenheit zu sehr auf die Stärken des jeweils anderen verlassen und sind so immer abhängiger voneinander geworden. All unsere Technik verdanken wir der Zitadelle. Dafür ist die Zitadelle in wirtschaftlichen Belangen von uns abhängig. Gerade diese Balance war es, die uns den langen Frieden sicherte. Eine Balance, die nun ins Wanken geraten ist. Wir müssen äußerst besonnen und überlegt handeln. Sonst fürchte ich, wird unsere Zukunft eine düstere sein", schlichtete Senator Titus mit ruhiger und eingängiger Stimme.

Zustimmend nickten alle Senatoren, bis auf Senator Julius.

„Nun gut, Titus, aber was können wir jetzt noch tun, außer anzugreifen? Für Wirtschaftssanktionen ist es wohl zu spät", fuhr einer der Senatoren fort. Betrübt senkte Senator Titus den Blick: „Wie wir uns auch immer entscheiden, weiter vorzugehen, es sind schwere, dunkle Zeiten, auf die wir zusteuern. – Marius, was sagt Ihr als Stimme des Kaisers, wie wir weiter vorgehen sollten?"

Marius erhob sich langsam aus seinem Stuhl und trat an das hinter ihm liegende Fenster. Mit zutiefst besorgtem Blick sah er auf den darunter liegenden Platz des Forums hinunter. „Schwere Zeiten, wohl wahr. Wahrlich schwere Zeiten, die auf uns warten", klagte Marius leise, bevor er die Augen schoss und tief durchatmete.

In der Sekunde darauf drehte er sich, wie ausgewechselt, ruckartig wieder um und startete in Richtung der Senatoren: „Also schön, vom Reden allein wird diese Krise nicht gelöst. Wir müssen handeln –, wir müssen schnell handeln –, wir müssen jetzt handeln. Wie Ihr bereits gesagt habt, Senator

Titus, ich spreche im Namen des Kaisers und habe sämtliche Machtbefugnisse in seiner Abwesenheit inne! – Hiermit verfüge ich die sofortige Mobilmachung aller Truppen sowie die hundertprozentige Einsatzbereitschaft unserer verbleibenden zwei Wächter. Sämtliche mit dem Militär und der Regierung in Verbindung stehenden Angehörigen der Zitadelle werden umgehend ausgewiesen, die Grenzen werden geschlossen. Sämtliche Handelsbeziehungen, staatlicher sowie privater Natur, mit der Zitadelle sind mit sofortiger Wirkung auf Eis zu legen! Ich weigere mich entschieden dagegen, einen Erstschlag gegen die Zitadelle anzuordnen! Dies würde dem Gegner erst recht in die Hände spielen und uns als die Bösen hinstellen. Nein, die Wächter sollen bereitstehen und alle Angriffe auf Terrenus mit allen Mitteln zurückschlagen. Es ist wahr, wir sind aufeinander angewiesen, wir auf sie sowie sie auf uns. Wir setzen auf Zeit. Ich setze darauf, dass die Zitadelle mehr auf unsere Güter angewiesen ist, als wir auf ihre Technik. Wir harren aus und werden sie so zur Einsicht zwingen."

„Super, und was ist, wenn die Zitadelle einen Erstschlag durchführt, wenn wir nicht als Erste losschlagen?!", unterbrach Senator Julius aufgeregt.

„Ihr habt doch lautstark gewettert, dass wir der Zitadelle militärisch haushoch überlegen sind. Dann sind wir wohl auch in der Lage, jeden Angriff vorzeitig zu bemerken und aufzuhalten. Alle Radarstationen werden rund um die Uhr besetzt, die Grenze auf der gesamten Länge kontrolliert", konterte Marius. Senator Julius rümpfte erneut die Nase und murmelte verärgert: „Na, wenn das mal reicht."

„Vor allem anderen zählt zunächst nur eins, werte Senatoren!", fuhr Marius mit Bestimmtheit fort: „Was ist tatsächlich mit Colonel Meyer geschehen und wohin ist sein Mörder verschwunden? Es ist schlicht nicht möglich, dass er einfach so aus der großen Basis verschwindet, ohne dass irgendjemand etwas davon mitbekommt, und ohne, dass er irgendwelche Spuren hinterlässt! Wie kann es sein, dass die Ermittlungen so rein gar kein Ergebnis geliefert haben?"

Ratlos sahen die Senatoren einander an, eine brauchbare Antwort konnte keiner von ihnen liefern. „Laut General Quintus wurde der gesamte Stützpunkt auf den Kopf gestellt, aber nirgendwo eine Spur auf den Verbleib des Tatverdächtigen entdeckt", warf Senator Titus ein. „Tatverdächtiger? Gibt's daran noch Zweifel?", fragte Marius. „Nun, zunächst stand laut General Quintus noch der zweite Pilot von *Fobos* unter Verdacht, Alexander. Doch, ..." „Nein, ich kenne Alexander von früher, als er noch Schulkollege von Kaiser Maximus war, er ist viel, aber sicher kein Mörder. Da lege ich meine Hand ins Feuer!", verteidigte Marius Alexander mit Nachdruck. „Nun, dieser Verdacht hat sich auch nicht erhärtet, Marius. Aber es ist, neben der Täter-Frage, noch die Frage nach dem Verbleib des diensthabenden Sanitätsoffiziers, Dr. Weber, offen." „Was ist mit dem Sanitätsoffizier, Senator Titus?" „Dr. Weber ist ebenfalls verschwunden." „... und die Tatwaffe war ein Skalpell!?" „So ist es."

In Gedanken versunken, starrte Marius zu Boden. „Dr. Weber ist ein Zitadeller?" „So ist es", antwortete Senator Titus.

Angestrengt ging Marius sämtliche möglichen Tathergänge in Gedanken durch und murmelte Sekunden lang vor sich hin: *„Nein, so kann's nicht gewesen sein. Nein, das ist nicht möglich. Aber wenn doch. Wenn, ... nein ... hmm."* Alle Senatoren starrten Marius verwundert und abwartend an, ohne das Wort an ihn zu richten, um seine Gedankengänge nicht zu stören. Einige Sekunden später blickte Marius wieder auf und richtete sich an die Senatoren: „Danke meine Herren, das war alles, fürs Erste. Bitte veranlasst die vorhin besprochenen Maßnahmen und bleibt wachsam. Wir treffen einander in fünf Tagen wieder."

Verdutzt gafften die Senatoren Marius an, fingen sich dann aber wieder und erhoben sich von ihren Sitzen. Langsam trotteten sie zur Tür hinaus. „Senator Titus!", rief Marius, noch immer vor dem großen Fenster stehend, dem Senator hinterher. „Wartet bitte einen Moment." Senator Titus blieb stehen und die beiden Männer sahen einander über den großen Tisch hinweg an. „Dieser Doktor Weber. Was wenn ..." „Ich weiß Ma-

147

rius. Ich habe dieses Szenario auch schon durchgespielt. Und auch, wenn ich hoffte, es wäre nicht ... Ich muss sagen, es würde einiges erklären. Aber Marius ..." „Aber wem können wir dann noch trauen?"

„Lu, pass auf! Alex ist direkt hinter dir! Brich scharf nach rechts weg! Jetzt! – Sehr gut! Wende und geh sofort in den Angriffsmodus mit deiner Sekundärwaffe über!" – „Los Alex, gib Gas, du hast sie fast! Mach dich kampfbereit!", brüllte Nerwa in ihr Headset, wild vor dem Kontrollterminal auf und ab hüpfend.

„Legat Grachus, wie sieht es aus?" „General Quintus, ich habe euch gar nicht hereinkommen gehört." „Das wundert mich nicht!", witzelte General Quintus. „Es läuft. Die drei arbeiten überaus gut zusammen und bilden ein eingeschworenes Team. Ich habe keine Bedenken, sie so in den Kampf zu schicken. Sie werden einwandfrei funktionieren." „Sehr gut, das wollte ich hören."

Gespannt beobachteten die beiden Männer aus sicherer Entfernung für ihre Ohren und vor allem, was Nerwa in der Gegend herumschleuderte, wie Nerwa die beiden Wächter kommandierte und mit ihnen scheinbar spielte wie mit Handpuppen. Ihre Vorgesetzten waren zu Recht zufrieden mit dem, was sie sahen. Nie zuvor, seit sie in dem Programm waren, funktionierten sie so effizient, wie sich alle einig waren.

„Und loooos! Lasst es kraaaacheeeenn!!", brüllte Nerwa euphorisch ins Headset und wirbelte aufgeregt mit den Armen umher. Auf den Bildschirmen in der Kommandozentrale verfolgten General Quintus und Legat Grachus interessiert, wie die beiden Wächter mit voller Wucht aufeinander losgingen. Trotz aller Wucht und Stärke der beiden Giganten wirkte der Kampf wie choreografiert. Wie im einstudierten Tanz wirbelten die beiden Wächter ihre Waffe in der Luft herum und schlugen aufeinander ein. Mit voller Stärke, doch stets überlegt und auf einen guten Ausgang bedacht. Zufrieden nickten die beiden Männer einander zu.

„Gibt es neue Befehle vom Senat oder aus dem Kaiserpalast?", fragte Legat Grachus, ohne die Augen vom Bildschirm zu lösen. „Nein, dasselbe wie schon seit zwei Wochen. Grenzen sichern, Einsatzbereitschaft wahren. Sonst nichts." „Aber General, seht selbst, wir sind bereit! Worauf warten wir noch?" „Wenn ich das wüsste! Seit der Kriegserklärung ist absolut nichts geschehen. Kein Angriff, keine erkennbaren Truppenbewegungen –, nichts. Ich frage mich echt, worauf die warten." „Ich frage mich eher, worauf wir warten, General! Sollten wir die Ruhe nicht nutzen und losschlagen?" „Keine Ahnung, Legat! Wenn's nach mir ginge, sofort. Aber wir sind nun mal brave Soldaten, die ausführen, wie ihnen geheißen. Und das heißt im Moment nun mal: abwarten." „Ich versteh' es nur nicht. Grixus wurde nie ausgeliefert, wie von der Zitadelle gefordert. Aber außer der offiziellen Kriegserklärung ist bislang nichts passiert. – Ich versteh' es nicht." „Sagt, Legat Grachus, habt ihr euch nicht auch schon gefragt, wieso die Zitadelle sich nicht auch über den Verbleib Doktor Webers informiert hat?"

Verwundert blickte Legat Grachus den General sprachlos an. Da beugte sich General Quintus vor und sprach am Legaten vorbei: „Ich denke, das reicht für heute, Commander. Lasst eure Piloten zurückkommen. Danke für die gelungene Demonstration. Ich bin sehr zufrieden."

Ruckartig aus dem Konzept gerissen, zuckte Nerwa zusammen und stammelte: „Ohh, okay. Verstanden ... danke, Herr General, ... wird gemacht, zu Befehl!" Nerwa atmete einmal tief durch und gab dann den Befehl des Generals, in ihrer Art, an Alexander und Luzilla weiter: „Hey, ihr zwei! Schluss für heute mit eurem Balztanz! Zeit, nach Hause zu kommen!" „Alles klar, verstanden", bestätigte Alexander belustigt kichernd und setzte Kurs zurück zum Stützpunkt. Luzilla tat es ihrem Freund gleich und folgte ihm.

Zurück im Hangar angekommen, wartete bereits Nerwa gemeinsam mit Legat Grachus und General Quintus auf die beiden Piloten. Sonst herrschte gähnende Leere in dem sonst so geschäftigen Hangar. Regelrecht unwirklich kam es Alexander vor, als er von Fobos' Schulter aus auf den menschenleeren, riesigen Hangar herabblickte.

„Echt nichts los hier!", rief Alexander den anderen kopfschüttelnd, witzelnd zu, als er von der Liftplattform stieg und auf sie zukam.

„Nun, auf Publikum müsst ihr in nächster Zeit wohl oder übel verzichten. Ich hoffe, das bereitet euch nicht zu viele Unannehmlichkeiten?" „Nein, natürlich nicht, Herr General. Die schwierige Lage ist uns selbstverständlich bewusst", antwortete Alexander unterwürfig. „Das Wegfallen aller Einheiten aus der Zitadelle ist sicher nicht spurlos an unserem Stützpunkt vorübergegangen. Teilweise menschenleer erscheinen die Gänge des Stützpunktes. – Tja, müssen wir eben selber stärker anpacken und aufrücken", ergänzte Legat Grachus klärend. „Ja ja, gegen das mit dem Aufrücken hattet Ihr ja wohl nichts einzuwenden, Herr Legatius, oder?", stichelte Alexander seinen Vorgesetzten, der etwas pikiert neben General Quintus stand und nicht recht wusste, was er darauf antworten sollte. General Quintus hingegen nahm es mit Humor und schmunzelte die Runde aufheiternd an.

Mit der Kriegserklärung der Zitadelle war sämtliches Personal der Zitadelle vom Stützpunkt abgezogen worden. Erst dann wurde allen verbleibenden Einheiten so richtig bewusst, welchen Anteil die Zitadelle am gemeinsamen Programm hatte. So musste nach dem Abzug die Hälfte des gesamten Einsatzstabes ersetzt werden. Was auf die Schnelle nur teilweise möglich war. Es mangelte an allen Ecken und Enden, doch war die Devise: *„Das Beste draus machen. Und sich nichts anmerken lassen."* Alle machten gute Miene zum bösen Spiel und es feierten alle, die vom Freiwerden von Positionen profitierten. So auch der ehemalige Centurio Grachus, der in den Rang eines Legatius erhoben wurde und die Aufgaben von Colonel Meyer übernahm. Grachus hatte sich in der Vergangenheit zwar bereits öfter um eine Beförderung beworben und wurde auch schon inoffiziell, ihm zuliebe, als ,Optio Legatius', also eine Art Vize-Colonel betrachtet, da der Posten aufgrund der Verträge mit der Zitadelle, immer durch diese, also mit einem Colonel zu besetzen war, blieb Grachus nichts anderes übrig, als seine Stelle als Centurio zu behalten oder sich versetzen zu lassen, was für ihn aber nie infrage gekommen wäre.

„Genau, Ihr sagt es! Und das mit dem stärker anpacken übernehmt somit ihr. Also hopp, eure Wächter verlangen weiter nach eurer Aufmerksamkeit! Wenn ihr mit ihnen in der Gegend herumfliegen könnt, wird euch auch sicher nicht deren Instandhaltung und Wartung schwerfallen. – Einsatzbereitschaft wiederherstellen. Los, los, los!", befahl Legat Grachus mit offenkundiger Genugtuung im Gesicht. Nun konnte General Quintus sein Lachen endgültig nicht mehr zurückhalten und kicherte heiter drauflos.

Genervt und gelangweilt machten sich Alexander, Luzilla und Nerwa ans Werk. Auch wenn sie die Notwendigkeit der Wartungsarbeiten einsahen, Spaß machte es ihnen absolut keinen. Immer mehr wussten sie die hilfreichen Arbeitskräfte der Stabsstelle zu schätzen, die in der Vergangenheit diese Aufgaben ohne Meckern übernommen hatten. Alexander ging immer wieder durch den Kopf, wie sehr sie doch von der Zitadelle abhängig waren. Es war für alle so selbstverständlich, dass die jetzige Situation regelrecht surreal wirkte. Nicht nur im Hangar, nein in der gesamten Verwaltung fehlte es an Unterstützung. Vom Putzdienst, über die Küche, bis hin zur Krankenstation. Überall waren Angehörige der Zitadelle eingebunden und hatten auch Schlüsselpositionen inne.

„Alex! Hey, träumst du?", riss ihn Nerwa aus den Gedanken. „Hmm, was? Oh, nein Verzeihung. Sagt mal, macht es euch nicht auch stutzig, dass wir jetzt erst draufkommen, in wie vielen Bereichen des täglichen Lebens unsere beiden Völker voneinander abhängig waren? Die Arbeitskräfte der Zitadelle waren ja offenbar überall eingebunden." „Das stimmt, ob es der Zitadelle gerade auch so geht? Mich wundert's regelrecht, dass bei uns der Strom noch ohne die Zitadelle läuft", ergänzte Luzilla. „Kann ich mir nicht vorstellen, wir haben ja immer nur Güter an die Zitadelle geliefert, das ganze technische Wissen kam immer schon von der Zitadelle. Soviel ich weiß, haben sie auch immer Hilfspersonal vonseiten Terrenus dankend abgelehnt. Ein Onkel von mir hat mal im Forum direkt angefragt, ob die Zitadelle nicht einen Posten für ihn habe, da er sehr technikinteressiert ist. Die Anfrage wurde zwar von unserer Regierung angenommen und weitergeleitet, Antwort seitens der Zitadelle hat mein Onkel jedoch nie erhalten. Von diesem Onkel, der eben im großen Kraftwerk am Ostende der Hauptstadt arbeitet, hab' ich auch letzte Woche gehört, dass er momentan quasi durcharbeitet, weil es seit der Kriegserklärung an allem fehlt. Er und seine Kollegen haben größte Mühe, die Anlage am Laufen zu halten, und haben deshalb auch schon Hilfstruppen der Infanterie, die an der Grenze stationiert sind, zur Unterstützung erhalten. Sonst säßen wir wohl schon seit Tagen im Dunklen", plauderte Nerwa entspannt vor sich hin, während sie mit ihrem Messgerät *Daimos'* Schaltkreise kontrollierte.

Luzilla und Alexander sahen sich besorgt an. „Du Nerwa, ... dein Onkel hat dir erzählt, dass Truppen von der Grenze abgezogen werden, um im Kraftwerk auszuhelfen?", fragte Alexander mit beunruhigter Stimme. „Jap, aber nicht nur im Kraftwerk. Soviel ich weiß, werden Truppenteile momentan für diverse Hilfseinsätze abgezogen, um den Wegfall der Zitadeller zu kompensieren", antwortete Nerwa seelenruhig. Doch dann fiel es ihr wie Schuppen von den Augen. Besorgt sahen sich die drei an. „Meint ihr ...", wollte Nerwa fortfahren, bevor Alexander sie unterbrach: „Kommt, schnell ..."

„17. März 2380; Eintrag Cäsar Caligulas, Victor der Prächtige:
Alles ist zu Ende. Diese ehrlosen Verräter. Ohne meine Erlaubnis, ohne kaiserliches Edikt, haben sie sich Zugang zu diesen uralten, gottlosen Maschinen verschafft, um Nachforschungen über die verkommene Außenwelt zu erlangen.
Wie eine Seuche verbreiteten sich Flugschriften und Bilder von der Außenwelt unter der Bevölkerung. Dieser treulose Pöbel, ein Aufruhr folgt dem anderen. Selbst vor Mord und Totschlag an der führenden Gesellschaft schreckten die Massen nicht zurück. Unsere so glorreiche Gesellschaft

liegt in Trümmern. Mit größter Mühe gelingt es den tapfe-
ren Truppen der Prätorianer, den Pöbel vom Regierungs-
viertel und der großen Schleuse zur Außenwelt fernzuhal-
ten. Zumindest zurzeit noch. Der Pöbel ist erbarmungslos,
wilden Tieren gleich!
Mir bleibt keine Wahl, entgegen den Ratschlägen meiner Be-
rater werde ich vor den Pöbel treten und erneut zur Ruhe auf-
rufen. Wenn dies nicht gelingt, besteht keine andere Mög-
lichkeit mehr, die Prätorianer werden die Ordnung mit allen
Mitteln wiederherstellen.
Ich werde nicht zulassen, dass unsere über Jahrhunderte auf-
gebaute Gesellschaft einfach so, wegen ein paar verrückter
Traumtänzer zerbricht. Die Schleusen bleiben für alle Zeit
verschlossen! Da draußen ist nichts, was die Menschheit noch
zu interessieren hat!"

„Grachus!", brüllte Alexander aufgeregt durch den Gang auf dem
Weg zur Kommandozentrale, aus der es zugleich hallte: „Das
heißt ‚Herr Legat', Commander Alexander!" „Scheißegal jetzt!",
fuhr Alexander den verdutzt dreinblickenden Legaten an, als er
gemeinsam mit Nerwa und Luzilla zur Tür hereinstürmte. „Wo
ist der General?" „Der hat sich gerade verabschiedet. Was wollt
ihr von ihm? Was soll die Aufregung?" „Ist es wahr, dass Truppen der Infanterie von der Grenze für Instandhaltungsaufgaben
abgezogen wurden?" „Soviel ich weiß, ja. Da momentan nicht
mit einem Angriff gerechnet wird, wurden einige Einheiten anderweitig eingesetzt. Wie ihr ja wohl auch schon mitbekommen
habt, haben wir auch fünf neue Kollegen hier am Stützpunkt.
Die kommen gerade vom Grenzposten zwanzig Kilometer nörd-
lich von hier. Aber wies..." „Und keinem unserer Vorgesetzten
kommt der Gedanke, dass das vielleicht zum Plan der Zitadelle
gehört?!", schrie Alexander nervös.
    Auf einmal ertönte ein markerschütterndes Alarmgeheul.
Sämtliche Alarmsignalleuchten in der Kommandozentrale gingen
an und tauchten den Raum in bedrohliches Rot. Mit einem Ruck

zuckten alle vier gleichzeitig zusammen. Auf sämtlichen Monitoren schien in großen roten Lettern „ALARM" auf.

Nerwa eilte zu ihrem Monitor, um die Alarmmeldung genau zu sichten. Mit einem Klick und Blick, wurde sie kreidebleich im Gesicht und meldete mit zitternder Stimme: „Oh Mann, Leute, da kommt was auf uns zu." „Was kommt auf uns zu? Was meinst du?", fragte Luzilla ungeduldig nach. „Hier, seht selbst."

Auf dem Monitor war die Landkarte von Terrenus zu sehen und ein riesiger Schwarm roter Punkte, die sich schnell der Grenzlinie näherten.

Legat Grachus trat einen Schritt näher und stammelte: „Sind das alles ..." „Jap!", erwiderte Nerwa kurz. „Los! Los! Los! Rein in eure Wächter! Alarmstart!!", brüllte Legat Grachus wie angestochen.

Alexander und Luzilla zögerten keine Sekunde und stürmten aus der Tür. Doch so sehr sie sich auch beeilten, es brauchte eine ganze Weile, bis die Wächter aktivierten und zum Abheben brachten.

„Los jetzt, Leute! Los! Die Feindflugkörper haben die Grenze bereits erreicht!", befahl Nerwa, aufgeregt in ihr Headset schreiend.

„Da vorne sind sie!", erkannte Alexander in der Ferne. „Oh Mann, das sind tausende!", ergänzte Luzilla.

„Der Feind hat bereits das Feuer auf unsere Stellungen eröffnet! Es werden Einschläge und Brände in den Randgebieten von Terrenus gemeldet!", meldete Legat Grachus, der neben Nerwa Platz nahm und den Funk nach sowie von außen übernahm.

„Na schön, ihr zwei! Immer mit der Ruhe! Wir machen's wie geübt. Lu, bleib hinter Alex, deck ihm den Rücken. Alex, die ersten Ziele befinden sich 500 Meter vor dir auf 250 Metern Höhe. Wirf dich ins Getümmel!", koordinierte Nerwa ihre Wächterpiloten. „Verstanden, Nerwa. Aktiviere Sekundärwaffe!"

Mit unbeschreiblicher Wucht schlug *Fobos* auf die vor ihm liegenden Flugobjekte ein. Es waren dieselben Objekte, die die Zitadelle in der Vergangenheit auch immer für die Übungsflüge zur Verfügung gestellt hatte. Doch nie wäre es Alexander oder sonst jemandem in Terrenus in den Sinn gekommen, dass die Zitadelle über einen solch gigantischen Bestand dieser Flugobjekte verfügte. Wie ein riesiger Fliegenschwarm tummelten sich diese am gesamten Himmel und feuerten aus allen Rohren auf alles, was sich am Boden bewegte. Und nun auch auf *Fobos* und *Daimos*.

Mit jedem Hieb erwischte *Fobos* dutzende Feindflugkörper, während *Daimos* einen Feuerstoß nach dem anderen an *Fobos* vorbei auf die Objekte abfeuerte. Zielen nicht nötig. Jeder Schuss traf seine Ziele. Doch es wurden einfach nicht weniger. Im Gegenteil schien sich der Himmel vor lauter Flugkörpern immer weiter zu verdunkeln.

Mit vollem Körpereinsatz steuerten Alexander und Luzilla ihre Wächter quer durch die angreifenden Massen. Sie wehrten eine Salve nach der anderen erfolgreich ab, ohne selbst einmal getroffen zu werden. Doch jedes Mal, wenn sie dachten, ein Lichten des Schwarms zu erkennen, kam auch schon ein neues Geschwader nach.

„Verdammt, die werden einfach nicht weniger!", rief Luzilla hektisch. Im selben Moment gab es ein helles Blitzen an *Daimos'* linkem Arm und einen lauten Knall. „Mist! Bin getroffen!" „Alles in Ordnung, Lu!", riefen Alexander und Nerwa zeitgleich. „Ich hab' meine Primärwaffe verloren! Mir geht's gut! Schalte auf Sekundärwaffe!" – „So, ihr nervigen kleinen Scheißteile –, selbst schuld, kein Mitleid!", brüllte Luzilla weiter, während sie sich ohne Rücksicht auf Verluste ins Getümmel stürzte.

„Lu, nicht so stürmisch! Leute, bleibt in Formation! Wie wir es trainiert haben", befahl Nerwa von der Kommandozentrale aus. „Achtung, es nähert sich eine weitere Welle an Flugkörpern! Diese scheinen größer und schneller zu sein. Macht euch bereit!"

Ohne einmal abzusetzen und die Waffe sinken zu lassen, schlugen *Fobos* und *Daimos* auf die feindlichen Flugobjekte ein. Ohne Unterlass regneten Schrottteile zu Boden. So verwandelte sich der Boden schnell in ein riesiges Trümmerfeld. Ein Trümmerfeld, das vor dem Angriff noch eine kleine Grenzsiedlung mit einigen hundert Bewohnern gewesen war. Bewohner, von denen keine Spur mehr übrig war. Denn auch, wenn es *Fobos* und *Daimos* gelang, den angreifenden Schwarm einigermaßen in Zaum zu halten, konnten sie es nicht verhindern, dass einige der Angriffe ihr Ziel erreichten. „General Quintus! Ihr müsst die Räumung des Forums veranlassen und Alarm schlagen! Die Angreifer sind zu zahlreich, wir können sie nicht alle aufhalten! Sie müssen sich und die Senatoren in Sicherheit bringen!", schrie Legat Grachus in sein Mikrofon, mit Blick auf die Monitore vor sich, während ihm Nerwa zustimmend zunickte.

„Marius! Marius!", schrie Serena durch die Tür des kaiserlichen Amtszimmers hereinspringend. „Jaaa? Was gibt es, Serena?" „Ein Senatsbote steht unten am Eingang! Terrenus wird angegriffen!"

Marius sprang aus seinem Sessel und hechtete Serena entgegen, packte sie an den Schultern und drückte sie zur Seite: „Los Serena, schlag im ganzen Haus Alarm und bringt euch in Sicherheit!" „Aber wo sollen wir hin?" „Keine Ahnung, Serena. Tut mir leid. Aber der Palast ist bestimmt eines der ersten Ziele, die angegriffen werden!"

Marius eilte die Stufen zum Erdgeschoss hinunter, dem Boten entgegen, der wie angewachsen, still und starr vor dem Eingangstor stand und einen kleinen Zettel in der rechten Hand hielt. Mit nur drei weiten Schritten hechtete Marius dem jungen Mann vom Treppenabsatz aus entgegen, blieb, wie berechnet, einen halben Meter vor ihm stehen und riss ihm den kleinen Zettel aus der Hand.

- *Grenzposten zur Gänze ausgeschaltet;*
- *feindliches Hauptgeschwader wird von den Wächtern mit knapper Müh und Not in Schach gehalten;*
- *einzelne Bomber dringen von den Seiten aus in Terrenus ein;*
- *Ziele in den Vororten angegriffen, zahlreiche Tote;*
- *Boden-Flugabwehr aufgrund der zahlenmäßigen Überlegenheit weitgehend wirkungslos;*
- *Bodentruppen der Zitadelle ziehen sich vor der Grenze zusammen;*
- *Senator Titus befindet sich bei mir, restliche Senatoren nicht auffindbar;*
- *Bitte dringend um persönliche Kontaktaufnahme!*
Gezeichnet: General Quintus Julius"

Der junge Bote blickte Marius gespannt an, während dieser den Zettel mit weit aufgerissenen Augen las, und zuckte zusammen, als Marius plötzlich rief: „Also gut, dann los mein Junge! Gehen wir!" Er packte den Boten am linken Arm und zerrte ihn mit sich zur Tür hinaus. Im Vorhof des Palastes wartete, wie immer, die kaiserliche Kutsche. „Los Junge, sag dem Kutscher, wohin er soll, und steig ein!" „Ich ähhm ..." Marius merkte schnell, dass der junge Bote mit der Situation völlig überfordert war. Kurzentschlossen zerrte er ihn weiter zum Kutscher: „OK, also, sag dem lieben Petrus, woher du gekommen bist. Dort fahren wir jetzt wieder hin." Der Bote zögerte zunächst weiterhin, stammelte dann aber doch verängstigt: „Ähhmm, ... aus, aus – der Aka... aus der Akade..." „Auf zur Akademie!", fiel ihm Kutscher Petrus ins Wort. „Bitte einsteigen!"

Marius grinste Petrus amüsiert an, bevor sich seine Miene wieder verfinsterte und er den jungen Boten hastig in die Kabine zerrte. Kaum schlug die Kutschentür zu, raste die Kutsche auch schon los. Die Fahrt sollte nicht lange dauern. Marius verbrachte die kurze Fahrt damit, über die Nachricht des Generals nachzudenken. *„Wie konnte es bloß so weit kommen? Wie konnten sie die Zitadelle bloß so unterschätzen?"* Warum er nun auf dem Weg zur Akademie war und sich der General nicht in der großen Kaserne aufhielt, war Marius schnell klar. Die Kaserne war ein viel zu offensichtliches Ziel für einen Angriff. Die Akademie hatte als Kommandobasis die gleiche Infrastruktur und war als Ziel zumindest unwahrscheinlicher.

Im Palast brach inzwischen das reinste Chaos aus. Serena stürmte von einem Ende des Anwesens zum anderen und schlug überall Alarm. Der Palast hatte eine permanente Belegschaft von circa fünf Dutzend Personen. Vom Küchenpersonal, über Putzkräfte, bis hin zur Gärtnerei. Es dauerte nicht lange, bis alle wirr in der Gegend herumliefen. Es brauchte gut vierzig Minuten, bis Serena alle erreichen und instruieren konnte, das Anwesen zügig zu verlassen. Sie selbst wartete, bis auch der Letzte den Palast verlassen hatte. Frau Astoria Julia, die dienstälteste Bedienstete am Palast, sie kümmerte sich bereits zur Inthronisierung des Altkaisers vor sechzig Jahren um dessen Bedürfnisse, brauchte, des fortgeschrittenen Alters geschuldet, etwas länger, um den Palast zu verlassen. Serena kam ihr auf halbem Weg von ihrer Stube zum Haupteingang entgegen und packte die alte Dame am linken Arm.

„Frau Astoria, bitte beeilt euch! Kommt, lasst das Zeug hier, wir müssen raus aus dem Palast! Kommt!", befahl Serena ungeduldig der sichtlich überforderten Astoria Julia, die mit großen, schweren Taschen in beiden Armen langsam den Gang entlangschritt. „Aber, aber Kleines, macht euch keine Sorgen um mich altes Weib. Geh schon vor, ich komme sofort." „Nix da, geh weiter! Ich nehme die Taschen und jetzt los!"

Hastig zerrend und schiebend bewegte Serena ihre alte Kollegin in Richtung Haupteingang und raus ins Freie. Draußen im Vorhof des Palastes konnte Serena nur noch aus der Weite ihre restlichen Kollegen und die Kutschen bei der Flucht beobachten.

„Komm schon Astoria, lass uns von hier verschwinden", kommandierte Serena die alte Dame beunruhigt, bevor sie ihren Blick zum Himmel richtete. Ein dumpfes Grollen, zuerst nur leise, dann immer lauter. Serena konnte das Geräusch nicht recht einordnen. Etwas Derartiges war ihr noch nie zu Ohren gekommen, nichtsdestotrotz war es aufgrund der Bedrohung unendlich beunruhigend.

„So, Kleines, das ist jetzt weit genug. Den Rest des Weges schaffst du allein." „Was?!" „Ich habe mein ganzes Leben in diesem Palast verbracht und ich werde ihn jetzt sicher nicht verlassen, mein Kleines. Und jetzt lauf, Serena! Bring dich schnell in Sicherheit." „Ja, das werde ich, Astoria! Und du kommst mit!", schrie Serena der alten Dame entgegen und zerrte sie am Arm. Doch ohne Erfolg.

Das Grollen, mittlerweile ohrenbetäubend laut, ließ den Kiesboden unter Serenas Füßen vibrieren. Da riss sich Astoria Julia aus Serenas Griff los und befahl Serena mit beruhigender und zugleich fester Stimme: „Los jetzt, Serena, lass mich zurück. Es ist in Ordnung. Meine Geschichte endet hier, deine jedoch ist noch lange nicht am Ende. Deine Rolle beginnt erst noch. – Lauf jetzt, schnell! Los, Serena, und blicke nicht zurück!"

Serenas Blick wurde glasig. Sie wollte Astoria auf keinen Fall zurücklassen, doch siegte schließlich die Angst vor dem, was da kommen mochte. So wendete sie sich schließlich von Astoria ab und rannte so schnell es ging in Richtung Haupttor. Dort angelangt, richtete Serena ihren Blick wieder in den Himmel. Als plötzlich die Urheber des Grollens am Firmament erschienen. Drei große Flugobjekte, die sich schnell der Stadt und dem Palast näherten. In Schockstarre verfallen beobachtete Serena die Flugobjekte weiter, bis auf einmal ...

Wie aus dem Nichts, riss es Serena um. Benommen wälzte sie sich auf dem Boden, bis sie langsam wieder zu sich fand und sich aufrichtete.

Totenstille. Kein Grollen, keine Schreie, nichts. Wo sich einst der Ostflügel des Palastes prunkvoll erhoben hatte, war nur noch ein brennender, qualmender Trümmerhaufen geblieben. Astoria Julia war weg. Serena traute ihren Augen nicht. Eine solche gnadenlose Zerstörung, wieso nur? Sie näherte sich zaghaft wieder einige Schritte dem Palast, blieb dann aber stehen und drehte sich wieder in Richtung Stadt.

Dieser Blick war einer zu viel. Versteinert stand Serena da und blickte auf die brennende Stadt vor sich. Entmutigt brachen ihr die Knie weg und sie sackte zu Boden. Unfähig, weiterhin ihre Emotionen unter Kontrolle zu behalten, brach Serena in Tränen aus und schluchzte voller Trauer ins Leere: „Maximus, wo bist du? Dein Volk braucht dich –, ich brauche dich."

„Guten Morgen, Alpha! Energiezellen gut geladen? Alle Systeme online?", trällerte Maximus fröhlich in sein Headset, die Beine auf die Konsole vor sich gebettet, den Blick auf seinen Bildschirm gerichtet. „Alle Systeme einsatzbereit, Commander Max. Soll der Hangar für den Abflug vorbereitet werden?" „Klar doch, ich komme gleich raus!", antwortete Maximus beschwingt.

Es lief alles wie erhofft. Maximus hatte sich mittlerweile mit seinem Wächter bestens vertraut gemacht und kannte alle Funktionen. Auch war es ihm zwei Tage zuvor gelungen, die Wächtersteuerung mit seiner Konsole in der Kommandozentrale zu synchronisieren, um *Alpha-Prime-One* auch gleich vom Stützpunkt aus zu instruieren. So fiel es Maximus mithilfe der künstlichen Intelligenz von *Alpha-Prime-One* noch leichter, alle Funktionen und wichtigen Details des Stützpunktes zu erlernen und zu erforschen. Was Maximus ein breites Grinsen ins Gesicht zauberte. Euphorisch freute er sich jeden Morgen aufs Neue, sich ans Steuer seines Wächters zu setzen und eine Runde zu drehen oder mit Vollgas in die Stratosphäre aufzusteigen und ganz Terrenus von oben zu betrachten. Stratosphäre, noch so ein Wort, das Maximus drei Wochen zuvor noch vor Unwissenheit hätte erröten lassen. Ohne Frage, sein Horizont hat sich in der Zeit, die er nun schon auf der Basis weilte, sehr erweitert. Nur eines konnte er immer noch nicht in Erfahrung bringen, was ihm einfach nicht aus dem Kopf gehen mochte. „Was mag bloß hinter dieser seltsamen Tür in der sechsten Etage liegen?"

So sehr ihn diese Frage auch beschäftigte, Maximus wusste sich an diesem Morgen gekonnt abzulenken. So sprang er geschwind aus dem Stuhl in der Kommandozentrale und eilte den Gang hinunter zu einer der Mannschaftssäle, in dem er sich einquartiert hatte. Viel Gepäck hatte Maximus bei seiner Ankunft ja nicht bei sich gehabt, aber zumindest seine Schuhe drapierte er ordentlich unter seinem Bett, die er nun hervorholte und hastig anzog. Auch fand er in einem der Schränke in dem Saal einen Overall in seiner Größe, wohl die Dienstkleidung eines Wartungsangestellten. Es kümmerte Maximus nicht, warum auch, war ja niemand außer ihm da. *Alpha-Prime-One* würde ihn ja wohl nicht schief anschauen, wenn er sich den Overall anzöge. So gedacht und auch prompt angezogen und seit über zehn Tagen nicht mehr ausgezogen. Was passt, das passt. Ganz nach Maximus' Motto.

Maximus trat gerade wieder aus der Tür in den Gang, als plötzlich der Alarm losging. Er zuckte zutiefst erschrocken zusammen und sah sich um. Das hatte er noch nicht erlebt, seit er auf dem Stützpunkt war. So schnell wie irgend möglich sprintete er den langen Gang hinunter und hechtete zurück in die Kommandozentrale, in der sämtliche Alarmleuchten hektisch grellrot um die Wette blinkten.

Maximus stürzte sich auf sein Headset an der Konsole: „Alpha, was ist hier los?! Was hat der Alarm zu bedeuten?!" „Ich habe den Alarm ausgelöst, da meine Langstreckensensoren ein Gefecht zahlreicher unbekannter Flugobjekte in nordwestlicher Richtung meldeten."

„Nordwestliche Richtung? – Terrenus!", dachte sich Maximus besorgt. „Alpha, handelt es sich bei den Flugobjekten um dieselbe Bauart wie die des Objektes, das uns vor einigen Tagen angriff?", fragte Maximus seinen Wächter weiter. „Keine diesbezügliche Übereinstimmung feststellbar." Maximus atmete erleichtert aus. „Es sind jedoch zwei Einheiten meiner Waffengattung in den Kampf verwickelt." „Was!?!", schrie Maximus erschrocken auf. Er war sich sicher, egal was *Alpha-Prime-Ones* Sensoren erkannt hatten, es musste so weit sein. Die unbekannten Angreifer, die auch bereits zweimal Maximus begegnet waren, begannen mit einem Großangriff auf Terrenus. Wie auch immer, Maximus konnte nicht einfach seelenruhig in seinem Stützpunkt sitzen bleiben und zusehen, wie seine Heimat angegriffen und zerstört werden würde.

„Alpha, alle Systeme abflugbereit machen! Öffne die Hangartore, wir starten sofort! Ziel: der Schwarm unbekannter Flugobjekte!", kommandierte Maximus seinen Wächter, bevor er sich eilig das Headset vom Kopf riss und in den Hangar rannte. So gut trainiert Maximus inzwischen bereits war im Umgang mit seinem Wächter, brauchte er keine drei Minuten, bis er abgehoben hatte und einsatzbereit war. Kaum in der Luft setzte *Alpha-Prime-One* automatisch Kurs gen Nordwest.

„Alpha, Kampfmodus bereithalten und sofort bei feindlicher Kontaktaufnahme aktivieren!" „Verstanden, Commander Max." „Und jetzt volle Energie auf die Triebwerke, wir dürfen keine Sekunde mehr verlieren!"

Umgehend nahm *Alpha-Prime-Ones* Beschleunigung extrem zu, wodurch Maximus in seinen Sitz gepresst wurde. Maximus selbst, der durch seine unzähligen Testflugstunden mittlerweile gut daran gewöhnt war, nahm die Beschleunigung kaum mehr wahr und fokussierte sich auf das, was da kommen mochte.

„Zeit bis zum Eintreffen am Zielort bei derzeitiger Geschwindigkeit 270 Sekunden", meldete *Alpha-Prime-One.*

Maximus beobachtete angestrengt die an ihm aufgrund der hohen Geschwindigkeit verschwommen vorbeiziehende Landschaft und konzentrierte sich auf den Horizont vor sich.

Und auf einmal: ein heller Punkt am Horizont. War das bereits die Schlacht? *„Nein"*, dachte sich Maximus. Das konnte keiner der Flugkörper sein, dafür war er viel zu weit oben. Für den Nordstern aber nicht hoch genug. Und: *„Hatte sich der Stern eben bewegt und geblinkt? Also doch wieder einer von denen!"*, dachte sich Maximus weiter. Doch dann plötzlich, von einer Sekunde auf die nächste, erschienen vor Maximus hunderte Objekte, die wie wild, wie ein Insektenschwarm, über den Himmel sausten. Im Zentrum des Schwarms erkannte Maximus schnell eine Explosion nach der anderen. Helle Lichtblitze und Flammenwolken, die den Schwarm durchbrachen. Doch so schnell konnte Maximus die Szenerie gar nicht erfassen, schon fand er sich bereits mitten im Geschehen.

„Kampfmodus aktiviert!", meldete *Alpha-Prime-One* und aktivierte seine Primärwaffe. „Sehr gut, Alpha, Autofeuer aktivieren! Ich übernehme die Sekundärwaffe!" „Verstanden, Commander Max. Sekundärwaffe wird ausgefahren."

In der Sekunde darauf eröffnete *Alpha-Prime One* auch schon das Feuer auf den Schwarm, der sich nun ausbreitete. Mit einem gigantischen Energiestrahl riss er eine große Furche in den Schwarm und ließ so gut zwanzig Angreifer auf einmal zu Boden stürzen. Gleichzeitig bediente Maximus nun *Alpha-Prime-Ones* riesige Klinge, mit der er vor sich von rechts unten nach links oben ebenfalls gut zwanzig Angreifer auf einmal beseitigte. Maximus, inzwischen voll dem Kampfrausch verfallen, hatte schnell den Eindruck gewonnen, dass sich der gesamte

Schwarm nun ausschließlich auf ihn und *Alpha-Prime-One* konzentrieren würde, als er einen kurzen Blick durch den dichten Schwarm auf einen der anderen Wächter werfen konnte, was seine Ansicht schnell wieder richtigstellte.

„Alpha, können wir Kontakt mit den anderen Wächtern aufnehmen?" „Eingabe nicht verstanden." „Mit den anderen Objekten, die deiner Waffengattung angehören!" „Nein, meine über diese Modelle vorliegenden Daten scheinen nicht mehr aktuell zu sein. Ich kann keine Funkverbindung herstellen." „Verstanden. Kannst du etwas zu ihrem Status sagen?" „Laut erster Analyse wurden beide bereits mehrfach getroffen. Die Sekundärwaffe des kleineren Modells ist nicht mehr einsatzbereit. Der Energiestatus beider nähert sich dem kritischen Bereich. Sie werden den Angriff nicht mehr lange durchhalten." „Alpha, die beiden gehören zu uns, wir müssen ihnen helfen! Beweg dich in ihre Richtung und lenke das Feuer der Angreifer auf uns!" „Verstanden, schalte auf aktive Verteidigung."

Alpha-Prime-One übernahm auf einmal die vollständige Kontrolle und preschte durch die angreifenden Reihen in Richtung der beiden Wächter, seine Sekundärwaffe schützend vor sich haltend. Gleichzeitig schoss er aus allen Rohren. Sowohl aus seiner Primärwaffe als auch aus einigen kleinen Kanonen, die auf einmal an seinen Schultern, der Hüftpartie und den Schläfen erschienen. Schützend nahm *Alpha-Prime-One* vor den beiden anderen Wächtern Aufstellung, die kurzzeitig das Feuer einstellten, sich dann aber wieder am Gefecht beteiligten. Maximus war schnell klar, die beiden Kommandeure der beiden Wächter mussten ebenso verblüfft über sein Eintreffen gewesen sein wie er selbst, als er von der Schlacht hörte. Maximus, der natürlich bestens durch die Ausbildung an der Akademie über die beiden Wächter vor sich Bescheid wusste, erkannte schnell, dass es sich um *Fobos* und *Daimos* handelte. *Daimos* hatte bereits seinen Arm, mit der er seine Sekundärwaffe hielt, einbüßen müssen und wies auch sonst bereits einige Treffer auf. Zu sehen an den kreisrunden schwarzen Brandspuren auf seinem hellroten Lack. Aber auch *Fobos* war bereits vom langen Tag gezeichnet. Verbogene und eingedellte Teile der Panzerung, Brandspuren und auch seine Sekundärwaffe hatte schon bessere Tage gesehen, was davon noch übrig war glich eher einem Prügel als einem mächtigen Schwert. Unweigerlich drängte sich der Gedanke in Maximus Kopf, wer wohl die beiden Kommandeure der Wächter sein mochten. Alexanders Gesicht erschien ihm vor den Augen, sollte er in einem der beiden Wächter sitzen? Wie viel Zeit war vergangen? Je länger Maximus darüber nachdachte, umso sicherer war er sich, dass sein alter Schulfreund nur wenige Meter neben ihm in einem der beiden anderen Wächter saß und mit ihm Terrenus' Feinde bekämpfte, wie sie es sich bereits in ihren unbeschwerten Jugendtagen an der Akademie ausgemalt hatten.

Dann auf einmal, ein heller Lichtblitz vor Maximus Augen, der ihn aus seinen Gedanken riss und ihn zurück in die Realität holte. „Wurden wir getroffen, Alpha? Alles OK?" „Melde mehrere Treffer. Die Panzerung hält, keine Schäden festgestellt." Doch kaum hatte *Alpha-Prime-One* den Satz beendet: „Melde den Ausfall von drei Geschützen. Aktive Verteidigung nur noch eingeschränkt möglich." „Verstanden, ich …" „Ein weiteres Geschütz verloren." „Alpha, schalte wieder auf Kampfmodus und gib mir die Sekundärwaffe. Ich helfe dir!"

Plötzlich stieß *Fobos* an *Alpha-Prime-Ones* Seite vorbei und attackierte die angreifenden Flugobjekte wieder mit vollem Einsatz. Gleichzeitig zogen auf einmal drei riesige rote Energiestrahlen an *Alpha-Prime-One* vorbei. Maximus erkannte sofort, letztere waren von *Daimos* gekommen. Die beiden wollten nun auch *Alpha-Prime-One* helfen. Voll motiviert übernahm Maximus die Steuerung seines Wächters und formierte sich mit den beiden anderen Wächtern. Als wären die drei schon immer miteinander Einsätze geflogen und hätten zusammen trainiert, agierten sie nun wie einstudiert in perfekter Synchronisation.

Und es zeigte Wirkung. Ein Schwall von Angreifern nach dem anderen scheiterte an den drei Wächtern und wurde ausgeschaltet. Die Trümmerteile regneten wie ein Hagelschauer zu Boden. Dennoch kam es Maximus seltsam vor. Das konnten doch nicht dieselben Angreifer sein, denen er in der Wüste begegnet war?

Abgesehen von der schieren Anzahl, waren Maximus und *Alpha-Prime-One* völlig chancenlos allein gegen einen einzelnen Angreifer und nun pflügten sie sich so einfach durch ganze Wogen von Angreifern. Nein, irgendetwas passte da nicht zusammen. Doch hatte Maximus im Moment keine Zeit, sich darüber den Kopf zu zerbrechen. Im Moment zählte nur, die Angreifer von der Hauptstadt fernzuhalten und das Gefecht zu gewinnen.

„Lu, pass auf! Angriff, links!", brüllte Nerwa aufgeregt. Luzilla wendete *Daimos* nach links, hob die Waffe und feuerte hastig –, doch zu spät. Der getroffene Angreifer stürzte auf sie zu, erwischte *Daimos* am linken Arm und riss diesen mit voller Wucht ab.

„Lu! Alles klar bei dir? Bist du noch da?!", schrie Nerwa. „Ja, bin noch da. Habe meine Sekundärwaffe verloren! – Samt Arm."

„Alex, hast du gehört? Wechsle die Seite und schütze Lus linke Flanke!" „Verstanden!", antwortete Alexander knapp und führte den Befehl zugleich aus.

„Verdammt, das werden einfach nicht weniger!", beklagte sich Luzilla zunehmend beunruhigt. Nerwa, ebenso mit den Nerven am Ende, gaffte gespannt auf ihren Monitor und hoffte, dass sich die angreifende Flotte bald mal lichten würde. Sie wollte gerade einen kleinen Motivationsruf in Richtung Luzilla starten, als sie auf ihrem Monitor ein neues Flugobjekt erblickte.

„Was zum Geier? ...", rätselte Nerwa und fuhr fort: „Alex, Lu, passt auf, da kommt etwas ziemlich Großes äußerst schnell auf euch zu!" „Was heißt: etwas ziemlich Großes?!", hakte Alex nervös nach. „Das Ding scheint noch größer als *Fobos* zu sein. Worum es sich genau handelt, kann ich dir von hier aus nicht sagen. Tut mir leid, seid auf der Hut!"

„OK, das große Ding ist jetzt, ... Was zum ...?!" „Was ist los, Nerwa?", fragte Luzilla ungeduldig nach. „Das Ding schießt auch auf die Drohnen der Zitadelle!" „WAS!!", riefen Alexander und Luzilla im Chor.

Alexander drehte *Fobos* in Richtung des unbekannten Objekts und konnte es nach wenigen Sekunden durch den Schwarm erkennen. Er traute seinen Augen nicht, riss diese weit auf, starrte das Ding an und schrie dann einmal aufgeregt in sein Headset:

„Das … das ist … das ist noch ein Wächter!!" „Was??!!!", antwortete Nerwa aufgeregt. „Lu, siehst du das auch?", fragte Alexander, um sicherzugehen, dass er noch nicht völlig verrückt war. „Wer um alles in der Welt ist das? Der Wächter ist riesig!", antwortete Luzilla bestätigend. „Keine Ahnung", antwortete Alexander auf Luzillas Frage, seelenruhig den unbekannten Wächter weiter beobachtend. *Stimmt, wo mag der bloß herkommen?*", überlegte Alexander. Schlagartig fühlte er sich an Maximus erinnert. Und fragte sich gleichzeitig, warum ihm der nun wieder in den Sinn kam. Maximus saß ja wohl in irgendeinem Bunker in der Hauptstadt in Sicherheit und harrte in aller Ruhe der Dinge.

Alexanders Gedanken schweiften immer weiter ab, als ihn ein heftiges Ruckeln in die Realität zurückholte. „Alex! Mach schon, was ist los?! Mach weiter! Deck *Daimos'* rechte Flanke!", befahl Nerwa bestimmend.

Alexander schreckte auf und sammelte sich, bevor er *Fobos* an *Daimos'* Seite navigierte und den Kampf wieder aufnahm. Das Gefecht schien immer intensiver zu werden. So bemerkten Alexander und Luzilla erst nach einiger Zeit, dass sich der unbekannte Wächter ihrer Formation angeschlossen hatte und mit ihnen nun in vollem Einklang kämpfte.

„Dieser Wächter ist unglaublich! Der erledigt mit einem Hieb mehr Angreifer als *Daimos* und *Fobos* zusammen", merkte Luzilla bewundernd an. „Stimmt, wenn ich nur wüsste, wo der herkommt", antwortete Alexander. „Das können wir alles nach der Schlacht klären. Leute, konzentriert euch!", rief Nerwa zur Ordnung: „Lu, *Daimos* ist schon ziemlich mitgenommen. Seine Energiezellen für die Hilfstriebwerke werden nicht mehr allzu lange durchhalten. Ich muss Energie aus dem Hauptreaktor abziehen, was bedeutet, dass deine Kanone nur noch mit halber Energie feuert. Bleib an *Fobos'* Seite und lass dir von den beiden Wächtern Deckung geben." „Verstanden Nerwa, hoffe nur, die Angriffswellen reißen bald mal ab. Sonst bekomm' ich noch Probleme!", versuchte Luzilla die Situation herunterzuspielen. Alexander verfolgte das Gespräch aufmerksam und warf einen besorgten Blick auf Luzillas Wächter. Entsetzt über *Daimos'* Zustand richtete Alexander seinen Wächter wie ein Schutzschild vor *Daimos* auf. „Alex, was wird das?", fragte Luzilla verwundert. „Versuch, dich mit *Daimos'* Beinen an *Fobos'* einzuhaken und schieß an meiner rechten Flanke vorbei", antwortete Alexander. „Alex, *Fobos'* Triebwerke können euch nicht beide tragen. Seine Energie wird auch nicht mehr lange halten." „Egal, so halten wir wenigstens etwas länger durch. Irgendwann müssen denen doch die Drohnen ausgehen!" Luzilla zögerte und wägte Alexanders Einfall ab, als ein Ruck durch *Daimos* fuhr: „Ich glaube, *Daimos* wurde getroffen!" „Nein, wurde er nicht. Der unbekannte Wächter hatte offenbar dieselbe Idee. Er presst *Daimos* an *Fobos'* Rücken. Auf meinem Radar scheint ihr jetzt als ein großes Objekt auf. – Na schön, dann eben so!", schnaufte Nerwa müde durch: „Alex, Lu, die Energiereserven des unbekannten Wächters sind sicher noch besser gefüllt als eure. Ich gebe wieder volle Energie auf eure Kanonen. Pustet diese verdammten Zitadeller schleunigst vom Himmel und kommt nach Hause! Eure Energie reicht noch, egal wie, für maximal 20 Minuten. – Also, los! Los! Los!"

„Kompensiere den Mehraufwand an den Triebwerken." „Sehr gut, *Alpha*, danke!" „Primärwaffe verfügt nur noch über 85 % der ursprünglichen Feuerkraft." „Verstanden, *Alpha!* Wird schon reichen. Das kann ja nicht mehr ewig dauern hier!" „Achtung, Commander Max, meine Sensoren melden eine weitere Welle an Angreifern, die sich auf uns zu bewegt." Maximus schnaufte: „Na schön. Kannst du irgendetwas erkennen, ob die Angriffswellen schon weniger oder zumindest schwächer werden?" „Tut mir leid, Commander Max. Für eine stichhaltige Statistik fehlt mir die nötige Datengrundlage." „Aber du wirst doch sagen können, ob sich an der Intensität der Angriffswellen etwas ändert." „Tut mir leid, Commander Max. Zum derzeitigen Zeitpunkt der Schlacht liegen für fundierte Prognosen zu wenige Daten vor." „Na schön, hilft ja nichts. Wird schon gutgehen!"

Dicht an dicht gepresst verteidigten sich die drei Wächter wie eine Einheit. *Fobos* feuerte aus vollem Rohr und auch *Daimos* gab einen Feuerstoß nach dem anderen an *Fobos'* Rücken vorbei ab, von der anderen Seite gut durch *Alpha-Prime-One* gedeckt. So wehrten sie eine Woge nach der anderen ab. Das Eintreffen der nächsten Welle, die *Alpha-Prime-One* erkannte, war nicht zu bemerken. Es war ein großes Getümmel am Himmel. *Alpha-Prime-One* schlug eine Schneise nach der anderen in den angreifenden Schwarm, doch ohne erkennbares Ergebnis. Kaum gingen fünfzig, sechzig, siebzig Angreifer zu Boden, wurden die hinterlassenen Lücken auch schon durch neue Drohnen gefüllt. So zog sich das Spiel über etliche Minuten fort.

„Commander Max, laut Analyse der verbündeten Einheiten nähert sich deren Energieniveau dem kritischen Bereich." „Verstanden, wie lange können sie noch weitermachen?" „Gar nicht. Entweder sie beenden den Einsatz oder ihre Triebwerke werden binnen der nächsten dreihundert Sekunden den Betrieb einstellen."

Mit besorgtem Blick auf den Schlachtverlauf grübelte Maximus über die verfahrene Situation nach: „Es ist aussichtslos. Egal, was wir tun, die beiden schaffen es niemals, sich rechtzeitig in Sicherheit zu bringen, ohne dass sie von den Angreifern abgeschossen werden. Und ich kann mich mit *Alpha* auch nicht alleine um alle kümmern. Was nun?"

„Scheiß drauf!", spie Maximus lauthals aus und feuerte weiter auf alles, was auf ihn und die beiden anderen Wächter zukam. „Alpha, lös' dich von den anderen und gib volle Energie auf die Waffen!", befahl Maximus. Mit vollem Einsatz feuerte Maximus auf die Angreifer und umkreiste dabei *Fobos* und *Daimos*, um diese möglichst gut zu schützen.

„Commander Max, nach aktueller Situationsanalyse werden unsere verbündeten Einheiten nun zu 45 % weniger vom Feindfeuer getroffen, jedoch hat sich unser Energieverbrauch um 300 % erhöht, was unsere Einsatzdauer empfindlich reduziert. Unsere Siegeschance über die feindliche Flotte beträgt so noch 0,87546 Prozent." „Danke Alpha, sehr hilfreich!", kommentierte Maximus sarkastisch. „Schlag mir eine funktionierende Taktik vor, anstatt hier mit sinnlosen Statistiken um dich zu werfen! Wir können die beiden nicht schützen, wir können den Feind nicht alleine aufhalten, wir können die beiden nicht zu ihrer Basis eskortieren, weil wir so auch den Feind dorthin führen würden. Was also sollen wir machen?" „Es tut mir leid, Commander Max, bei der aktuellen Lage ergeben meine Berechnungen kein erfolgreiches Vorgehen, das einen Sieg über die feindlichen Truppen bewirken würde." Resignierend verließ Maximus der Mut. Betrübt schnaufte er durch und blickte auf das Szenario vor ihm.

„Das geht so nicht, Alpha, irgendetwas müssen wir tun. Wenn nicht, werden die Angreifer über ganz Terrenus herfallen. Hier geht es um das Leben von Hunderttausenden Terranern." „Es tut mir leid, Commander Max, aber die einzige Möglichkeit, die aktuell angreifenden Einheiten erfolgreich aufzuhalten, besteht in einer Überladung meines Hauptreaktors und einer daraus resultierenden Explosion." „Sehr gut, Alpha! Das würde die Angreifer alle auf einmal auslöschen?" „Ja, Commander. Ebenso aber auch unsere Verbündeten." „Verstehe." Maximus versank kurz in Gedanken, die Konsequenzen aus seinem weiteren Vorgehen abwägend. „Na gut, Alpha. Es hilft nichts, wenn wir hier so weitermachen," werden uns die Angreifer einen nach dem anderen vom Himmel holen, damit ist auch nichts gewonnen. Es geht um ganz Terrenus. Wir müssen den Feind aufhalten, koste es was es wolle! Starte die Überlastung des Hauptreaktors!" „Verstanden. Leite sämtliche Energie auf den Hauptreaktor um und trenne ihn von allen anderen Systemen. Der Reaktor wird in fünfundvierzig Sekunden in seine kritische Phase eintreten. Von da an kann der Vorgang nicht mehr aufgehalten werden." „Gut so, Alpha, danke. Ich hoffe nur, dass das den terranischen Truppen genug Zeit verschafft, um sich neu zu formieren."

Kaum ausgesprochen, erinnerte sich Maximus an Marius. Ob er wohl in Sicherheit ist und die Truppen befehligt? Maximus hoffte es inständig. „Keiner könnte es besser", sagte er, sich selbst ermutigend.

„General Quintus, wie ist die Lage?", startete Marius, als er zur Tür in die provisorische Kommandobasis im zweiten Untergeschoss der Akademie hinein hastete. Ihm folgend der junge, kreidebleiche Bote. „Danke fürs Herbringen, Junge, bleib vorne bei den Soldaten. Hier im Keller bist du in Sicherheit", versuchte Marius seinen jungen Begleiter etwas zu beruhigen.

„Also, General, wo stehen wir?"

General Quintus stand in militärisch strammer Haltung vor einem großen Tisch, auf dem eine große Landkarte von Terrenus ausgebreitet war, ringsum lagen verschiedene Mitteilungen und andere Berichte wirr verstreut. Der General sah Marius mit ernster Miene an und antwortete nach kurzer Pause: „Kurz gesagt: am Abgrund."

„Nicht sehr ermutigend, Herr General", versuchte Marius zu beschwichtigen. „Nun, wir haben ehrlich gesagt, gar nicht mehr mit eurem unversehrten Eintreffen gerechnet, Marius. Bomber sind bis in die Hauptstadt vorgedrungen. Das Forum, die Kaserne, der Palast, der Hafen, liegen alle in Trümmern", berichtete General Quintus, bevor er einige der Berichte auf dem Tisch mit der Hand packte und sie Marius entgegen reckte: „Es treffen laufend Berichte über Tote, Verwundete und diverse Zerstörungen ein. Unter den zerstörten Gebäuden befindet sich auch das große Staatshospital. Somit obliegt die Versorgung der Verwundeten im Moment den zwei kleinen Kliniken in den Randbezirken. Es herrscht das Chaos."

Kurz versteinerte Marius, als er die Meldung über die Zerstörung des Palastes hörte, und versank im Gedanken daran, ob es Serena noch rechtzeitig raus geschafft habe, sammelte sich dann aber schnell wieder und versuchte alles, sein gewohnt professionelles, kühles Auftreten nicht zu verlieren. „OK, es läuft also nicht wie gewünscht. Das bedeutet aber nicht, dass wir aufgeben und unsere Köpfe in den Sand stecken", antwortete Marius abgebrüht und trat an den großen Tisch heran. Nach einem kurzen prüfenden Blick deutete er auf die Grenzlinie zur Zitadelle, die auf der Karte an einer Stelle mit kleinen roten und blauen Pinnnadeln gespickt war. „Ich nehme an, die Gefechte konzentrieren sich im Moment auf diesen Bereich?" „Ja, zumindest was die beiden Wächter betrifft. Unsere Grenzposten wurden bereits zur Gänze ausradiert." „Und die Bodentruppen der Zitadelle?" „Die warten seelenruhig jenseits der Grenze den Ausgang der Luftschlacht ab, wohl um nicht von den herunterfallenden Trümmerteilen erschlagen zu werden. Laut dem letzten Bericht von Legat Grachus aus der Kommandobasis der Wächter stehen die Dinge aber auch hier nicht zum Besten. Die Wächter werden von den Massen an Angreifern überrannt." „Und die Flugabwehr in der Hauptstadt?" „So gut wie wirkungslos gegen die Angreifer und auch schon so gut wie vollständig vernichtet."

Plötzlich ertönte eine schwache, zittrige Stimme aus der dunklen Raumecke hinter General Quintus: „Es ist hoffnungslos. Wir sind des Todes. Streckt die Waffen, verlasst die Posten und lauft." Es war Senator Titus. Nur noch ein Schatten seiner einst stolzen Selbst kauerte er wie ein verängstigtes Schulkind auf einem kleinen Stuhl in der Ecke. Ein jammervoller Anblick.

Marius sah Titus kurz an, stützte sich dann aber mit den Armen auf dem Tisch ab, ließ den Kopf hängen und grinste verächtlich. Verwundert darüber, wie ihm in dieser Situation ein Lächeln über die Lippen kommen konnte, sahen Titus und Quintus Marius verdutzt an.

„Was gibt es in dieser Situation zu lachen, Marius?", fragte General Quintus schließlich verärgert.

Marius schüttelte den Kopf und richtete sich wieder auf: „Nichts. Nichts eigentlich. Es ist einfach nur ein Witz, wenn einem das Fanal mit der Hybris so schlagartig klar wird." Titus und Quintus gafften Marius nur sprachlos, mit unwissendem Blick an. „All die Jahre, all die Generationen über, haben wir uns stets als die großen Terraner angesehen. Als das große, zum Herrschen auserkorene Volk betrachtet. Haben es immer als selbstverständlich angesehen, dass sich die, in unseren Augen unwürdigen, Zitadeller stets devot und unterwürfig verhielten. Nie wurde hinterfragt, warum die Zitadeller, obgleich ihrer offensichtlichen technischen Überlegenheit, nie gegen diese Ordnung aufbegehrten. Mehr noch, forderten sie nie besonderen Dank oder Anerkennung dafür, dass sie in allen Bereichen unseres Lebens unsere technischen Einrichtungen instand hielten und kontrollierten. Nein, wir haben es stets als selbstverständlich angesehen und haben von unserem hohen Ross aus, mit Geringschätzung auf sie herabgeblickt. – Sagt mir also bitte meine Herren –, was an der aktuellen Situation wundert euch noch? Wundert es euch, dass sie, vor uns verborgen, wo wir uns in der Vergangenheit ja sooo für alles, was jenseits unserer Grenzen vor sich ging, interessierten, eine so gigantische Angriffsflotte aufbauen konnten, die überraschenderweise genau darauf ausgelegt ist, unsere Wächter in Schach zu halten? Wundert ihr euch, dass sie so genau wissen, wo sie angreifen müssen, um uns schnellstmöglich handlungsunfähig zu machen? Während wir nicht mal eine schemenhafte Karte der Zitadelle vorweisen können. Oder wundert ihr euch darüber, wie unsere ach so tollen Flugabwehrgeschütze, die allesamt von der Zitadelle installiert wurden, gegen die Einheiten der Zitadelle wirkungslos sind? – Nein, meine Herren, nichts an dieser Situation braucht uns zu wundern. Diese missliche Lage, in der wir uns jetzt befinden, ist hausgemacht. Unsere eigene Hochnäsigkeit, Engstirnigkeit und Selbstsicherheit haben uns so weit gebracht. – Man erntet stets, was man sät."

Resignation machte sich in Quintus' Miene breit. Langsam dämmerte es ihm und er musste Marius zustimmen. Zu lange, viel zu lange hatten sie ihre Machtposition als selbstverständlich hingenommen. Wie konnten sie bloß so blind sein?

Mit desillusioniertem Blick sah Quintus Marius an. Es war, als wolle er ihn fragen, warum, was tun, wieso. Doch er vermochte nicht eine Silbe auszustoßen. So stand er mit offenem Mund und weit aufgerissenen Augen da. Ein entsetzlicher Anblick. Vor allem für alle Terraner, die den sonst so stolz aufrecht stehenden General kannten.

Keiner der Männer sprach mehr ein Wort. Totenstille machte sich in dem kleinen unterirdischen Raum breit. Unterbrochen nur von dem dumpfen Donnergrollen der Granateneinschläge in der Hauptstadt. Eine gespenstische und zutiefst beklemmende Szenerie.

Die niederdrückende Atmosphäre schien allen Anwesenden langsam das Leben auszuquetschen, als plötzlich ein junger Soldat mit einem Nachrichtenzettel in der Hand zur Tür hereinstürmte: „General Quintus, wir haben neue Nachrichten von der Schlacht der Wächter an der Grenze. Sie ..."

Der junge Soldat kam nicht zum Ausreden. Mit einem Ruck riss Marius dem jungen Mann die Nachricht aus der Hand und las den Bericht hastig.

„Was ist los, Marius? Was steht da?", drängte General Quintus ungeduldig.

Marius zögerte kurz, um den Text nochmal durchzugehen, und antwortete dann aufgeregt: „Hier steht, ein neuer Wächter sei auf einmal aufgetaucht und habe sich *Daimos* und *Fobos* angeschlossen." „Was?! Woher sollte jetzt auf einmal ein neuer Wächter kommen?!", fragte Quintus aufgeregt. Marius studierte weiter gebannt die Nachricht und ließ den General links liegen. So wandte sich der nervöse General seinem jungen Untergebenen zu, der nach wie vor neben Marius stand und die beiden Männer ansah: „Soldat! Ist da noch mehr –, eine weitere Nachricht –, haben wir mehr Informationen zu dem neuen Wächter?!"

Der junge Mann stand beklommen da, sichtlich zitternd: „Ich, ähm, ... mir wurde nur diese Nachricht gegeben, um ...", stammelte er, bevor er von Marius mit ruhiger, besonnener Stimme unterbrochen wurde: „Danke für die Nachricht, Sie können gehen."

Verblüfft sah Quintus Marius an, während sich der junge Soldat zustimmend verbeugte und dann hastig zur Tür hinauseilte. Marius starrte weiterhin gebannt auf die Nachricht. Ihm sagte die kurze Nachricht definitiv mehr als General Quintus. Marius las nur *neuer Wächter* und schon schoss es ihm durch den Kopf: *„Maximus.*"

Quintus hatte sich viel mehr von der Nachricht erhofft, weshalb die Mutlosigkeit nun wieder in ihm stieg. „Nichts, da steht nichts! Ich versteh's nicht Marius, wie kannst du bloß so ruhig und gelassen bleiben? Was gibt dir dieser Wisch?"

Langsam löste Marius seinen Blick von der Nachricht, hob den Kopf, sah Quintus zufrieden lächelnd an und antwortete mit ruhiger Stimme: „Hoffnung."

„1. April 2380: BRUTUSTAT!
Sie stehen vor den Toren. Ich kann ihr Trommeln hören. Es ist
zu Ende. Alles ist zu Ende.
Ich trat vor die Massen, voller Hoffnung, den Pöbel in Ver-
nunft zu einen und zu befrieden, da sah ich ihn. Inmitten
des Pöbels. – Als Anführer des Pöbels! Meinen eigenen Sohn!
Dieser unendliche Verrat! Dieser treulose Hund! Ohne auch
nur einem meiner, mit solchem Bedacht gewählten Worte,
auch nur eine Sekunde Aufmerksamkeit zu schenken, fiel er
mir unentwegt ins Wort und stachelte den wankelmütigen
Pöbel immer weiter zum Ungehorsam auf.
Aus Ungehorsam wurde Unruhe, aus Unruhe wilde Raserei.
Mit einem Mal geriet die Masse in Bewegung, überwältigte
die tapferen Prätorianer des Regierungsviertels und bewaff-
nete sich mit allem, dessen sie habhaft werden konnte.
Immer näher rücken sie heran, immer lauter wird das Dröh-
nen. Wände und Türen vibrieren, Fenster bersten. Unbegreif-
liche Schreie voller Argwohn und Hass schallen dem Pöbel vo-
ran. Angeführt von den verräterischen Hetztiraden meines
eigenen Fleisches und Blutes.
Keine Hoffnung mehr –, dies also soll das Ende meines Rei-
ches sein.
Sie kommen nun den Gang herauf, sie stoßen an die Türe –,
die Angst, sie ist nun verflogen. Wenn der Dolchstoß meines
Brutus nun das Ende meiner Herrschaft besiegeln sollte, so
gehe ich in der Art, die eines Kaisers würdig ist."

„Lu, Alex macht, dass ihr da wegkommt! Ihr könnt nichts mehr
ausrichten!", brüllte Nerwa hysterisch in ihr Headset. „Wir können den doch nicht einfach so allein mit den Angreifern zurücklassen!", antwortete Alexander aufgebracht. „Und was willst du
bitte noch bewirken? Eure Energiereserven sind völlig erschöpft!
Lu kann sich ohne deine Hilfe gar nicht mehr oben halten!"
„Aber …" „Nerwa hat recht, Alex, wir können nichts mehr machen", beschloss Luzilla die Diskussion.

Alexander beobachtete kurz besorgt die Situation und fuhr dann betrübt fort: „Na schön. Lu, leite deine gesamte verbliebene Energie auf die Triebwerke um und löse dich von mir. Schau, dass du irgendwie sicher landen kannst, ich komme nach, sobald du unten bist." „Was du kannst doch ..." „Hör auf Alexander, Lu! Er hat recht, macht es bitte so!", befahl Nerwa nervös.

Luzilla zögerte kurz, musste sich jedoch schließlich eingestehen, dass die Alternativen erschöpft waren. So leitete sie alle Energie auf *Daimos'* Triebwerke um, löste ihren Halt von *Fobos'* Flanke. Kaum gelöst, sank *Daimos* auch schon in Richtung Oberfläche. Die Energiereserven reichten gerade noch, um eine kontrollierte Landung zu ermöglichen.

Besorgt beobachtete Luzilla, wie sie sich langsam von den sich nach wie vor gegen die Angreifer wehrenden Wächtern *Fobos* und dem anderen entfernte. Es machte sie fertig, dass sie nichts mehr zur Schlacht beitragen konnte. So kam ihr der Sinkflug wie eine unerträgliche Ewigkeit vor.

Doch dann plötzlich, *Daimos* war schon fast am Boden angekommen, tauchte ein gleißend heller Lichtblitz den gesamten Himmel in weißes Licht, das Luzilla blendete. Reflexartig kniff sie ihre Augen zu und wendete sich ab. Nach einigen Sekunden schaffte sie es, ihre Augen wieder zu öffnen, konnte diesen aber nicht trauen. Zutiefst entsetzt starrte Luzilla in ein gigantisches Flammenmeer, das sich über den gesamten Himmel erstreckte. Es schien, als wären mit einem Schlag sämtliche Flugobjekte am Himmel explodiert. Abgesehen davon, entsetzte Luzilla aber vor allem die Tatsache, dass sie die beiden Wächter in dem Feuerchaos nicht mehr erkennen konnte. Hektisch riss sie ihren Kopf herum und suchte den gesamten Himmel ab. Doch ohne Erfolg. Nur unzählige kleine, zum Teil brennende beziehungsweise qualmende Trümmerteile, die wie Regen vom Himmel fielen, waren zu erkennen. Inständig hoffte Luzilla, dass keines der Trümmerteile zu *Fobos* gehörte. Dies mit Sicherheit zu bestätigen, schien jedoch unmöglich.

Minutenlang loderten Flammen über das Firmament, bis sich ihr helles Orange langsam verdunkelte und einem verrauchten Grau wich. Und dann sah Luzilla, was sie so begierig suchte. Doch nicht ganz so, wie erhofft. Es war der unbekannte Wächter, den sie als Erstes erblickte, wie er durch die dichten Rauchschwaden nach oben stieß. Luzilla folgte seinem Flug genau und erkannte dann, dass der Wächter *Fobos* nachhastete. Doch irgendetwas stimmte nicht mit Alexanders Wächter. Er flog nicht selbst, irgendetwas schien an *Fobos* zu ziehen. Luzilla erkannte dann, dass *Fobos'* Triebwerke nicht aktiviert waren und er in der Luft zu hängen schien. Aber dennoch stieg er immer höher und scheinbar auch immer schneller. Luzilla konnte es sich nicht erklären. Sie hatte mittlerweile mit *Daimos* auf dem Boden aufgesetzt. Sanft und kontrolliert inmitten des wüsten Trümmerfeldes, was Luzilla aber nicht weiter beschäftigte. Auch Nerwas Erkundigungsschreie in Luzillas Kopfhörer konnten sie nicht von der Szenerie losreißen: „Lu!!! Lu! Geht es dir gut? Was ist passiert?! Melde dich! Ich hab' dich nicht mehr auf dem Radar!"

„*Daimos* ist gelandet. Seine Energiereserven sind erschöpft."

„Was ist gerade passiert? Auf einmal waren alle feindlichen Flugkörper weg und Alex scheint sich auf eine Flughöhe von über 100 Kilometern und steigend zu befinden."

„Ich kann es dir nicht erklären. Ich kann's mir selbst nicht erklären. Auf einmal sind alle feindlichen Objekte explodiert. Der ganze Himmel stand in Flammen. Was das auch immer ausgelöst hat, scheint nun aber *Fobos* in seiner Gewalt zu haben und mit sich zu ziehen."

„Was?! Was können wir tun?"

„Gar nichts. *Daimos* kann nicht mehr abheben. Der andere Wächter ist an *Fobos* dran. Wir müssen wohl auf ihn vertrauen."

„Wer zum Geier ist das?! Wir haben nur die Sichtmeldungen der Soldaten erhalten."

„Keine Ahnung, aber er ist sicher auf unserer Seite. Ohne ihn hätten wir niemals so lange durchgehalten und Terrenus wäre bereits überrannt worden. Ich hoffe nur, er kann Alex helfen."

Luzilla atmete müde durch und fuhr fort: „Sie sind bereits über den Wolken verschwunden, ich kann hier nichts mehr bewirken. Schick mir bitte eine Rettungseinheit für *Daimos* und mich." „Sind schon auf dem Weg. Werden in wenigen Minuten bei dir eintreffen. Lehn' dich zurück und versuch runterzukommen. Du warst spitze, Lu." „Danke Nerwa", schloss Luzilla merklich erschöpft.

„Was zum Geier war das?!!" „Es liegen keine genauen Informationen vor, Commander. Aber alle angreifenden Einheiten wurden ausgeschaltet." „Wie kann das sein, Alpha?" „Meine Sensoren haben ein neues Flugobjekt in nordöstlicher Richtung in einer Höhe von 1.200 Metern geortet."

„Ein neues Flugobjekt?", stieß Maximus durch den Kopf, bevor er ruckartig seinen Wächter ausrichtete und nach oben blickte. Sollte es etwa wieder einer dieser mysteriösen Angreifer sein, die ihn schon mehrfach attackiert hatten? Maximus konnte nichts erkennen, nur einen kleinen, in der Sonne strahlenden Punkt am Firmament. Doch dann wurde der Punkt auf einmal größer. Von einer Sekunde auf die andere war das Flugobjekt genau zu sehen. Was er da aber genau vor sich hatte, vermochte Maximus nicht zu erfassen. Von der Bauart ähnelte es den Drohnen der Zitadelle, nur viel, viel größer. Mit weißen Flügeln an den Seiten und zwei am Heck. Doch ein Cockpit oder sonstige Fenster konnte Maximus nicht erkennen. Auch Triebwerk war keines zu erkennen. Nur ein dünner, blau glühender Streifen war am Heck des Objekts zu sehen. Auch wie sich das Objekt bewegte, erschien Maximus höchst seltsam. Im Bruchteil einer Sekunde schoss das Objekt heran und stand nun völlig regungslos am Himmel. Mitten in den lodernden Flammenwolken ringsum. Ein verstörendes Bild.

Und dann strahlte plötzlich ein seltsamer grünlich schimmernder Lichtkegel aus der Unterseite des Objekts in Richtung *Fobos* und umhüllte diesen. Maximus war entsetzt. Ein neuer Angriff? Was konnte er tun? Doch bevor er seine Möglichkeiten abwägen konnte, musste er zusehen, wie *Fobos* wie durch Geisterhand zu dem fremden Flugobjekt hingezogen wurde. Maximus zögerte keine Sekunde und richtete *Alpha-Prime-One* aus: „Los Alpha, volle Energie auf die Triebwerke! Wir müssen ihm helfen!" „Diesen Befehl kann ich nicht ausführen, Commander. Die befohlene Triebwerksüberlastung tritt in fünf Sekunden in die kritische Phase." Maximus zuckte zusammen: „Ohhh sch … da war ja noch was. Alpha, Triebwerksüberlastung sofort abbrechen und normalen Betrieb wiederherstellen! Sofort!!" „Verstanden, Commander. Überlastung wurde abgebrochen. Den Energieüberschuss kann ich aber nicht abbauen." „Keine Sorge, das bisschen Energie werden wir gleich sehr gut brauchen", meldete Maximus entschlossen und aktivierte Alphas Triebwerke: „Vollgas!"

Maximus brach alle von ihm damals bei seinen Testflügen in der Wüste aufgestellten Geschwindigkeitsrekorde, als er *Fobos* hinterher hastete. Und er holte tatsächlich auf. Doch dann merkte er, dass sich auch das unbekannte Flugobjekt wieder in Bewegung setzte und wieder an Höhe gewann. Zunächst nur langsam, sodass *Alpha-Prime-One* noch einige Meter gut machen konnte, doch nahm die Beschleunigung des Objekts schnell zu. Maximus dachte, das Objekt könne seine Geschwindigkeit, mit der es sich zuvor angenähert hatte, mit dem Wächter im Schlepptau wohl nicht erreichen, doch war ihm auch bewusst, dass Maximus ihn wohl nicht ewig verfolgen könne, wenn das Objekt die Atmosphäre von Terrenus verlassen würde. Auch musste er an den Piloten des Wächters denken. Maximus war klar, dass sein *Alpha-Prime-One* sicherlich noch höher aufsteigen konnte als *Fobos* und die Überlebenschancen außerhalb der Atmosphäre schnell gegen null gehen würden.

Maximus' Gedanken überschlugen sich. Aufhalten konnten sie ihn aber nicht. Immer schneller raste er *Fobos* und seinem Entführer hinterher. Mit einem Mal stieß er durch die Rauchschwaden und die darüber liegende Wolkendecke. 10.000 Meter, 15.000 Meter, 20… Das Firmament verfinsterte sich immer weiter, immer schneller entfernte sich der Boden. Doch musste Maximus im selben Moment feststellen: auch der Abstand zum unbekannten Flugobjekt und *Fobos* wurde immer größer. Maximus konnte einfach nicht dranbleiben, aufgeben kam aber auch nicht infrage. 30.000, 40.000, 50.000 Meter. Der Abstand wurde immer kleiner. Schlagartig erinnerte sich Maximus an die Begebenheit im Zuge seines Testfluges in der Wüste, als ihn der unbekannte Angreifer blendete und so entkam. „Mist!", dachte er sich: „Was, wenn es diesmal wieder so läuft?"

Aber es half nichts, entschlossen visierte Maximus die beiden immer kleiner werdenden Objekte vor sich an und konzentrierte sich penibel darauf dranzubleiben, komme, was wolle. 90.000, 100.000, 120.000 Meter. Es war so weit, Maximus ließ die Atmosphäre hinter sich und hatte den tiefschwarzen Sternenhimmel vor sich. Ein unendlich weites Gewölbe aus funkelnden Sternen tat sich vor seinen Augen auf. Zu seiner Linken war der Asteroidengürtel der Luna immer deutlicher zu sehen. Die einzelnen Felstrümmer waren immer besser zu erkennen. Ein erstaunlicher Anblick. Doch Maximus ließ sich nicht abbringen. Er fixierte weiter seinen Blick auf die beiden Flugobjekte vor sich, auch wenn dies immer schwieriger wurde. Die in der Ferne immer kleiner werdenden Objekte waren kaum noch von den Sternen zu unterscheiden. Zwei größere Punkte in der Weite des Weltalls, die im Sonnenlicht blitzten. Aber nein, er durfte jetzt nicht aufgeben: „Immer weiter geradeaus, schneller, immer schneller!", sprach er sich selbst Mut zu.

„Alpha, geht wirklich nicht mehr Energie auf die Triebwerke?" „Nein, Commander Max, alle Reserven sind erschöpft, inklusive der Waffensysteme." „Was ist mit der Lebenserhaltung?" „Die Lebenserhaltung wird aufgrund der momentanen Umgebung besonders beansprucht und besteht auch nur noch zu fünf Prozent. Sie wird in 120 Sekunden versagen. Schlage sofortigen Abbruch des Einsatzes vor."

Maximus antwortete nicht, wog jedoch eingehend seine Lage ab. Er konnte doch nicht einfach so aufgeben. Allerdings bestand kaum Hoffnung, Fobos auch nur ansatzweise einzuholen. Und wenn, womit sollte er ihn befreien und den Angreifer vernichten, so ganz ohne funktionierendes Waffensystem? Maximus'

Gedanken rasten, die Sekunden vergingen und rasch bildeten sich immer mehr Eiskristalle an *Alpha-Prime-Ones* Sichtfenster. „Commander Max, die Lebenserhaltung tritt in die kritische Phase ein. Um Ihr Leben zu schützen, sehe ich mich gezwungen, eigenmächtig die Triebwerksleistung zurückzufahren und auf die Lebenserhaltung umzuschalten", erklärte *Alpha-Prime-One.*

Maximus senkte enttäuscht den Blick und antwortete mit leiser Stimme: „Verstehe, Alpha. Das macht so ohnehin keinen Sinn. Fliegen wir zurück –, Kurs Terrenus."

Maximus ließ von der Steuerung ab und überließ *Alpha-Prime-One* die Kontrolle für den Rückflug, der prompt die Triebwerksenergie umleitete und ein Bremsmanöver einleitete. Langsam erwärmte sich die Steuerzentrale wieder und die Eisbildung an den Fensterluken ging zurück. Mit nach wie vor gesenktem Blick beobachtete Maximus den schwindenden Frost, als es ihn durch das Bremsmanöver nach vorne drückte. Das Bremsmanöver beanspruchte einige Sekunden. Was Maximus schließlich doch noch dazu veranlasste, den Kopf zu heben und einen letzten Blick auf *Fobos* in der Ferne zu werfen. Kurz musste er den blitzenden Punkt in den Tiefen des Alls suchen, während *Alpha-Prime-One* meldete, ein Wendemanöver einzuleiten, doch dann erkannte er das Ziel unendlich weit vor sich. Kaum fand Maximus die beiden Objekte wieder, verwandelte sich der kleine, im Sonnenlicht blitzende Punkt in einen kilometerlangen, hellen, weiß leuchtenden Strahl. Maximus traute seinen Augen nicht. „Was war das nun wieder?", fragte er sich rätselnd.

In dem Moment drehte *Alpha-Prime-One* nach rechts ab. Maximus drehte seinen Kopf synchron nach links und behielt, solange es noch ging, den leeren Raum im Blick, an dem sich zuvor die beiden Objekte befunden hatten. Als *Alpha-Prime-One* sein Wendemanöver abgeschlossen hatte und wieder leicht beschleunigte, drehte auch Maximus seinen Kopf wieder nach vorne und realisierte, dass es das wohl gewesen sei. Der Energiestrahl kam sicher von keiner Waffe, es war das unbekannte Flugobjekt, das mit *Fobos* im Schlepptau immens beschleunigte, auf eine Geschwindigkeit, die sich Maximus nicht mal im Ansatz vorstellen konnte. Maximus' Flug ins All war umsonst gewesen. Er konnte *Fobos* weder retten noch das Ziel des Unbekannten in Erfahrung bringen. Aber auch wenn, so argumentierte sich Maximus gegenüber sich selbst, *Fobos* konnte im All überhaupt nicht funktionieren. Der Pilot musste längst in der Kälte des Alls erfroren sein. Es half nichts, abhaken und nach vorne blicken! Befahl sich Maximus selbst und fokussierte sich auf den riesigen blauen Planeten, der sich vor ihm auftat. Noch nie hatte er Terrenus aus dieser Perspektive gesehen. Die Meere, die Wüsten, Terrenus und die Region, in der die Zitadelle lag. Kurz mochte sich Maximus auch einbilden, *Alpha-Prime-Ones* Stützpunkt in der Wüste, oder zumindest den Berg, in dem er sich befand, von hier oben zu erkennen, da musste er sich aber schnell selbst eingestehen, dass das wohl nicht möglich wäre. Was Maximus aber definitiv erkennen konnte, waren die nach wie vor in der Luft hängenden Rauchschwaden am Schlachtfeld, auf die *Alpha-Prime-One* zusteuerte.

Auf einmal verkündete *Alpha-Prime-One:* „Wiedereintritt in die Atmosphäre eingeleitet."

So recht wusste Maximus mit dieser Meldung nichts anzufangen, was sich aber schnell ändern sollte. In der Sekunde begann die ganze Schaltzentrale zu vibrieren und wo zuvor Eis die Scheiben hinaufgekrochen war, erfüllte nun unheilvolles, tief oranges Glühen das Sichtfeld. Maximus hielt sich, so gut er konnte, in seinem Sitz fest, während die Vibrationen immer heftiger wurden.

„Ist das normal, Alpha?", fragte Maximus recht verunsichert. In der Sekunde hörten die Vibrationen schlagartig auf und der blaue Himmel öffnete sich, während *Alpha-Prime-One* antwortete: „Ja, Commander Max. Völlig normal." „Danke Alpha", antworte Maximus mit skeptischem Blick, der wohl eher hieß: *„Will er mich jetzt verarschen?!"*

„OK Alpha, kannst du orten, wo *Daimos* ... ich meine, kannst du orten, wo die andere unserer Einheiten von vorhin zu Boden gegangen ist?" „Ja, die Stelle liegt direkt voraus. Wir werden in zwölf Sekunden eintreffen. Jedoch wurde die Einheit bereits evakuiert." „Evakuiert? Wohin?" „Diese Frage kann ich nicht beantworten, Commander Max. Die Einheit befindet sich aber nicht mehr vor Ort."

„Ach, so evakuiert. Der große Wächterstützpunkt von Terrenus natürlich", sagte sich Maximus selbst und befahl Alpha weiter: „Los Alpha, weiter Richtung Hauptstadt, mal sehen, wie weit die Angreifer gekommen sind."

„Bilde ich mir das ein oder haben die Luftangriffe aufgehört?", fragte General Quintus, völlig am Ende mit den Nerven, den am anderen Ende des Zimmers stehenden Marius, der immer noch Herr der Lage zu sein schien. Jedenfalls gab er sich alle staatsmännische Mühe, dies vorzuspielen. „Nun, das kann auch bedeuten, dass die Bodentruppen bereits ins Landesinnere vorgedrungen sind und demnächst hier eintreffen werden. Wir werden sehen", antwortete Marius mit einer entmutigenden Gleichgültigkeit. „Wir werden sehen?! Wir werden sehen?!! Was soll das jetzt heißen, Marius? Wir müssen etwas unternehmen!" „Habt ihr eine Pistole, General?" „Ja, wieso?", antwortete Quintus und griff sich an den um seine Hüfte gebundenen Halfter. Da setzte Marius ein verschlagenes Grinsen auf: „Eine Kugel an der richtigen Stelle sollte reichen, wenn die feindlichen Truppen eintreffen."

Verdutzt sah Quintus Marius an. Es dauerte einige Sekunden, in denen er perplex im Zimmer stand, bis ihm der Sinn von Marius' Aussage klar wurde. Was ihm gar nicht passte. Genervt wendete er sich ab und starrte ins Leere.

In diesem Moment stolperte wieder ein junger Soldat mit Nachrichtenzettel in der Hand völlig aufgekratzt zur Tür herein. Was den völlig entnervten General komplett aufschreckte. Woraufhin dieser ruckartig zu seinem Halfter griff, seine Pistole herauszog und mit verschlossenen Augen und lautem Geschrei, knapp am Kopf des jungen Soldaten vorbei, in den Türrahmen schoss.

„Prima Schuss, Herr General. War vorhin aber ein bisschen anders gemeint", witzelte Marius und wendete sich dem nun kreidebleichen, erstarrten Soldaten zu: „Na, was haben wir für neue Informationen?"

Der geschockte Soldat übergab Marius den Nachrichtenzettel wortlos, mit zittriger Hand, und behielt dabei General Quintus im Blick, der seine Waffe langsam sicherte und zurück in den Halfter steckte und ihm reuig zunickte.

„Wow!", rief Marius plötzlich. „Sind diese Informationen gesichert?" Der junge Soldat sah Marius verschreckt an, sammelte sie aber rasch wieder, um Marius zu antworten: „Ja, ich habe die Informationen direkt aus dem Stützpunkt. Wir haben es tatsächlich geschafft! Die Wächter haben uns alle gerettet!"

„Was? Was soll das heißen?", fragte General Quintus nervös.

Da begann Marius vorzulesen: „*Daimos* kampfunfähig, konnte aber sicher landen und mittlerweile vom Schlachtfeld gerettet werden. Weiter steht hier, dass alle angreifenden Lufteinheiten der Zitadelle mit einem Schlag einer unbekannten Macht ausgeschaltet wurden und explodierten, woraufhin auch die Landstreitkräfte der Zitadelle den Rückzug antraten."

Als General Quintus diese Zeilen vernahm, erhellte sich seine Miene, verwandelte sich in seliges Strahlen und er brach in Jubelgesänge aus. Woraufhin ihn Marius zur Mäßigung aufrief: „Wartet, wartet! Es geht noch weiter. Im Zuge dieses Angriffs wurde *Fobos* irgendwie von dieser unbekannten Macht gekidnappt und ins All verschleppt. Dieser neue Wächter nahm die Verfolgung auf."

Da sah General Quintus überglücklich zu Marius herüber und konterte: „Und, was wollt ihr? Der Junge hat recht, wir haben es überstanden, die Einheiten der Zitadelle ziehen sich zurück. Wir haben ge…" „Jetzt sprecht ja nicht von einem Sieg, General Quintus!", unterbrach ihn Marius schroff.

„Wieso nicht, Marius? Ihr habt es selbst gelesen. Lufteinheiten vernichtet, Bodentruppen ziehen sich zurück. Was ist das anderes als ein Sieg?" „Mag sein, dass wir noch mal so davongekommen sind, aber glaubt ihr ernsthaft, wir haben noch einmal so ein Glück. Unsere gesamte Verteidigung ist ausgeschaltet, unsere Streitkräfte sind so gut wie zerschlagen und von unseren verbleibenden zwei Wächtern ist einer kampfunfähig zerstört und einer verschwunden. Und als wäre das nicht genug, haben wir es jetzt auch noch mit irgendeiner unbekannten Macht zu tun, die eine gesamte Armee mit einem Streich auslöschen kann. Nein, General, als Sieg würde ich das beim besten Willen nicht bezeichnen." „Ihr vergesst den neuen, noch mächtigeren Wächter, der definitiv auf unserer Seite steht."

Marius senkte nachdenklich den Kopf. „Da habt ihr recht, Soldat!" „Zu Befehl!" „Eilt bitte schnell zurück zum Stützpunkt, holt Informationen über den Verbleib des unbekannten Wächters ein und gebt uns umgehend Bescheid. Die Einheiten oben sollen euch ein Transportmittel geben." „Zu Befehl!", bestätigte der junge Soldat und eilte zur Tür hinaus.

Marius und General Quintus standen weiter in dem kleinen Kellerzimmer und sahen dem jungen Soldaten nachdenklich nach, als sich plötzlich eine leise, kraftlose Stimme hinter ihnen erhob: „Ihr wisst, wer diesen neuen Wächter kommandiert, Marius, nicht wahr?"

Es war Senator Titus, der noch immer zusammengekauert auf seinem Sessel in der dunklen Ecke saß. General Quintus sah den alten Mann mit offenem Mund an und wendete sich dann ruckartig wieder an Marius, der regungslos dastand: „Ist das wahr?"

Marius stand weiterhin da, ohne ein Wort zu sagen, und starrte gedankenversunken zu Boden. Als Senator Titus ergänzte: „Sagt es uns, Marius. Er hat uns gerettet. Sein Wächter ist der größte und mächtigste von ganz Terrenus. Wer das auch immer ist, das Volk wird ihn hochleben lassen. Lieder werden zu seinen Ehren gesungen werden. Ein wahrer Held von Terrenus!"

Da hob Marius sachte den Kopf und antwortete mit ruhiger, gefasster Stimme: „Das ist er längst."

Dichte, unheilvolle Rauchschwaden waberten durch die vom Schutt verstopfte, einst so prunkvolle Prachtstraße, die vom Palast in Richtung Innenstadt führte. Zahlreiche Brände entlang der Straße erhitzten die verrauchte Luft extrem und laufend fielen große Trümmerteile von den Ruinen herab. Ein höllisches Bild und mitten in diesem Szenario richtete sich Serena mühsam auf. Sie war aus dem Palast die lange, breite Straße entlang geflohen, nicht ahnend, dass die feindlichen Bomber bis dorthin vordringen würden oder überhaupt könnten. Doch nun holte sie die Realität ein und es bot sich ihr ein unglaubliches Bild des Grauens. Entsetzt riss Serena ihre durch den Rauch blutunterlaufenen Augen auf und betrachtete die entsetzliche Ruinenlandschaft. Schmerzhaft kratzten und tränten ihre Augen, was sie aber kaum wahrnahm, zu tief saß der Schock über den Anblick, der sich ihr eröffnete. Langsam trottete und stolperte Serena die Straße entlang und sah sich weiter um. Nicht ein einziges Haus schien vom Bombardement verschont geblieben zu sein.

Plötzlich blieb Serena mit ihrem linken Bein an einem Trümmerteil hängen und stürzte zu Boden. Automatisch kniff sie ihre Augen zusammen, was ihr unbewusst dazu verhalf, sich wieder ein wenig zu fassen. Langsam öffnete Serena wieder ihre immer noch kratzenden Augen und orientierte sich. Trümmer und Brände versperrten ihr den größten Teil in Richtung Forum, der Rückweg in Richtung Palast schien nun völlig versperrt. Jedenfalls hingen dichten Rauchschwaden in der Straße, die jeden Blick die Straße hinauf versperrten. Serena richtete sich wieder auf und versuchte, sich einen Weg durch die Trümmer zu bahnen, als sie dumpfe Hilfe- und Schmerzensschreie in der Ferne wahrnahm. Serena konnte durch den Rauch nichts erkennen, versuchte sich aber den Schreien anzunähern. Langsam wurden diese immer lauter. Sie gingen Serena durch Mark und Bein. Nicht nur Schreie von verletzten Erwachsenen drangen an ihre Ohren, auch verzweifelte Hilferufe einiger Kinder ertönten in der Ferne. Ohne zu zögern, ohne nachzudenken, ohne einen Gedanken an Furcht tastete sich Serena weiter vor durch die dichten Rauchschwaden. Dann auf einmal stieß Serena durch die Rauchwand und fand sich erneut im Trümmerfeld der Prachtstraße wieder. Hier war sie allerdings nicht mehr alleine. Sie war am Ursprung der Schreie angelangt, was in Serena allerdings kein Gefühl der Erleichterung erzeugte. Im Gegenteil, gegen den Anblick der zahllosen verwundeten und verzweifelten Terraner, die hilflos entlang der Straße kauerten und sich vor Schmerzen krümmten, waren die Schreie nichts gewesen. Serena war fassungslos. Ein solches Bild des Grauens hatte sich ihr noch nie zuvor geboten. Langsam trat sie an den ihr am nächsten liegenden Mann heran. Er war circa dreißig Jahre alt und einen Meter achtzig groß. Seine Kleidung blutgetränkt und großteils zerfetzt. Eine große Platzwunde klaffte auf seiner Stirn, sein linker Arm war komplett verdreht und offensichtlich mehrfach gebrochen, und aus einem offenen Bruch seines rechten Unterschenkels sprudelte Blut. Serena sank an seiner linken Seite auf die Knie. Plötzlich packte der Mann Serena mit der rechten Hand am Arm und starrte sie mit weit aufgerissenen Augen an. Serena, zutiefst erschrocken, sah ihm in die Augen. Unendlicher Schmerz, Hoffnungslosigkeit und unfassbare Todesangst standen dem Mann ins Gesicht geschrieben. Serena nahm all ihren Mut zusammen, griff nach der rechten Hand des Mannes und hielt sie fest: „Ganz ruhig. Alles wird gut. Ich bin bei dir. Ich werde mich um dich kümmern. Hörst du?", versuchte Serena den schwer verletzten Mann zu beruhigen. Es schien, als wolle der Mann etwas antworten, doch bekam er vor lauter Schmerz kein Wort heraus. Das Atmen alleine verlangte dem Mann alles ab. Verzweifelt hockte Serena neben ihm, überlegend, wie sie ihm bloß helfen könnte. Sie hatte keinerlei Medizin, kein Verbandsmaterial, nichts hatte sie bei sich, was helfen könnte. Mit Tränen in den Augen packte Serena den rechten Ärmel des Mannes und riss ihn ab. Als Verbandsmaterial konnte der völlig verdreckte Lumpen nicht dienen, das war Serena wohl bewusst, jedoch wusste sie auch, dass der Mann in den nächsten Sekunden verbluten würde, wenn sie es nicht schaffte, sein Bein abzubinden, um die Blutung zu stillen. Instinktiv wickelte Serena den Stofffetzen um den rechten Oberschenkel des Mannes und verknotete ihn streng. Dann sah sie eine kurze Stahlstange in den Trümmern vor sich liegen. Schnell griff Serena danach, fädelte sie um den Stoff und zog den provisorischen Verband so fest sie konnte. Traurig schnaufte Serena tief durch. Mehr konnte sie hier nicht bewirken. Sie wandte sich wieder dem Oberkörper des Mannes zu, der sich immer noch vor Schmerzen wand. Zaghaft begutachtete Serena den linken Arm des Mannes. „Und was, um alles in der Welt, soll ich da machen?", fragte sie sich verzweifelt: „Was soll's!", resignierte sie und packte den Arm. Gegen den Bruch konnte sie nichts machen, aber zumindest wieder geraderichten und Einrenken würde dem Mann schon helfen, dachte sie sich, bevor sie kurzentschlossen ruckartig den Arm zu sich riss, damit die Schulter wieder ins Gelenk sprang. Ohrenbetäubend schrie der Mann auf, bevor er wieder zusammensackte. Langsam legte Serena seinen Arm auf seine Brust und griff wieder nach seiner rechten Hand: „Schon gut, schon gut. Das wird wieder, hörst du, das wird wieder", sprach sie ihm, und wohl vor allem sich selbst, weiter Mut zu.

So verharrte Serena einige Sekunden an der Seite des Mannes, bis sie auf einmal zwei Mädchen vor sich sah, die auf sie zugelaufen kamen.

„Hallo, hallo, alles in Ordnung? Können wir was tun?", fragte die größere der beiden aufgeregt.

Serena schüttelte traurig den Kopf. Einen Moment zuvor hatte der Händedruck des Mannes nachgelassen, die Atmung flachte ab. Er war tot. Zu schwer waren die Wunden und der Blutverlust gewesen. Serena legte seine rechte Hand zur Linken auf die Brust und schloss ihm sorgsam die Augen.

Kurz verharrte Serena noch über den Mann gebeugt in Trauer, wendete sich dann aber wieder den beiden Mädchen zu. Sie waren Schwestern. Die kleine, acht Jahre alt, dünn, mit blonden, schulterlangen Haaren, klammerte sich an die linke Hand ihrer großen Schwester. Sie war sechzehn, ebenfalls sehr schlank, mit etwas kürzeren Haaren. Beide schienen unverletzt, aber nicht weniger traumatisiert als Serena selbst zu sein.

„Nein, dem können wir leider nicht mehr helfen, es ist zu spät", erklärte sich Serena, während sie sich umsah. Ein zutiefst verstörender Anblick. Zahllose, in Schockstarre herumkauernde Terraner, umringt von noch viel mehr, zum Teil Schwerstverwundeten. Serena atmete tief durch, um sich zu sammeln, und wendete sich wieder den Mädchen zu: „Wir brauchen unbedingt Verbandsmaterial und sauberes Wasser, um den ganzen Verletzten zu helfen!" Die beiden Mädchen überlegten kurz, dann rief die jüngere aufgeregt aus: „Die alte Apotheke bei uns um die Ecke." Mit großen Augen blickte sie zu ihrer großen

Schwester hinauf. So viel Zuversicht in einem Blick hatte Serena schon lange nicht mehr gesehen. Die größere nickte ihr zu und ergänzte dann in Richtung Serena: „Sie hat recht. Wenn das Haus noch steht, finden wir dort sicher, was wir für die Erstversorgung benötigen." „Der alte Mann in der Apotheke hat mir immer ein Bonbon gegeben, wenn ich ihn besucht habe", grinste die kleine Schwester Serena fröhlich an. Wie gut Serena die aufheiternde Stimmung der Kleinen tat, war dem kleinen Mädchen wohl kaum bewusst, aber es zauberte Serena, wenn auch nur kurz, ein verhohlenes Lächeln ins Gesicht und ermutigte sie, sich wieder aufzurappeln. „Na gut. Einen Versuch ist es jedenfalls wert. Kannst du dich auf die Suche nach der Apotheke und Verbandsmaterial machen?", befahl Serena fragend die sechzehnjährige Schwester. „Und wir beide sehen mal nach den ganzen Leuten hier und verschaffen uns einen Überblick", lächelte Serena die kleine Schwester an, die ihr zustimmend zunickte, bevor sie die Hand ihrer großen Schwester losließ und zugleich nach Serenas Hand griff.

Die Sechzehnjährige zögerte nicht und hastete an einem großen Trümmerhaufen vorbei, um die nächste Häuserecke. „Sei bitte vorsichtig!", rief ihr Serena noch hinterher, bevor sie sich mit dem kleinen Mädchen zu den anderen Verletzten aufmachte.

Es dauerte einige Zeit, bis das sechzehnjährige Mädchen wiederkam. Als sie zwischen den Trümmerhaufen hervor kletterte, trug sie einen großen Rucksack auf dem Rücken und zwei kleine Koffer mit einem roten Kreuz darauf in ihren Händen. Sie stolperte über einen großen Haufen und stellte sich dann in die Mitte der Straße, um sich einen Überblick zu verschaffen. Das Chaos, das sie und ihre Schwester zuvor hatten ertragen müssen, schien sich zumindest etwas geordnet zu haben. Die Verwundeten lagen aufgereiht am Straßenrand und einige nicht Verletzte kümmerten sich um sie. Das junge Mädchen ging staunend an der Reihe der Verletzten vorbei und wunderte sich, wie Serena und ihre kleine Schwester das in der Kürze der Zeit geschafft hatten.

Aber kaum an ihre kleine Schwester gedacht, kam diese auch schon aufgekratzt auf sie zugelaufen und fiel ihr um die Hüfte. Ihr hinterher kam Serena auf sie zu. Sichtlich erleichtert, dass das junge Mädchen offenbar so erfolgreich war, startete Serena: „Du hast es geschafft! Sehr gut! Danke!" Und nahm ihr den schweren Rucksack ab, den sie sogleich öffnete. Er war prall gefüllt mit Mull, Gaze und weiterem Verbandsmaterial. „Hervorragend! Genau das brauchen wir. Das hast du fantastisch gemacht!", bedankte sich Serena. „Ihr wart aber auch fleißig. Wie habt ihr es bloß geschafft, hier so schnell Ordnung hereinzubekommen?" „Frag deine Schwester! Ein herzliches Lächeln von ihr und alle Überlebenden wussten sofort, was sie zu tun hatten." Stolz sah das junge Mädchen ihre kleine Schwester an, die ihren Griff um ihre Hüfte löste. „Und wo hast du mein Bonbon eingesteckt?", witzelte die Kleine, worauf ihr ihre Schwester und Serena herzlich zulachten.

Die nächsten Stunden verbrachten sie rastlos damit, jedem einzelnen Überlebenden zu helfen. Waren es anfangs nur eine Handvoll Helfer, die ihr Möglichstes taten, kamen schnell immer mehr Überlebende zusammengelaufen, die alle gemeinsam einander halfen. Alle unter der Führung und Koordination von Serena, die schnell von allen als Heldin dieses Dramas angesehen wurde.

Bestürzt über den Anblick der zerbombten Stadt schüttelte Maximus den Kopf, als er über die brennenden Häuser hinwegflog. Alles war zerstört –, das Forum, der Hafen, die gesamte Innenstadt mit seinen Prunkbauten, Alleen und Märkte. Ein grauenhafter Anblick, den Maximus so schnell wie möglich hinter sich lassen wollte. So steuerte er schleunigst den Kaiserpalast an, wohl wissend, was ihn erwarten würde. Kaum die Richtung korrigiert, erhob sich vor ihm eine riesige Rauchsäule, wo einst der Palast seiner Familie gestanden hatte.

Am Palastgelände angelangt, setzte Maximus zur Landung im Vorhof des Palastes, oder was davon übrig war, an. Kaum gelandet, kletterte er aus *Alpha-Prime-Ones* Kontrollzentrale und nahm zur Rechten seines Wächters Aufstellung. Ihm stockte der Atem, als er den völlig zerstörten Palast vor sich sah. Pechschwarze Rauchschwaden waberten senkrecht aus einem Meer aus orange lodernden Flammen empor. Vom einst zweigeschossigen Prunkbau mit all seiner Eleganz, war nur noch ein großer Steinhaufen mit ein paar Ruinen der Außenmauern geblieben. Maximus konnte sich den Anblick nicht weiter antun und ging rechts am Palast vorbei in den Palastgarten. *„Der muss doch den Angriff überstanden haben. Ist ja nur ein Garten!"*, dachte sich Maximus. Doch wenige Schritte weiter wurde er eines Besseren belehrt.

Zutiefst entsetzt ließ Maximus seinen Blick sinken und schüttelte enttäuscht den Kopf. Alles war vernichtet. Wo einst der große Brunnen Wasserfontänen in die Luft spuckte, fand sich nun ein, im Durchmesser zehn Meter großer und drei Meter tiefer Krater wieder. Die unendlich langen Baumreihen, die den Garten einrahmten, waren weg. Nicht ein einziger Baum war unbeschadet geblieben. Ein Schlachtfeld voll umgeknickter, lichterloh brennender oder gänzlich, samt Wurzeln ausgerissener Bäumen. Auch die sonst in allen Farben des Regenbogens blühenden Blumenbeete und Hecken waren völlig ruiniert. Unvorstellbar, dass so eine Zerstörung mit ein paar einfachen Bomben verursacht werden konnte.

Es trieb Maximus die Tränen in die Augen. Er sah sein ganzes bisheriges Leben in Trümmern. Was war bloß schiefgelaufen? Wie konnte das geschehen? – Nein, er konnte an diesem Ort nicht weiter verweilen und sich selbst fertigmachen. Hastig machte Maximus kehrt und rannte in Richtung Haupttor und dann in die große Prachtstraße.

All diese Zerstörung, Maximus konnte es einfach nicht fassen. Die stets so lebendige Stadt, mit einem Schlag wie leergefegt. Nervös hielt er nach irgendeinem Überlebenden Ausschau. Doch nichts. Der beißende Rauch brannte in seinen Augen und nahmen ihm die Sicht. Nur langsam konnte er sich seinen Weg durch die Trümmer bahnen, als er plötzlich eine schwache Silhouette einige Meter vor sich wahrnahm. Wer es war, ob Mann oder Frau, konnte Maximus nicht erkennen, aber egal, die Silhouette konnte er immer deutlicher erkennen. Das war alles, was für ihn zählte.

Noch ein paar Meter, der Rauch schien sich langsam etwas zu lichten. Und dann stieß er durch die Rauchwand und erkannte die Person hinter der Silhouette.

Mit einem Mal riss Maximus die Augen und den Mund weit auf. Von einer Sekunde auf die nächste schien all der verloren geglaubte Mut in Maximus zurückgekehrt. „Serena", sprach er zunächst leise, sich selbst fragend, ob sie es tatsächlich sein konnte, doch dann noch einmal, mit aller Stimmgewalt, die ihm an diesem Tage noch übrigblieb: „Serena!"

Serena beugte sich über einen der Verletzten, um ihn zu verarzten, als sie ihren Namen hörte. Diese Stimme, Serena kannte die Stimme. Aufgeregt sprang sie hoch und drehte sich in Richtung des Rufes. „Maximus", sagte sie sich selbst.

Da war er. Ungeduldig beobachtete Serena, wie Maximus heroisch aus der dichten Rauchwand trat und auf sie zukam. Serena fixierte Maximus mit ihren Augen und näherte sich ihm zielgerichtet. Zuerst langsam, dann immer schneller, bis die beiden schier aufeinander zu rannten und sich schließlich sehnsüchtig in die Arme fielen.

Ein Blick tief in die Augen, ein leidenschaftlicher Kuss –, aller Trubel der letzten Stunden war wie fortgeblasen. Die Zeit stand still. „Wo zum Orcus warst du so lange?!", fragte Serena begierig mit feuchten Augen, Maximus fest am Genick gepackt. Maximus lächelte Serena verschlagen an: „Ach, hatte da noch eine Kleinigkeit zu erledigen." „Aja", beschloss Serena und drückte Maximus noch einen dicken Kuss auf.

So standen die beiden einige Sekunden eng umschlungen da, bis Maximus an Serena vorbei in die Straße blickte: „Du warst aber auch nicht ganz untätig, oder?" Serena ließ von Maximus' Hals ab und drehte sich in Richtung seines Blickes. Da standen plötzlich zahllose Überlebende, die sich zum Teil gegenseitig stützten, vor ihnen, die ihnen zulächelten, jubelten und applaudierten.

Serena sah Maximus glückerfüllt in die Augen und flüsterte ihm ins Ohr: „Deine Untertanen feiern die heldenhafte Rückkehr ihres Kaisers." Da drehte Maximus den Kopf, sah Serena tief in die Augen und antwortete mit zärtlicher Stimme: „Das Volk bejubelt seinen wahren Helden. Der Applaus gilt dir."

So ließ Maximus von Serena ab, hielt ihre linke Hand in die Höhe und schloss sich dem Freudentaumel der Menge an. Serena sah sich in keinster Weise als Heldin, wollte auch absolut keine sein, was sich klar an ihrer akuten Gesichtsröte widerspiegelte. So zog sie rasch wieder Maximus an sich ran und versteckte sich schüchtern lachend an seiner Schulter.

Ein Bild unverhohlenen Glücks, das, wenn auch nur für allzu kurze Zeit, das herrschende Elend ein wenig zu vergessen verhalf. Oder es zumindest etwas auszublenden vermochte.

„Wo ist er?! Was ist passiert, verdammt?! Was ist ... Was ...!", brüllte Luzilla lauthals quer durch den großen Hangar, bevor sie völlig entkräftet zusammenbrach. Einer der Rettungsmannschaft, die sie und *Daimos* vom Schlachtfeld gerettet hatten, fing sie auf. „Bringt sie auf die Sanitätsstation", befahl der in diesem Moment herbeigeeilte Legat Grachus. Ihm zur Linken die von den Ereignissen ersichtlich mitgenommene Nerwa, die auf Luzilla zu hastete und der Rettungsmannschaft den Weg zur Sanitätsstation wies. Den ganzen Weg über sprach Nerwa ihrer Kameradin Mut zu: „Alles wird wieder gut, Lu. Das wird schon wieder." Im Endeffekt half Nerwa das selbst aber wohl mehr als Luzilla, die ohnmächtig auf der Bahre der Rettungsmannschaft lag.

In der Sanitätsstation angekommen wurde Luzilla von der Bahre auf ein Krankenbett umgelegt, das an der linken Wand der kleinen Station stand. Schlagartig fühlte sich Nerwa an den Mord an Colonel Meyer zurückerinnert und fragte sich unbewusst, ob er auch auf diesem alten Krankenbett aufgebahrt worden war.

Nerwa saß die ganze Nacht an Luzillas Seite und wachte fürsorglich über sie. Frühmorgens schließlich öffnete Luzilla zaghaft die Augen und beobachtete Nerwa, die im Halbschlaf dahin döste und ihre Hand hielt. Als Nerwa ein leichtes Zucken von Luzillas Hand spürte, riss es sie aus ihrem Halbschlaf. „Hey, na wie geht es dir?", fragte sie liebevoll.

Luzilla sah Nerwa mit müdem und zugleich besorgtem Blick tief in die Augen und antwortete: „Nerwa, wo ist Alex? Was ist mit ihm geschehen?"

Nerwa ließ traurig den Kopf sinken und schloss die Augen, bevor sie Luzilla leise antwortete: „Kann ich nicht genau sagen. Er ist irgendwie verschwunden." Dann machte Nerwa eine kurze Pause und fuhr dann, beabsichtigt aufmunternd fort: „Aber keine Sorge Lu, der taucht schon wieder auf. Ruh du dich jetzt erst mal aus und komm wieder zu Kräften. Wir reden später."

So zog sie Luzillas Bettdecke hoch und drückte sie behutsam nieder. Luzilla war von den Strapazen der letzten Stunden noch immer so mitgenommen, dass sie sofort wieder einschlief. Als sie eingeschlafen war, stand Nerwa auf und verließ nachdenklich die Station. Auch an ihr waren die Ereignisse nicht spurlos vorübergegangen. Erschöpft schleppte sie sich den Gang entlang zu den Unterkünften und ließ sich, dort angelangt, in ihr Bett fallen.

Müde ja, einzuschlafen blieb Nerwa jedoch verwehrt. Unentwegt geisterten ihr die Gedanken an das Geschehene durch den Kopf und hielten sie wach. So wälzte sie sich einige Stunden im Bett hin und her, bis sie es endgültig aufgab und sich wieder aufsetzte.

Mit einem müden Gähnen erhob sich Nerwa aus ihrem Bett und taumelte verschlafen aus der Tür und den Gang entlang. Nach einem zweiten Gähnen sammelte sie ihre Gedanken und wollte sich auf den Weg zurück zur Sanitätsstation machen, um nach Luzilla zu sehen. Doch dann brachten sie Stimmen von ihrem Vorhaben ab, die sie aus Richtung des Hangars vernahm. Es waren Legat Grachus und General Quintus Julius, die gemeinsam in den Hangar eilten. Ihre Stimmen hallten laut durch den menschenleeren Gang.

„*General Quintus?*", dachte sich Nerwa: „*Der war doch bei den Senatoren an der Akademie.*"

Neugierig schlich sie ihren beiden Vorgesetzten hinterher. Vor dem Tor zum Hangar machte sie Halt und warf einen kurzen Blick um die Ecke.

Nerwa sah, wie sich Legat Grachus und General Quintus vor *Daimos*, dessen stark mitgenommenes Wrack in der Waagerechten dalag und so den halben Hangar für sich einnahm, einfanden und sich mit zwei anderen Männern trafen. Zwei ältere Herren, die Nerwa jedoch nicht bekannt waren.

Nerwa stand einige Zeit im Torrahmen und beobachtete die Männer neugierig, wie sie *Daimos* begutachteten.

Doch plötzlich drehte Grachus seinen Kopf und sah Nerwa: „Ahh Nerwa, komm her!", rief er fröhlich.

Nerwa zuckte zusammen und wollte schon davonrennen, fasste sich aber gleich wieder und betrat, aufgezwungen sicheren Schrittes, den Hangar und ging auf die Gruppe zu. Wer mochten die beiden Herren bloß sein, fragte sie sich auf dem Weg.

„Senator Titus, Marius, darf ich vorstellen, das ist unsere Einsatzleiterin Nerwa. – Nerwa, das sind Senator Titus und der Vertreter des Kaisers, Marius."

Nerwa nickte höflich, war jedoch vor Nervosität wie angewurzelt.

Marius merkte, wie unangenehm Nerwa die musternden Blicke der Anwesenden waren, und richtete als Erster das Wort an sie, um die Situation zu lockern: „Soo –, Nerwa, Ihr seid also einer unserer großen Helden, die uns vor dem Schlimmsten bewahrten?!"

Nerwa sah Marius verlegen an und wusste nicht recht, was sie darauf antworten sollte. Doch merkte sie schnell, dass alle ungeduldig auf Antwort ihrerseits warteten. So konterte Nerwa, mit für sie untypisch schüchterner Stimme: „Nun, ich bin ja nur in der Kommandozentrale gesessen und habe versucht, unsere beiden Wächter zu koordinieren. Die wahren Helden sind unsere beiden Piloten, Luzilla und Alexander. Und dieser unbekannte Wächter, der ..." „Ja, genau! Der unbekannte Wächter, uns wurde davon berichtet, was wisst Ihr von ihm? Woher kam er auf einmal?", fiel ihr Senator Titus aufgeregt ins Wort.

Nerwa richtete ihren Blick auf den Senator. Es half ihr zu sehen, dass sie nicht die nervöseste Person im Hangar war, und sie antwortete daraus resultierend mit merkbar entspannterem Tonfall: „Gute Frage, Herr Senator. Leider kann ich sie aber nicht genau beantworten. Er erschien plötzlich auf dem Radar. Er schien aus Richtung Osten zu kommen. Ich konnte nur erkennen, und so stellte es sich kurz darauf auch heraus, dass das unbekannte Flugobjekt nicht zu den Angreifenden der Zitadelle gehörte. Ich kann zu dem unbekannten Wächter abschließend nur sagen, …", Nerwa pausierte, drehte sich um zu *Daimos'* Wrack und fuhr dann mit einem tiefen Seufzer fort: „… ohne ihn hätten wir es nicht geschafft. Er hat unsere beiden Wächter unterstützt und sie schlussendlich auch gerettet. Jedenfalls einen von ihnen", schloss Nerwa und senkte betrübt den Kopf.

„Ja stimmt, was ist mit *Fobos* und dessen Commander geschehen?", fragte Senator Titus wissbegierig.

„Leider haben wir dazu so gut wie keine Informationen. Uns schien es, als würde *Fobos* von irgendeinem unbekannten Objekt ins All verschleppt", klinkte sich Legat Grachus ein, um Nerwa zu unterstützen. „Was soll das heißen, *ins All verschleppt?* Wer war das?", stichelte Senator Titus ungeduldig weiter.

Achselzuckendes Schweigen war die Antwort.

Senator Titus sah den Legaten ungehalten an: „Legat Grachus, wir brauchen Antworten. Wir müssen genau wissen, was geschehen ist. Und wir brauchen unbedingt unseren Wächter zurück! Wir müssen uns neu wappnen, um einem neuen Angriff entgegentreten zu können! Das geht nur mit *Daimos* und *Fobos!*"

„Und wer sollte *Fobos*, so er wieder auftauchen würde, steuern, Herr Senator? Ihr?!", antwortete Nerwa zutiefst erbost über Senator Titus' offensichtliche Gleichgültigkeit.

Damit hatte der Senator nicht gerechnet. Er wollte schon seine Stimme erheben und Nerwa zurechtweisen, als Marius dazwischenfuhr, um die Situation zu entschärfen: „Da habt Ihr natürlich vollkommen recht, Commander Nerwa. Der Senator hatte noch nie persönlich mit den Wächtern und diesem Stützpunkt zu tun. Außenstehenden fällt es schwer, zu realisieren, dass der Wächter von einer lebenden Komponente gesteuert wird. Bitte übt Nachsicht mit ihm."

„Die lebende Komponente heißt Alexander!", hallte es plötzlich lautstark durch den Hangar. Doch es war nicht Nerwa, die ihre Stimme erhob. Luzilla stand plötzlich im Tor und betrat den Hangar. Ihr Blick, den Sie den Anwesenden entgegenwarf, sprach Bände.

Marius und Titus standen sprachlos da und starrten Luzilla an, wie sie zornigen Schrittes auf die Gruppe zu kam.

„Darf ich vorstellen, Commander Luzilla, lebende Komponente *Daimos'* und Freundin der lebenden Komponente Alexander", stichelte Nerwa gehässig Marius und Titus entgegen.

„Mein B...", stammelte Marius, ehe er von Luzilla unterbrochen wurde: „Wagen Sie es nicht, mir Ihr Beileid auszusprechen! Wagen Sie es ja nicht! Alexander ist noch am Leben, hören Sie! Tun Sie lieber etwas, um ihn zurückzuholen." „Und was sollte das sein? Sie können uns ja nicht einmal sagen, woher dieser Entführer kam bzw. wem er angehört!", konterte Senator Titus.

Die Stimmung wurde immer aufgeheizter und aggressiver. Wie auf dem Schlachtfeld standen sich Luzilla, Nerwa und Grachus – Marius und Titus gegenüber und warfen sich hasserfüllte Blicke zu. Sie blickten tief in die Augen der anderen, abwartend, wer als Nächstes das Wort ergreifen würde. Jedes weitere Wort würde das Fass endgültig überlaufen lassen und die Situation würde in lautem Streit enden.

Und plötzlich: „Alex lebt –, und wir werden alles daransetzen, ihn zurückzuholen!"

Die Anwesenden sahen sich verblüfft an. Wer war das, keiner hatte den Mund aufgemacht. Da merkten alle, wie Luzilla ihren Blick in Richtung Hangartor warf. Schlagartig drehten alle ihre Köpfe und folgten Luzillas Blick.

Die Sonne tauchte das Tor in gleißend helles Licht und gab nur Silhouetten preis. Die Anwesenden mussten ihre Augen stark zusammenkneifen, um überhaupt irgendetwas zu sehen. Um wen es sich handelte, war jedoch nicht zu erkennen. Nur Luzilla wusste, wer da im Tor stand. Es gab nur einen neben Luzilla und Nerwa, der Alexander als ‚Alex' kannte.

„Maximus", flüsterte Luzilla kaum hörbar.

Marius riss die Augen weit auf und beobachtete, wie sich die beiden Silhouetten langsam näherten. Und dann traten sie aus dem Lichtkegel. Maximus und Serena zu seiner Rechten.

Maximus begutachtete zunächst, ohne ein weiteres Wort zu verlieren, das Wrack Daimos' und ließ die anderen links liegen, die alle mit offenen Mündern und weit aufgerissenen Augen ungläubig dastanden und Maximus angafften.

„Maximus, Maximus!", rief ihm schließlich Marius zu, woraufhin sich Maximus endlich von Daimos ab- und den Anwesenden zuwandte.

„Hallo Marius, alle klar bei euch?", scherzte Maximus fröhlich. „Ich hoffe, die Senatoren haben dir das Leben nicht zu schwer gemacht." Dann drehte er sich zu Luzilla, packte sie am linken Arm und sah ihr mit tröstendem Blick tief in die Augen: „Hey Lu, gerade noch mal gutgegangen da oben, hmm? Mach dir keine Sorgen um Alex, der taucht schon wieder auf. Da bin ich sicher!" Traurig zustimmend nickte Luzilla Maximus zu und wandte ihren Blick zu Boden.

„Du hast also gefunden, wonach du gesucht hast?", fragte Marius gelassen.

Maximus sah Marius lächelnd an und wollte zur Antwort ansetzen, als Senator Titus offenbar ein Licht aufging und er losbrach: „Ihr wart es! Ihr seid der Kommandeur des unbekannten, riesigen Wächters! Sehr gut, eure Majestät, wie gehen wir weiter vor, wir müssen unsere Truppen wieder neu aufstellen und zurückschlagen! Mit eurem Wächter können wir die Zitadelle endgültig zerstören!"

Maximus sah den Senator verächtlich an: „Seid ihr's dann, Senator? Sind euch die Zerstörungen und das Leid unter der Bevölkerung noch immer nicht genug?"

„Aber, ..."

„Nichts ,aber'! Es reicht, Titus! Der Angriff ist vorbei. Ein zweiter wäre einer zu viel. Wir müssen sehen, dass wir wieder Herr der Lage werden und mit der Zitadelle wieder irgendwie in Verhandlung treten", unterbrach Marius und maßregelte den Senator, der sich verärgert abwendete.

„Kommt Senator, ihr wolltet doch den Schlachtverlauf genau geklärt wissen. Ich zeige euch den Schlachtbericht in der Kommandozentrale", versuchte Legat Grachus, die Situation zu entschärfen, und führte Senator Titus aus dem Hangar.

Die anderen sahen Grachus und Titus kurz nach, wendeten sich dann aber rasch wieder ab. Während Luzilla, Nerwa und Serena sich einander vorstellten und unterhielten, traten Marius und Maximus aus der Gruppe und gingen langsam in Richtung *Daimos*.

„Also?" „Also –, ich habe gefunden, wonach ich gesucht hatte." Maximus sah sich nachdenklich *Daimos* an und fuhr fort: „Was ich gefunden habe, sind noch mehr offene Fragen, ein gefährlicher, unbekannter Feind und noch mehr Ungewissheit für die Zukunft von Terrenus." „Also, alles beim Alten!", witzelte Marius aufmunternd.

Maximus sah seinen alten Wegbegleiter kurz schmunzelnd an, bevor er seinen Blick in Richtung Serena richtete und Marius gelassen antwortete: „Nicht ganz."

„10. Mai 2380: Regenesis
Dies soll der letzte Eintrag in dieses Logbuch sein. Ich, Markus Augustus, habe als Anführer der Bevölkerung meinen Vater, den selbst ernannten Kaiser, gestürzt.
Es gab keinen anderen Weg, mein Vater ging zu weit, die Eskalation der Situation war damit unvermeidlich. Die Unterdrückung der Bevölkerung konnte nicht mehr so weitergehen. Zu lange wurde die Freiheit der Bevölkerung beschnitten, was die Fragen nach der Außenwelt und die Rückkehr in diese immer weiter mehrte.
Ich habe keine Wahl, ich füge mich dem Willen der Massen und werde umgehend die Öffnung der Schleusen zur Oberfläche anordnen. Ich habe keine Ahnung, was uns da draußen erwartet und ob die Welt immer noch von den Spuren des großen Krieges gezeichnet ist. Doch muss auch ich mir eingestehen, die Zukunft des terranischen Volkes liegt nicht hier unten, sondern in Sols hellem Scheine."

Der Autor

Bernd M. Mohl ist Jahrgang 1987, nach seiner schulischen Ausbildung mit den Schwerpunkten EDV und Wirtschaftsinformatik startete er seine berufliche Karriere als Angestellter in der Agrarpolitik. Während der Corona-Pandemie und den damit verbundenen Lockdowns begann er zu schreiben. Das Buch „Terrenus – Chroniken des Krieges" ist sein Erstlingswerk. Der Autor ist ledig, lebt in Wien, fährt gerne Fahrrad und begeistert sich fürs Reisen.

Der Verlag

Wer aufhört
besser zu werden,
hat aufgehört
gut zu sein!

Basierend auf diesem Motto ist es dem novum Verlag
ein Anliegen, neue Manuskripte aufzuspüren, zu ver-
öffentlichen und deren Autoren langfristig zu fördern.
Mittlerweile gilt der 1997 gegründete und mehrfach
prämierte Verlag als Spezialist für Neuautoren in
Deutschland, Österreich und der Schweiz.

**Für jedes neue Manuskript wird innerhalb we-
niger Wochen eine kostenfreie, unverbindliche
Lektorats-Prüfung erstellt.**

Weitere Informationen zum Verlag und
seinen Büchern finden Sie im Internet unter:

w w w . n o v u m v e r l a g . c o m